KB266972

니키

니키

二キ

나쓰키 시호 장편소설

민경욱 옮김

해피북스투유

차례

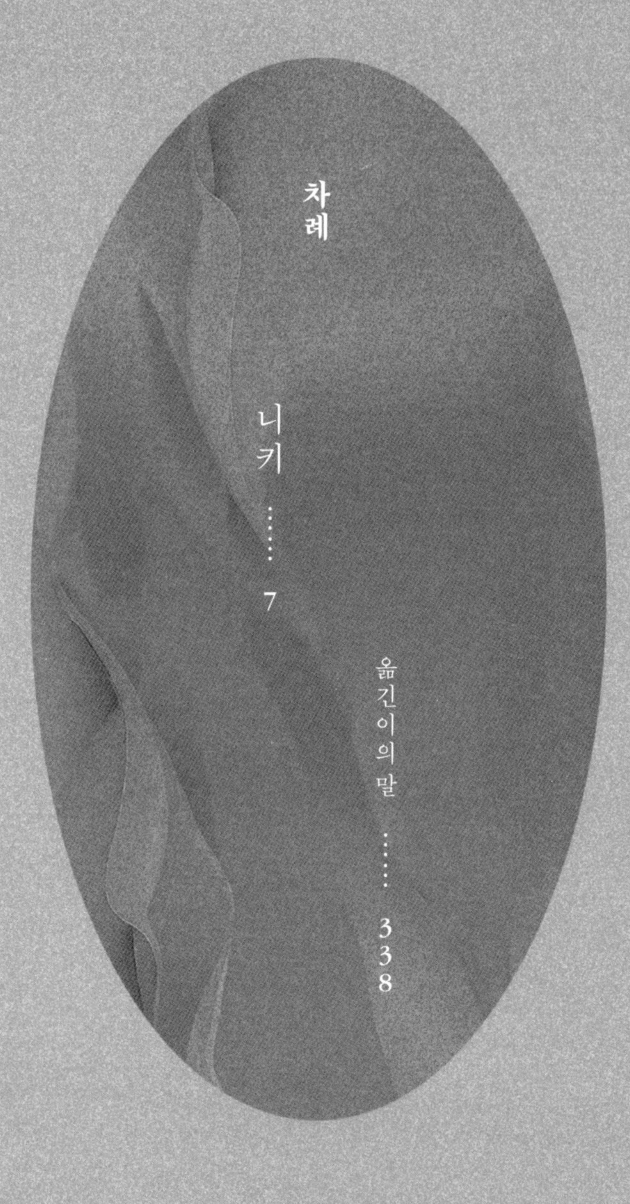

니키 …… 7

옮긴이의 말 …… 338

1

"A와 B 중 '정적(靜寂)'을 표현한 그림은 어느 것일까?"

담임이자 미술 담당 교사인 니키 료헤이가 교실에 있는 학생들에게 질문했다.

미술실 칠판에는 커다란 백지에 모서리마다 자석을 붙인 두 장의 그림이 붙어있다. 그림은 단순하다. 둘 다 세로로 긴 사각형 틀 안에 세 개의 동그라미가 그려져 있는데, 〈A〉 그림에는 사각형 아랫부분에 동그라미 세 개가 나란히 사이좋게 놓여있다. 대신 〈B〉 그림의 동그라미 세 개는 왼쪽과 가운데 동그라미만 바닥에 있고 오른쪽 동그라미는 조금 위에 떠있다.

'B야.'

다이나카 고이치는 생각한다.

"A라고 생각하는 사람?"

니키의 물음에 여기저기에서 손이 올라간다. 고이치는 순간 자신이 소수파임을 깨닫는다. 수많은 손이 올라가는 가운데 거수하지 않아 부분적으로 푹 꺼진 자리가 생겼으나 시간을 두고 차례로 손이 올라간다. 그들이 스스로 생각한 결과인지, 다수에 따르려는 행동인지는 모른다. 고이치는 생각한다. 당연히 여기서 손을 드는 게 낫다. 16년간 살아오면서 최근에서야 어렴풋하게나마 그런 사실을 깨달았다. 그러나 손을 들지 않는다. 남은 오목한 부분은 자신과 뒤쪽에 앉은 두세 명뿐이다. 고이치는 교복 바지 위에 놓인 손바닥이 땀으로 축축해졌음을 느낀다.

"그럼, B라고 생각하는 사람?"

조금 전까지 들려있던 손이 일제히 내려간다. 여기서 손을 들면 틀림없이 눈에 띌 것이다. 어쩌면 지명 당해 의견을 말해야 할지도 모른다. 우물쭈물하고 있는데 고이치가 손을 안 들었다는 걸 아는 옆자리 여학생이 너잖아? 라고 말하듯 노려본다. 손을 들면 들었다고 놀릴 거면서. 상대가 내가 아닌 다른 사람이라면 절대 저런 눈으로 보지 않을 거면서. 그 여학생에게서 눈을 돌리며 속으로 독설을 퍼부었다.

아까 슬쩍 살펴본 결과, 나를 제외하고 〈A〉에 손을 들지 않은 아이들은 반에서 불량 학생으로 분류되는 녀석들이었다. 거수하지 않은 이유는 〈B〉라고 생각해서가 아니라 단순히 수업에 참여할 마음이 없기 때문일 것이다. 나도 그들처럼 둘 다 손을 들지 않으면 후회하지 않고 넘어갈 수 있을 것이다. 고이치는 자기 생각과 달리 〈A〉에 손을 든 것도 아니므로 그 정도면 충분하다고 생각했다.

그러나 가슴속에는 억제하려 해도 꿈틀꿈틀 끓어오르는 욕구가 있었다.

이 녀석들은 거의 전원이 〈A〉라고 생각하고 있다. 움직임이 있는 〈B〉보다 얌전히 일렬로 늘어선 〈A〉 그림이야말로 '정적'을 표현하고 있다고 바보처럼 단순하게 생각한다. 내가 〈B〉에 손을 든 순간 이 녀석들은 틀림없이 평소처럼 날 선 눈빛을 던지겠지만, 만약 니키가 〈B〉를 선택한 이유를 물어본다면 그 내용을 듣고 다들 그렇게 생각할 수도 있겠다고 감탄할지 모른다. 혹시 그중에 사실 〈B〉에 손을 들고 싶었는데 다른 사람의 의견을 따라 〈A〉에 손을 든 사람이 있다면, 그들은 주위에 동조할 수밖에 없었던 자신을 부끄럽게 생각함과 동시에 의견을 굽히지 않은 나를 조금쯤 다시 보지 않을까.

혹여, 학생들은 동의하지 않더라도 미술 교사인 니키는 틀림없이 나를 감성이 풍부한 아이라고 눈여겨보지 않을까.

무엇보다 이대로 손을 안 들고 있다가 갑자기 뒤쪽 불량 학생 중 하나가 손을 들면? 그리고 나 대신 모두의 주목을 받을 만한 의견을 말하면? 어휘력이 부족한 녀석들이기는 하나 이따금 쉬운 표현력으로 예리한 발언을 할 때가 있다. 일이 그렇게 흘러가면 참을 수 없을 것이다. 찬사와 부러움의 눈빛을 받는 사람은 나여야 한다는 초조감과 욕구에 떠밀려 정신을 차려 보니 고이치는 손을 들고 있었다. 격렬한 내면과 달리 살짝 팔꿈치를 굽혀 조심스러움을 드러낸 거수다.

니키가 똑바로 고이치를 봤다. 그의 시선 움직임을 보니 결국 손을 든 사람은 나뿐인 듯하다. 뒤를 돌아봐 확인할 용기는 없다. 정면을 바라보는 고이치의 시야 가득, 반 학생들의 차가운 표정이 펼쳐져 있다.

"나왔다! 다이나카의 자기 어필!"

한 남학생의 발언에 여기저기서 키득키득 조소가 일었다.

니키가 손으로 허공을 누르는 자세를 취해 학생들을 조용히 시켰다.

"다이나카, 그렇게 생각한 이유를 말해볼래?"

"네. 아, 그게."

고이치의 목소리가 긴장과 흥분으로 들뜬다.

"저…… 제가 B가 더 조용하다고 느낀 이유는 '가라앉고 있다'라는 느낌이 들었기 때문입니다."

니키가 고이치의 말을 이해한다는 듯 고개를 끄덕였다.

"제게는 두 그림 다 강바닥에 돌이 가라앉아 있는 듯 보였습니다. A는 강바닥에 가만히 가라앉아 있는 돌의 이미지입니다. 반대로 B는 돌투성이 강바닥에 새로운 돌 하나가 가라앉고 있습니다. 저는 B에서 더 정적이 느껴집니다."

"말이 이상하네. A가 강바닥에 가라앉아 있는 돌이라면 A가 더 조용하지."

여학생 하나가 참견했다.

"그럴까? 누가 던진 돌일지는 모르지만 어둡고 조용한 강바닥으로 가라앉는 거야. 그거 엄청나게 조용한 그림 아닐까. 게다가 B 그림이 없었다면 난 A를 강바닥에 가라앉아 있는 돌이라고 생각하지 못했을 거야. B가 훨씬 이미지가 강하잖아."

"앗! 다이나카 스위치 켜졌다. 지겨워."

여학생은 내뱉듯 말하고 내 옆자리 여학생의 어깨에 팔을 얹어 몸을 흔드는 시늉을 했다. 그 친구에게 몸을 맡긴 여학생도 빈정거리는 웃음을 짓더니 따라서 몸을 떨었다.

니키가 말했다.

"나는 여러분에게 어느 쪽이냐고 물었어요. 느끼는 방법에 정답은 없어. 다이나카의 의견은 아주 흥미롭네. 그 상태에 도달하는 과정이 더 메시지가 강하다. 그럴 수도 있겠어."

니키가 교실을 쭉 둘러본다.

"여러분에게 질문한 이유는, 이 시간은 디자인 수업이기 때문이에요. 순수미술과 달리 디자인에서는 어떤 의견이 다수인지를 꼭 알아야 해. 자기 주관과 일반적인 감각의 차이를 알고 그 다음에 더 많은 사람을 대상으로 인상적인 작업을 해야 하지."

도로표지판 같은 거 알지? 해석의 여지가 많으면 곤란하지 않겠어? 니키가 덧붙여 말했다.

뭐야? 그런 의도였어? 고이치는 조금 낙담했다. '다이나카의 의견은 흥미롭다'라고 어쨌든 칭찬은 받았으나 주제를 이해하지 못하고 지론만 펼친 내 꼴이 우스워 견딜 수 없다. 사람들 앞에서 의견을 펼칠 의미가 있었나. 고이치는 니키를 가증스럽다고 생각했다. 니키는 학생들에게 등을 돌리고 칠판 위 그림을 고정한 자석에 손을 댔다.

"저기요!"

고이치가 목소리를 높이자, 교실 안에 지긋지긋하다는 감정이 밀려든다. 제발 부탁이다, 누군가가 중얼거렸다. 니키는 손을 멈추고 고개를 돌려 고이치를 봤다.

"선생님은 어떻게 생각하세요?"

니키가 눈을 깜빡였다. 니키의 눈은 검고 커서 고양이를 닮았다. 큰 주제에 쌍꺼풀은 없는 드문 형태라 파충류 쪽을 더 닮았을지 모른다. 고양이·도마뱀 인간. 고이치는 속으로 중얼거렸다.

"A인지 B인지?"

"네."

"이 그림은 수업에서 여러 번 사용해서 말이야. 처음 봤을 때 내가 어떻게 생각했을까……."

니키가 턱에 손을 대고 칠판의 그림을 바라본다.

고이치는 니키가 틀림없이 〈A〉라고 대답하리라 확신했다. 이 녀석은 틀림없이 〈A〉다. 니키 료헤이라는 남자를 설명하는데 이보다 더 들어맞는 표현은 없다. 고이치는 니키의 뒷머리를 바라보며 그의 짧고 짙은 갈색 머리카락 아래에 있는 두개골, 나아가 그 안에서 일어나고 있는 일들을 상상했다. 이 녀석은 언제나 〈A〉라고 답한다. 적어도 입으로는.

니키가 입을 열었다.

"생각났다. 처음 봤을 때 나는 B의 그림은 마치 공이 바닥에서 튀어 오르는 듯 보였어. 그러므로 어느 쪽에서 정적을 느끼냐고 묻는다면, A겠네."

내 말이 맞잖아. 고이치는 속으로 미소를 지었다. 바닥에서 튀어 오르는 공. 밝고 정당한 감수성을 지닌 인간의 발언이다. 니키는 미술 교사치고 연필을 쥐고 캔버스 앞에 서있는 모습보다, 교단에 서서 국영수 같은 필수과목을 가르치는 모습이 더 어울린다. 고이치는 그의 답에서, "좋아하는 음식은 딸기 케이크"라는 아이돌의 대답처럼 영악함을 느낀다. 아마도 니키를 이렇게 삐딱하게 보는 사람은 나뿐일 것이다.

"아, 공은 나도 생각했는데."

"이해해. B는 통통 튀는 느낌이라니까. 역시 A가 조용하지."

학생들이 차례로 니키의 의견을 따랐다.

"이 질문은 거의 늘 A가 다수파로 결론 나기는 하는데, 그래도 매번 의견이 좀 갈린단다. 그런데 이 반은 깨끗하게 A가 승리했네."

니키는 그렇게 말하며 조금 곤란하다는 얼굴로 웃었다.

고이치가 미술 수업을 끝내고 반으로 돌아가려고 걷는데 누군가 그를 추월하며 일부러 어깨를 치고 갔다. 들고 있던 노트와 필통이 바닥에 떨어졌고, 반쯤 열려있던 필통 지퍼에서 튀어나온 펜들이 아무렇게나 복도에 쏟아졌다.

쭈그려 앉아 바닥에 흩어진 물건을 줍는다. 부딪혀 밀린 것보다, 물건을 줍고 있는 모습을 주위 사람이 보는 게 더 고통스럽다. 위에서 남학생들의 목소리가 떨어진다.

"너, 선생님이랑은 엄청나게 잘 떠들더라. 그것도 아주 수다스럽게."

"B라고 생각합니다! B가 더 강바닥의 돌에 가깝습니다!"

한 사람이 고이치의 목소리를 흉내 낼 작정이었는지 높은 목소리로 놀려댔다.

"그렇게 말한 적 없어."

고이치는 고개를 숙인 채 낮은 목소리로 반론했다.

"어! 지금 화내는 거야?"

"다이나카, 난 특별하다는 어필 좀 작작 해라. 듣는 우리는 너무 힘드니까."

남학생들은 한마디씩 지껄이고 웃으며 사라졌다. 잠자코 필기도구를 모은 고이치의 옆을 다리 몇 개가 스쳐 지나간다. 감색 양말을 신은 여학생의 뚱뚱하고 두꺼운 다리. 더러운 스니커즈. 고개를 들지 않아도 자신을 힐끗 보는 수많은 시선을 등으로 느낄 수 있다. 구석에 떨어진 펜을 줍고 싶으나 손을 뻗으면 밟힐 듯하다. 고이치는 쪼그려 앉은 채 필통을 뒤지는 척하며 다리의 행렬이 끝나기를 기다렸다.

마침내 복도가 조용해지고 혼자 남은 고이치가 바닥에 구르고 있는 펜을 발견했다.

집에 가고 싶다. 이런 일을 당할 때마다 멀거니 그렇게 생각한다. 당장 집으로 가서 내 방에 들어가 이불을 덮고 아무 생각 없이 잠들고 싶다. 일단 그 생각이 들면 점점 졸음이 쏟아진다. 그러나 집에 가면 어머니가 있다. 어머니는 학교를 빼먹고 집에 온 내게 이유를 따져 물을 것이다. 몸이 아프다고 하고 보건실에서 잘까. 집에 가든 보건실에서 쉬든 이후 수업은 결석으로 처리되겠지. 아까 나를 놀린 녀석들과 차가운 시선을 던지고 간 반 아이들은 내가 자리에 없으면 어떻게 생각할까. 틀림없이 또 놀릴 게 빤하다. 그게 더 짜증 난다. 녀석들이 내가 자기들 때문에 기죽었다고 생각하는 건 싫다.

고이치는 너무 졸려 복도에 빨려 들어갈 듯한 몸을 간신히 일으키고 교실을 향해 천천히 걸었다. 이렇게 의지를 다져봤자 소용없는 일일지 모른다. 내가 결석해도 아무도 관심 없을지 모른다.

반 친구들이 나를 좋게 생각하지 않는 것은 확실하나, 그렇다고 격렬하게 괴롭힘을 당하는 것도 아니다. 조금 전 수업처럼 공격받을 때도 있지만 기본적으로 반 친구들은 나를 그냥 무시할 뿐이다.

고이치의 머릿속에서 남학생의 말이 재생되었다.

나는 특별하다는 어필.

그 순간, 고이치는 거의 반사적으로 "죽어!"라고 내뱉었다. 끔찍한 말이 마음 깊은 부분으로 떨어지기 전에 입 밖으로 내뱉어 버리는 습관은 바이러스로부터 몸을 지키는 기침과 비슷하다고 생각했다.

너는 자신이 특별하다고 여겨지길 바라잖아?

아무것도 모르는 녀석이 잘난 척은.

그런 종류의 말들이, 너무 싫다.

초등학교 5학년 때 부모님이 이혼하자마자 도쿄 도내에서 어머니의 친정이 있는 이곳 S현으로 이사 왔다.

고이치는 새 초등학교로 전학 오고 몇 개월이 지난 어느 날, '반장'과 이야기를 나눴을 때를 고등학교 2학년이 된 지금도 또렷하게 기억하고 있다.

"다이나카는 어떤 음악을 들어?"

왜 묻는지 몰라 순간 당황했다. 교실 바닥을 다 쓸고 빗자루를 청소도구함에 넣은 후, 책가방을 챙겨 교실을 나가려던 고이치를 반장이 바라보고 있었다. 그녀의 시선 끝에 있는 고이치의 재킷 주머니에서 늘 몰래 가지고 다니는 MP3 플레이어 이어폰이 튀어나와 있다. 고이치는 잠자코 늘어진 이어폰 줄을 집어넣었다. 학교에 가져오면 안 되는 물건이라고 혼날 줄 알았는데, 반장의 얼굴에는 호기심이 어려있었다.

"얘, 뭘 듣냐고? 좀 보여줘."

반장은 고이치에게 다가와 주머니로 손을 뻗었다.

"하지 마."

짧게 소리치며 손으로 주머니를 눌렀는데 반장의 눈이 크게 벌어졌다.

"말할 줄 아네!"

놀라서 올라간 눈썹이 이마에 주름을 만들고 있다. 고이치는 조바심이 났다. 말 못 하는 아이로 오해할 이유가 없었을 텐데. 최대한 말하지 않으려 애쓰기는 했으나 수업 중에 선생님이 지적하면 최소한의 말은 했다.

"왜 늘 조용히 있어?"

고이치는 말없이 시선을 피했다.

"그렇게 입을 다물고 있으면 친구는 영영 안 생길 거야."

"난, 괜찮아."

대답을 들은 반장의 얼굴에 힘이 들어갔다. 처음으로 대화라는 게 이루어져서일 것이다. 반장이라는 사실에서도 알 수 있듯, 남을 잘 돌보는 여학생이다. 고이치가 전학을 왔을 때 이 여학생은 새로운 전학생을 반의 인간관계에 넣어주려고 적극적으로 노력했다. 그러나 아무와도 말하지 않으려는 고이치가 반 아이들과 겉도는 모습을 보고는, 점차 이 여학생도 이따금 고이치에 말을 거는 정도로 행동을 바꿨다. 일단 말을 걸어보기는 하나 반응하지 않아도 신경 쓰지 않는다는, 역 앞에서 휴지를 돌리는 사람에 가까운 태도다.

반장이 고이치의 눈을 들여다봤다. 고이치는, 이 여학생은 자기 안력(眼力)에 눈앞의 얌전한 상대를 놓치지 않을 힘이 있음을 알고 일부러 그러는 듯 보였다. 사실 고이치는 기가 죽었다. 말하기 싫었으나 입을 열었다.

"말하면 우주인이라는 게 들키니까."

"뭐래?"

"몰라. 전에 있던 학교에서 늘 그렇게 불렸어."

"흠."

반장은 고이치의 온몸을 둘러봤다.

옛날부터 이상한 아이라는 소리를 듣고 자랐다.

그런 소리를 듣는 게 늘 의아해서 견딜 수 없었다. 어린아이가 봐도 나 같은 아이들은 많았기 때문이다. 아이들끼리 어울리기보다 책을 읽거나 휴대폰 게임에 몰두하는 부류의 혼자 노는 걸 좋아하는 내성적인 아이들 말이다. 고이치는 책과 음악, 공상을 좋아했다. 책을 다 읽고 다음 이야기를 상상하고, 음악을 들으면 떠오른 이미지를 부풀려 이야기로 만들었다. 그리고 그 이야기를 노트에 적었다. 형사나 킬러가 등장하는, 아이치고는 하드보일드한 내용이 많았다. 집 책장에 있는 아버지

책들의 영향이다. 아버지는 그런 종류의 장르소설을 좋아했다. 이혼으로 초등학교 5학년 이후 만나지 못한 아버지를, 그 사람 자체보다 그가 읽었던 책의 내용으로 더 기억하고 있다. 아들 고이치가 자극적인 내용의 책을 읽어도 부모 둘 다 나무라지 않았다. 어머니는 오히려 고이치가 다음 이야기를 노트에 쓰는 걸 읽고 기뻐했던 기억이 있다.

원래는 추리소설인데 고이치가 쓰면 SF 같네. 그렇게 말하는 어머니에게 SF가 뭐냐고 물었더니 "조금 불가사의한 이야기"라고 알려줬다. 그것이 유명한 만화가의 표현이고, 원래는 사이언스 픽션의 약자라는 사실은 조금 더 커서야 알았다. 어머니는 고이치의 이야기를 그렇게 평하고 거의 매번, 이렇게 덧붙였다.

"고이치는 독특해. 이런저런 소리를 듣는 이유는 주위 수준이 너무 낮아서야. 너는 그대로 당당하게 지내면 돼."

철이 들었을 무렵 그 대사는 이미 어머니의 말버릇이 되었고, 부모가 이혼한 후 도내에서 어머니의 친정인 이 시골 마을로 이사를 온 뒤로는 그 말끝마다 시골은 싫어, 라는 말이 추가되었다.

한 박자 정도의 정적.

의미심장하면서 애매한 미소.

고이치가 말할 때의 주위 반응이다. 어른도 아이도 다 똑같다. 다른 내성적인 아이들에게는 얌전하다거나 어둡다거나, 좋은 뜻은 아닐지언정 이해하기 쉬운 형용사가 붙는 데 반해, 고이치에게는 '이상하다'라는 막연한 단어가 할당되었다.

왜 그렇게 불리는지 여전히 모른다. 내성적인 성격이라는 자각은 있다. 그러나 나와 대화할 때마다 다들 이상한 표정을 짓거나 갑자기 조용해지거나 웃는 이유는 의문이다. 나는 너무나 자연스럽게 대화했는데.

유일하게 짐작할 수 있는 점은 이유를 모른다는 것 자체가 내 '이상함'이라는 것이다.

"나, 다이나카는 재미있는 애라고 생각해."

반장은 이제까지의 고이치가 놓였던 처지를 상상했는지 품어주는 듯한 말을 던졌다.

"서로 말한 적도 없는데?"

새로운 학교에서는 최대한 말하지 않겠다. 이사 오기 전에 결심했다.

"맞아. 직접 말하지 않아도 보면 알아. 어딘가 독특하니까."

고이치는 불쾌감이 배 언저리에서부터 칭칭 똬리를 틀기 시작해 고개를 돌렸다. 그대로 등을 돌려 나가려고 하는데 반장이 들고 있던 빗자루를 몸 앞으로 내밀어 길을 막았다.

"잠깐! 내가 무슨 말실수라도 했어?"

"응. 그렇지만 신경 쓰지 마. 대체로 다들 그러니까."

"뭐?"

"옛날부터 그랬어. 난 그냥 평범하게 행동하는데 다들 '이상해', '우주인'이라고 해. 사람들이 나의 어떤 부분을 그렇게 말하는지 모르겠어."

"난 우주인이라고는 생각하지 않아. 그런데 늘 그런 말을 들었어?"

"그만해."

지긋지긋하다. 다른 사람은 늘 저런 질문을 던진다. 내가 무슨 짓을 했는지, 늘 가장 알고 싶은 사람이 바로 나다.

반장은 빗자루를 내렸다.

"잘은 모르지만 그게 정말 나쁜 걸까. 개성적이라는 의미잖아?"

"엄마도 똑같이 말해."

"좋은 어머니시네."

"그럴까? 무책임하다고 생각해. 일단 난 아무 말도 하고 싶지 않아. 미안하지만 나 좀 그냥 놔둬."

"평생 입을 다물고 살 작정이야? 아무래도 무리일걸."

"그건 아니야. 난 지금 지구에 사는 특훈 중이야. 누가 봐도 이상하다고 생각하지 않는 지구인이 되면 그때 말하려고."

"특훈?"

반장이 고개를 갸웃거렸다. 고이치는 주머니 위로 안에 있는 MP3 플레이어를 만졌다. 왜 '특훈' 중이라고 말했는지 후회했다. 특훈 내용을 다른 사람에게 알리는 건 너무 부끄럽다. 그래놓고 이상하게도 지금 여기서는 반장에게 털어놓고 싶다. 간직하고 있다는 이유만으로 비참해지는 비밀이라 더 고백하고 싶을지 모른다.

"……유행하는 곡을 매일 들어. 대여점에서 순위가 높은 CD를 빌려서 플레이어에 넣어. 용돈이 그리 많지 않아서 매달 두 장씩만 빌리지만……. 모두가 좋아하는 곡을 좋아하게 되면 나도 지구인에 가까워진 거겠지."

말하고 보니 예상대로 너무 부끄러워 상처 입었다.

반장은 어이없다는 표정을 짓고 있다. 영문을 모르겠다는 모습이다.

"옛날에는 엄마 말만 믿고 아무 생각 없이 제멋대로 떠들었어. 그런데 주위에서 하도 이상하다고 해서 그다음부터는 생각하고 말했어. 그래도 계속 이상하다잖아. 그래서 생각했어. 이상하다는 소리를 듣지 않으려면 근본부터 이상해서는 안 된다고. 평범한 사람은 아마 그렇게 사소한 부분까지는 생각하지 않겠지. 어쩐지 음악을 들을 때와 비슷하더라. 잘 표현할 수는 없는데…… 그런 부분에서 모두와 똑같이 느끼게 되면 지구인이 될 것 같아."

"있잖아? 왜 그렇게까지 애써서 남들과 똑같아지려고 해? 친구가 없어도 된다고 한 말은 빈말이야?"

"친구가 없어도 괜찮은 건 진짜야."

"거짓말. 친구가 없으면 외롭잖아."

그 말에 점점 더 타인과 거리를 느낀다. 다른 사람이 말하는, 외롭다는 기분을 예전부터 이해하지 못했다. 나만의 세계에 만족하기 때문이다.

"친구가 없어도 괜찮아. 그러나 지구에서 살려면 지구인은 되어야지."

"왜? 우주인으로 있으면 안 돼?"

고이치는 시선을 바닥으로 떨어뜨렸다.

"너도 화성에서는 숨을 쉴 수 없잖아."

반장이 입을 다물었다. 생각하는 모양이다.

"그렇다면 나, 다이나카가 지구인이 되게 도와줄게."

고이치는 저도 모르게 반장의 얼굴을 뚫어지게 바라봤다.

"다음 주가 내 생일이야. 다음 일요일에 우리 집에서 생일파티를 하는데, 너도 올래?"

살짝 기대한 만큼 기분이 더 어두워졌다. 어디가 지구인이 되는 방법이란 말인가.

"지금 이야기하면서 생각했는데, 다이나카가 살짝 이상해 보이는 이유는 늘 혼자 있어서야. 애들과 놀면 점점 애들과 같아지지 않을까?"

그렇게 생각할 수도 있겠다 싶으면서도 영 내키지 않았다. 인기가 많은 그녀의 생일파티에는 수많은 반 친구가 모일 것이다. 지금까지의 경험으로 추측하건대 틀림없이 그곳에서 우주인 같은 언동을 하고 말아 뼈아픈 경험을 하게 될 것이다.

그러나 고이치는 그 순간 얼굴을 찌푸리면서도 그녀의 제안에 실낱같은 희망을 품기 시작했다.

반장의 말은 이런 뜻이리라. 이상해서 혼자인 게 아니야. 혼자 있어서 이상해졌어.

솔직히 말해 도대체 뭐가 먼저일지는 스스로 풀어야 하는 수수께끼라고 생각했다. 그러나 자신의 '이상함'이 후천적일지 모른다고 생각하니 아직 구원받을 수 있을 듯했다.

생일파티 당일, 반장의 집에 나타난 고이치를 보고 반 친구들은 놀라워했다. 순식간에 어색해진 분위기에 집으로 돌아가고 싶었으나 현관 앞에서 맞아준 반장의 미소를 떠올리며 참았다.

그렇다고 해도 뭘 하고 있어야 할지 몰랐다. 케이크를 자르는 등 생일파티의 기본 프로그램 같은 게 이루어지는 동안에는 그나마 괜찮았다. 눈앞의 음식을 묵묵히 먹어 치우는 일은 자신도 할 수 있었다. 식사가 끝난 다음 모두가 신나게 놀기 시작했을 때가 제일 곤란했다. 과자를 먹으면서 수첩에 붙인 스티커 사진을 보며 떠드는 여학생들. TV 앞에서 고카트 게임으로 다투는 남학생과 구경꾼들. 거실의 넓은 창으로는 마당에서 배드민턴을 치는 친구들의 모습이 보였다. 믿었던 반장도 그 안에 있었다. 식사하면서도 몇 번 말을 걸어 왔는데, 주연인 그녀는 고이치만 신경 쓸 처지가 아니었다.

고이치는 어떤 놀이에도 끼지 못하고 거실 수납장에 진열된 CD를 바라보고 있었다.

그곳에는 고이치가 좋아하는 가수의 CD가 있었다.

매일 '특훈'이라고 칭하며 듣는 유행곡이 아니라 고이치가 제일 좋아하는 가수의 앨범이었다. 반장 부모님의 CD일 것이다. '평범한' 아이인 반장이 이 가수를 좋아하기는 어렵다. 이 가수의 곡을 좋아한다는 것은, 고이치에게는 콤플렉스였다. 이제까지 다른 사람에게 말하면, 어른들은 왠지 의미심장하고 야릇한 웃음을 지으며 "아주 취향이 구수하네"라고 말하고, 또래 아이들은 어른들에게 예쁨을 받으려고 일부러 그런다고 몰아세우기 때문이다.

"음악, 좋아하니?"

머리 위에서 소리가 났다.

반장의 아버지가 한 손에 캔맥주를 들고 있었다. 까무잡잡하게 탄 피부의 다부진 몸에 깨끗하게 민 머리라, 젊었을 때 스포츠나 격투기 같은 걸 했을법한 그는 간사이 출신인지 사투리를 썼다. 모든 특징이 위압적이었다.

고이치는 어색하게 고개를 끄덕였다.

"여기 있는 건 다 아저씨 거야. 아저씨, 옛날에는 기타를 쳤어. 의외지?"

반장 아버지는 그렇게 말하고 고이치 바로 앞에서 굵고 짧은 손가락을 펼쳐 보였다.

"다 오래된 음반이지만 가져가고 싶은 게 있으면 말해. 빌려줄게."

다시 고개를 끄덕이기에는 망설여졌다. 그 음악을 좋아한다는 자체가 고쳐야 하는 '이상함' 중 하나인 듯했기 때문이다.

그래도 사실은 빌려달라고 말하고 싶었다. 예전 우리 집에 있었던 앨범은 부모의 이혼과 함께 책장에서 자취를 감췄다. 아버지가 가져갔는지, 아버지는 두고 갔는데 어머니가 버렸는지는 모른다.

고이치는 망설인 끝에 다시 살짝 고개를 끄덕이고 눈앞에 있는 CD 한 장을 가리켰다.

"이 가수를 알아?"

"네."

"오호. 이런 걸 알아? 이거, 아저씨가 제일 좋아하는 앨범이야. 이 곡이 최고야."

반장 아버지는 수납장에서 CD를 빼더니 뒷면 곡목에 적힌 타이틀곡에 검지를 올렸다.

"너는 어떤 노래가 좋아?"

고이치는 곡목 두 번째에 적힌 곡을 가리켰다. 손가락 끝에 있는 제목을 보고 반장 아버지가 웃었다.

"조숙하네. 이건 진짜 어른들의 사랑 노래야."

그 말에 목덜미에서부터 얼굴로 열이 올라왔다.

"아니에요."

자기도 모르게 내뱉은 말은 반론이라기보다 변명이었다. 자신은 절대 조숙한 아이가 아니다. 이 곡을 좋아하는 다른 이유가 있다는 변명.

"제게는 다르게 들려요. 이 곡을 만든 사람에게 가사의 '달링'은 어쩌면 음악 자체일 거예요. 아, 그러니까, 제가 이 곡을 좋아한다고 해서 조숙한 건 아니라고요."

말하면서 느낀, 지금 실수하고 있다는 예감은 말이 끝나는 순간 확신으로 변했다. 눈앞의 반장 아버지가 기묘한 생물체라도 보는 눈빛으로 이쪽을 바라보고 있었기 때문이다. 반장 아버지의 의식이 방금 이야기의 내용을 넘어 나라는 아이에게 어떤 판정을 내리고 있음을 간파했다.

"너, 이상하구나. 아주 거창하고 영특하게 말하네. 애답지 않아."

고이치는 고개를 숙였다. 또 저지르고 말았다는 생각이 들었다. 평범해지려고 참석한 생일파티에서 끝내 놀이에 참여하지 못했다. 초대해 준 반장에 대한 미안함에 더해 이제까지 수없이 주위 사람에게 들은 말을 다시 듣고 말아서 전보다 더 낙담했다.

반장 아버지가 턱을 긁으면서 거실을 둘러봤다.

"CD 맘대로 가져가. 딸한테 돌려주고. 네 이름이 뭐지?"

"……다이나카 고이치입니다."

"그래? 고이치구나. 애써 왔으니까 혼자 있지 말고 애들이랑

놀아라."

반장 아버지는 그렇게 말하고 고이치에게 CD를 건넨 후, 거실에서 놀고 있는 아이들에게 몸을 돌렸다. 그리고 신나게 TV 게임을 하는 남학생 중에, 컨트롤러를 쥐지 않고 관전하던 아이의 머리카락을 느닷없이 헝클었다.

그만해요 아저씨, 라는 목소리가 들린다. 그런데도 멈추지 않는 반장 아버지에게 머리가 흐트러진 남학생은 몸을 돌려 배에 펀치를 먹였다.

펀치를 먹은 반장 아버지는 꿈쩍도 하지 않고 오! 그래? 라고 호전적으로 말하고는 주먹을 날리는 남학생을 가볍게 어깨 위로 들어 올려 그대로 빙빙 돌렸다. 공중에서 소리를 질러대는 친구를 돕기 위해선지 다른 남학생이 반장 아버지를 툭툭 때렸다. 반장 아버지는 웃고 있다. 그런 그를 쓰러뜨리려고 또 다른 남학생도 가세했다.

애답다는 게 저런 걸까.

고이치는 소파에 앉은 채 그 광경을 바라보았다. 그 자리의 모두가 눈앞의 전투를 웃으며 바라보고 있다. 창밖으로 시선을 돌리니 조금 전까지 배드민턴에 열중해 있던 반 친구들도 방 안을 보며 웃고 있다. 반장도 웃고 있는데 고이치와 눈이 마주치자 앗! 하며 당황한 표정을 지었다. 고이치 혼자 소파에 앉아 있는 걸 깨달았기 때문일 것이다.

정신을 차리니 고이치는 소파에 CD를 놓고 일어서 있었다.

반장 아버지 곁으로 다가가 잠시 망설인 다음, 그의 엉덩이를 손바닥으로 짝 때렸다.

남학생을 어깨에 둘러메고 돌리던 반장 아버지의 시선이 아래로 내려오더니 놀이에 뛰어든 고이치를 보고 씩 웃었다. 고이치는 가슴을 쓸어내렸다. 조금 전 '애답지 않다'라는 말을 들은 걸 조금이나마 만회한 느낌이었다.

"소용없어!"

반장 아버지가 불온하게 웃으며 어깨에 멘 남학생을 바닥에 내리고 이번에는 다른 남학생을 들어 올려 다시 돌리기 시작했다. 스윙에서 풀려난 남학생은 아까 원망의 말을 던졌듯 반장 아버지에게 주먹을 날렸다. 고이치도 지지 않고 그의 배를 때렸다. 그의 몸은 지방과 딱딱한 근육으로 덮여있어서 이 정도로 맞아서는 아무렇지 않은 듯했다. 고이치는 정강이를 세게 찼다. 그제야 처음으로 반장 아버지가 아프다고 소리를 질렀다. 장난스러운 목소리였다. 고이치의 가슴이 자신감으로 차올랐다. 자신도 이렇게 애다워질 수 있구나. 고이치는 여러 번 똑같은 곳을 차고 뒤로 돌아 장딴지를 찼다. 반장 아버지의 무릎이 푹 꺾이더니 균형을 잃었다.

"위험해!"

반장 아버지가 짧게 소리치며 어깨 위의 남학생이 다치지 않도록 몸을 비틀어 그를 바닥에 내려놓았다. 허리를 구부려야 해서 수염투성이 얼굴이 고이치의 손이 닿는 거리로 낮아졌다.

고이치는 바로 손을 들어 손바닥으로 뺨을 쳤다.

짝! 소리가 거실에 울려 퍼졌고, 그때까지 소란스러웠던 거실이 단숨에 쥐 죽은 듯 조용해졌다.

얼굴을 맞아 고개가 돌아간 반장 아버지의 옆얼굴은 조금 전과는 달리 아주 차가웠다. 주위의 반 친구들도 그대로 얼어붙었다. 고이치는 또 실수했음을 깨달았다.

반장 아버지는 한동안 똑같은 표정으로 침묵을 지키다가 마침내 어이없다는 듯 웃었다.

"너 말이야. 방금 같은 짓은 안 돼."

그렇게 말하고 고이치의 뺨을 톡톡 두드렸다.

"얼굴은 안 된다고. 모두가 보는 앞에서 뺨 맞는 건 싫잖아?"

"죄송해요."

위축된 나머지 목소리가 기어들어 갔다. 반장 아버지는 웃으며 알았으면 됐다고 했다. 고이치는 조그만 목소리로 여러 번 사과했다. 반장 아버지가 용서하겠다고 했는데도 주위는 여전히 조용했다. 그러다가 창 너머로 이쪽을 바라보는 반장의 굳은 표정을 본 순간, 고이치는 이 자리에 온 걸 진심으로 후회했다.

고이치는 곧바로 집에 가고 싶은 마음을 억누르고 모두의 주위가 분산될 때를 기다렸다가 짐을 들었다. 어머니가 시켜 선물로 가져온 편지지 세트도 더는 건넬 용기가 없었다. 아버지 얼굴을 때린 사람의 선물을 받을 것 같지 않았다. 그러나 돌아가기 전에 적어도 한 번은 더 그녀의 아버지에게 사과하고 싶었다. 두고두고 생각할수록 반장 아버지 말이 맞았다. 사람들 앞에서 뺨을 때린 건 심했다. 게다가 그는 어떤 의미에서, 고이치에게는 첫 번째 인간이었다. 이제까지 다른 사람은 고이치에게 그저 야릇한 표정을 지을 뿐, 조금 전처럼 얼굴을 때리면 안 된다고 뭐가 잘못되었는지를 구체적으로 알려준 사람은 처음이었기 때문이다. 반장 아버지는 거실에 없었다. 부엌을 보니 반장 어머니가 뒷정리를 하며 옆을 보고 대화하고 있어서 고이치는 살금살금 부엌으로 다가갔다.

"아니, 그래도."

캔을 찌그러뜨려 쓰레기통에 넣는 소리가 났다. 고이치는 모습은 안 보이는 반장 아버지에게 말을 걸려다가 입을 다물었다.

"쟤, 상당히 이상해."

"아직 애잖아. 주위 어른들이 제대로 알려주면 금방 좋아질 거야."

"남의 아이는 혼내지 않는 어른이 많아서 지금까지 몰랐겠지."

"축구 클럽에 불러볼까? 단체 스포츠를 하면 자연스럽게 사회성이 생길 텐데."

"그렇지. 하지만 말이야."

캔 따는 소리가 들렸다.

"운동 신경이 없을 것 같아."

음료수를 마시는지 침묵이 흘렀다.

"감성이라고 해야 하나 센스라고 해야 하나, 이상한 녀석은 결국 끝까지 이상한 법이야. 우리 집에 오는 젊은 직원 중에도 있어."

"애한테 너무 심하지 않아? 그리고 말이야, 그렇게 잠깐 보고 사람을 다 알면 바로 그만두는 사람은 채용하지 말라고."

"아, 어쨌든 클럽은 아닌 걸로. 들어와도 본인이 힘들어할 테고 나도 자신 없어. 아까 얼굴을 맞았을 때는 순간 두들겨 팰까 하고 생각했다니까."

직후에 난 소리가 고이치의 어깨에서 가방이 미끄러져 떨어지며 난 것임을 깨달은 이유는, 반장 어머니가 고개를 돌리고 아버지가 찬장 뒤에서 고개를 내밀었기 때문이다. 고이치는 어깨끈을 잡은 채 말했다.

"저, 이거."

상황을 수습하려는 듯한 표정을 짓는 반장의 부모를 번갈아 보며 가방을 뒤졌다.

"시마자키에게 줄 선물. 저기, 저는 이제 집에 돌아가야 해서 대신 좀 전해주세요."

순간적으로 할 생각도 없었으면서 그냥 부탁했다. 고이치는 포장지로 싼 편지지 세트를 전화 옆에 두고 현관으로 향했다.

스니커즈를 신는데 뭔가가 느슨해지더니 눈물이 나왔다.

"잠깐만!"

뒤에서 반장 아버지의 목소리가 났다. 고이치는 소매로 눈물을 닦고 돌아섰다.

"얼굴을 때려서 정말 죄송해요."

반장 아버지는 조금 떨어진 복도에 서서 고개를 떨군 고이치를 똑바로 바라봤다.

"다른 애들처럼 애답게 행동해야 한다는 생각에 너무 흥분했어요. 죄송해요. 아저씨한테 애답지 못하다는 말을 들은 게 싫어서 화가 났나 봐요."

"응. 그건 이제 괜찮아. 앞으로 안 하면 돼. 고이치라고 했나? 있지? 아저씨는 어른이지만 사람이라 맞으면 싫어. 아까처럼 험악한 말도 하고. 축구는 하고 싶으면 와. 그렇지만 고이치, 넌 애답지 않기는 해."

반장 아버지가 조심스럽게 웃었다.

"아까 식당에서 들은 이야기는 신경 쓰지 마라. 아저씨가 잘못 본 걸 수도 있으니까. 어쩌면 넌, 다른 아이와 다르게 행동해 독특하게 보이고 싶은 걸지 몰라. 그러지 말고 생각대로 말하고 자연스럽게 행동하면 돼. 그러면 주위와도 잘 지낼 거야."

반장 아버지는 고이치에게 다가와 머리 위에 다정하게 손을 놓았다.

"애는 애답게 말이다."

머리 위에 놓인 손바닥은 크고 강력하고 따뜻했다. 고이치는 그 온기를 느끼면서 이 사람이 말하는 애에 자신은 포함되지 않는다고 생각했다.

이상한 녀석은 결국 끝까지 이상한 법이야.

무슨 짓을 해도 평범해지지 않는다.

이 사실을 받아들이고 열등감을 품은 채 사는 일은 견디기 힘들었다. 그렇다고 지구인이 되기를 포기할 수는 없다. 반장 아버지의 말처럼 원인이 운동 신경 같은 센스 부분이라면 평범해질 방법은 역시 하나뿐이다.

고이치는 그날부터 한층 더 자신의 존재를 없애려고 노력했다.

좋아하는 음악이나 책을 즐기는 행위는 다 중단했다. 내 '이상함'이 감성에서 유래한다면 일단은 다 없애야 한다. 뒤틀린 토대에 무엇을 쌓아도 더 크게 뒤틀릴 뿐이다. 내가 조금이라도 좋다고 느끼는 모든 것을 다 끊고 유행가만 계속 들었다.

계속하다 보니 내가 원래 뭘 좋아했는지 알 수 없게 되었다. 그걸로 충분하다고 생각했다. 이렇게 원래의 나를 지워가면 틀림없이 조금은 숨쉬기 편해질 것이다.

그러나 중학교에 들어가고 졸업할 때까지도 숨 쉴 공기는 늘 희박했다.

어느 날, 인터넷에서 블로그 기사 하나를 발견했다.

옛날 자신이 좋아한 가수의 팬이 쓴 것이다. 그 생일파티에서 해석을 말해 반장 아버지를 의아하게 했던 곡의 일본어 번역과 블로그 운영자가 쓴 글이었다.

제대로 상대도 해주지 않고 방치한 연인이 방 한구석에서 이쪽을 보고 있다. 관계는 완전히 틀어졌다. 소원해졌다고 생각하면서도 그녀가 다른 남자에게 가는 건 용서할 수 없다. 결국 그는 그녀를 행복하게 해주지 못하는 자신에게 화가 나있다. 여기서 그녀란 어쩌면 ○○○○가 자신의 음악적 재능을 의인화한 존재일지도 모른다.

기사에는 수많은 '좋아요'가 달려있었다.

그것을 본 순간의 감정이 무엇이었는지는 생각나지 않는다. 기억은 공백이 되고 말았으나 뒤늦은 허무함이 밀려왔다는 사실은 기억한다.

상황만 바뀌면 내 의견은 이렇게 지지를 받는다. 특훈이라며 계속해 온 노력은 도대체 무엇이었나.

허무함 뒤에는 그 자리에 있는 모든 걸 때려 부수고 싶은 분노가 찾아왔다. 이글거리는 마음에 미끄러져 들어온 목소리는 예전부터 반복된 어머니의 말이었다.

고이치는 독특해. 이런저런 소리를 듣는 이유는 주위 수준이 너무 낮아서야. 너는 그대로 당당하게 지내면 돼.

그날 이후, 고이치는 특훈을 그만두었다.

열여섯 살이 된 지금의 고이치는 자기 생각을 말하는 걸 참지 못한다.

조금 전 미술 수업이 좋은 예다. 잠자코만 있었으면 적어도 맞을 일은 없었을 텐데, 분위기를 읽고 내 의견을 죽이지 못한다. 누군가가 먼저 내 의견을 빼앗아 갈 것 같아 초조해져 먼저 나서고 만다.

줄곧 '이상한' 자신이 싫었다.

지금은, 이상함이란 상대적이라고 생각한다.

바꿔 말하면 그것은 '특별함'이다.

언젠가부터 '특별함'이 나를 유일하게 긍정할 수 있는 단어가 되었다.

그런 의식을 지니고 행동한 탓인지 주위 사람들은 점점 고이치를 차갑게 대했다. 물론 멀어져도 어쩔 수 없다. 주위 사람이 보기에는 그저 우울하기만 한 성격인 주제에, 남을 깔보는 듯한 태도까지 보이니 불쾌하겠지. 확실히 같은 반 아이들을 깔본다. 동시에 나보다 주위 사람이 훨씬 상급이라고도 느낀다. 모두에게는 친구가 있는데 내게는 없다. 그것이 나와 달리 다른 사람은 지구에 적합하다는 증거다. 다른 사람을 깔보는 이유는, 그렇게 하지 않으면 내 마음을 유지할 수 없기 때문이다. 그 사실을 명확하게 깨닫고 있는 점만은 칭찬하고 싶다. 다른 사람을 깔보며 마음을 달래는 나를 경멸하는 기분과 그 심리를 알고 있다는 자책, 그런 자의식이 양배추나 양상추처럼 층층이

결을 이루어 마음을 주름투성이로 만들었다.

복도에 서있는 고이치의 뇌리에 문득 그 남자 얼굴이 스쳤다.

니키 료헤이.

요즘 고이치는 자신에 관해 생각할 때마다 마음속으로는 그를 불러내고 있다.

내가 어딘가 틀려먹은 인간이라면 녀석의 머릿속은 더 말도 안 된다. 그런데도 완벽하게 평범한 얼굴을 하고 겉으로는 〈A〉라는 대답을 늘어놓아 주위를 감쪽같이 속이고 있다. 니키는 특별히 학생들에게 인기 있는 교사는 아니다. 그러나 그의 대단한 점은 어떤 교사든 어느 정도는 있는 안티의 존재가 없다는 것이다. 고이치는 학교에서 고립된 존재라 주변을 한없이 관찰할 수 있는데, 니키를 놀리거나 험담하는 소리를 들어본 적이 없다. 니키 주위에 누군가 있으면 남녀 상관없이 그와의 거리가 가깝다. 몸의 거리라는 의미다. 호의가 있어서 그런다기보다 풀을 우물우물 씹는 초식동물의 머리와 배에 작은 새들이 모여있는 이미지다. 니키의 생김새는 고양이와 도마뱀을 닮았는데 전체적인 분위기는 대형 초식동물이다. 마치 판타지 영화에 나오는 합성 괴물 같다. 학생들이 그에게 모여드는 모습을 볼 때마다 나라면 절대 니키의 반경 2미터 안에 들어가지 않겠다고 생각한다. 만약 그들이 니키의 정체를 아는 순간, 작은 새가 느긋하게 쉬고 있는 풍경에 느닷없이 총성이 울릴 때처럼, 새들은 공황 상태에 빠져 일제히 날아오를 것이다. 그보다 여러 가지 의미에서 완전히 끝이다.

나만 니키의 머릿속을 알고 있어.

오늘이야말로 학교가 끝나면 그곳으로 가자. 고이치는 생각했다. 발매하고 벌써 나흘이나 지났다. 내내 신경 쓰였는데 어쩐지 용기가 나지 않아 어영부영 시간을 보내고 있다.

당장 집에 돌아가서 잠의 세계로 도망치고 싶다는 조금 전까지의 마음이 순식간에 사라졌다. 심장이 쿵쿵 울려댄다. 이 두근거림을 가슴에 품고 있으면 남은 수업도 견딜 수 있을 듯하다. 고이치는 복도를 다시 걷기 시작하면서 방금 결정한 방과후 일정에 온 마음을 쏟았다.

니키는, 세상에서 가장 기분 나쁜 존재다.

집에 돌아가자마자 고이치는 교복을 벗고 티셔츠와 청바지로 갈아입었다.

"어머? 어디 가니?"

2층 방에서 나와 계단을 내려오는 아들의 모습을 발견하고 어머니가 말을 걸었다. 고이치는 집에 있을 때 청바지를 입지 않는다.

어머니는 잠옷 차림이다. 간호사로 일하는 병원 근무 교대 시간이 야근인 날은 지금부터 출근 전까지 잔다.

"잠깐 서점에."

"아, 그러면 《텔레비전》 좀 사 와."

어머니는 슬리퍼 소리를 내며 거실로 돌아가 지갑에서 만 엔 짜리 지폐를 꺼내 돌아온다.

"《TV O》가 아니라 《텔레비전》이야. 헷갈리면 안 돼."

고이치는 만 엔을 받았다.

"프로그램 가이드는 다 똑같지 않아?"

"사카이의 수필이 읽고 싶어."

"잔돈은 가져도 돼?"

"안 돼. 네 책은 매달 주는 용돈을 쓰라고."

"심부름하는데 용돈도 안 줘?"

"가는 김에 사 오는 거잖아."

고이치는 포기하고 신발을 신었다.

"저녁은 할머니 집에서 먹어라."

"오케이."

현관에서 스니커즈 끝을 톡톡 두드려 신발 속 발끝을 정리하 는데 뒤에서 어머니의 시선이 날아왔다. 돌아보니 어머니는 계 단 아래 기둥에 기대서서 팔짱을 끼고 이쪽을 바라보고 있다.

"왜?"

"바로 올 거지?"

"아니, 서서 읽을 거라 늦어질 거야."

"……조심해. 너무 어두워지면 위험하니까."

"자전거를 탈 거고, 난 남자니까 괜찮아."

"남자라도 위험해. 자전거를 타고 있어도 나쁜 놈은 아무렇지 않게 한다니까."

뒤에서 차로 가볍게 치고 쓰러진 사람을 차로 끌고 가니까. 엄마가 말한다. 다 큰 아들을 유괴 대상으로 생각하는 게 어이없다. 키가 작고 어리게 보이는 편이라고 해도 고등학교 2학년이다. 고2나 되어서 변태에게 당할 '남자'는 없을 것이다.

"괜찮아, 괜찮다고. 그래도 조심할게."

고이치는 손을 살랑살랑 흔들고 집을 나섰다.

자전거를 타고 천천히 출발한다. 모퉁이 바로 앞집을 지나갈 때 실외기가 토해 내는 열풍이 곧장 얼굴을 때렸다. 안 그래도 더운데! 얼굴을 찡그렸으나 모퉁이를 돌아 좌우로 논밭이 펼쳐진 길을 달리기 시작하자 바람이 온몸을 훑고 지나가 기분이 좋았다. 목적지인 서점은 국도 변에 있다. 국도를 나와 한참 달려야 하는 거리다. 이곳은 모든 게 멀다. 자동차 운전은커녕 전동 오토바이조차 없는 고이치는 어디를 가든 시간이 걸리지만, 자전거를 타고 생각하는 걸 즐기는 터라 그리 고통스럽지 않다.

시골 특유의 쓸데없이 넓은 주차장 한편에 자전거를 세웠다. 가게 간판에는 한 글자로 크게 '책'이라고 적혀있고, 그 옆에는 그보다 작은 글자로 '게임·취미'라고 쓰여있다. 2층짜리 대형 서점이다.

자동문을 통과하니 냉방이 잘 되어 있어서 피부 표면의 땀이 단숨에 식어 시원해졌다. 서점 안에는 손님이 많지 않았다. 고이치는 일단 잡지 코너로 가서 어머니가 부탁한 프로그램 가이드를 찾았다. 같은 장르에 비슷한 이름의 잡지가 여럿 있었는데, 어머니가 말한 잡지가 눈에 들어왔다. 표지에는 다음 시즌부터 시작되는 드라마의 여자주인공이 오렌지를 손에 들고 웃고 있다. 이 잡지의 표지는 이유 없이 늘 표지 인물이 오렌지를 들고 있다. 표지에는 반드시 오렌지, 라는 인상이 강해서 이 잡지가 틀림없을 것이다. 그러나 전에 실수로 다른 잡지를 사 갔다가 어머니의 잔소리를 실컷 들었던 터라 일단 목차를 찾아 확인한다. 아래쪽에 어머니가 이 잡지를 사는 목적인 연재 수필의 제목이 있다. 이 잡지가 틀림없다. 어머니는 이 수필을 쓰는 배우의 팬이다.

고이치는 프로그램 가이드를 옆구리에 끼고 만화 코너로 가서 자연스럽게 훑어보는 시늉을 하며 책장 사이를 걸었다. 홍보 문구가 붙은 화제의 만화를 살피면서 가게 안쪽으로 나아간다. 동시에 근처 손님 중에 아는 사람이 없는지 재빠르게 확인했다. 그리고 원하는 코너 부근에 도착해 아주 자연스럽게 그 공간으로 들어갔다.

눈앞에 늘어선 표지의 글자 색깔이 단숨에 바뀐다. 성인 잡지 코너다. 대여 비디오 가게의 성인 코너처럼 커튼 같은 걸로 분리되어 있지는 않은데, 책장이 사방을 둘러싸게 배치해 다른 손님의 시선을 피하게 해놓았다.

고이치 외에 이 장소에 있는 손님은 중년 남성 하나뿐이었다. 등을 돌리고 있으나 아는 사람은 절대 아니다. 고이치가 들어온 걸 아는지는 모르겠으나 성인물을 찾는 뒷모습에서 타인을 거절하는 아우라가 뿜어져 나오고 있다. 고이치는 그를 힐끔 보고 원하는 책장 앞에 섰다. 늘어선 표지의 색채가 전체적으로 분홍색과 살색뿐인 점은 이 코너의 다른 책장과 다르지 않으나, 그곳에 늘어선 여성은 모두 실사가 아니라 일러스트로 그려져 있다. 이른바 성인만화다. 그중에 딱 하나 색채가 다른 표지의 잡지가 있다. 다른 성인만화 잡지의 표지는 분홍색 바탕의 디자인을 배경으로 노출한 피부에 끈끈한 질감의 액체를 적시고 있는 여성이 등장한다면, 이 잡지는 새파란 하늘에 높이 솟은 뭉게구름이 떠있는 한여름 하늘 아래에서 하얀 셔츠를 입은 포니테일의 여자아이가 아이스크림을 들고 눈이 부신 듯 하늘을 올려다보고 있다. 너무나 상쾌한 그림으로 야한 느낌은 전혀 없다. 살짝 성적이라면 성적일 수 있는 유일한 부분은, 여자아이의 목덜미에 흐르는 땀 한 방울이다. 물론 그것만 보고 성적인 느낌을 받는 인간은 거의 없을 것이다.

고이치는 그 잡지를 들었다. 오른쪽 대각선 위의 벽에 CCTV가 있다는 걸 안다. 그 각도에서는 한 권만 든 것처럼 보일 텐데, 실제로는 두 권을 겹쳐 책장에서 꺼냈다. 그대로 다른 책장 앞으로 이동한다. 중년 남성과 등을 진 형태가 된다. 이 서점의 CCTV는 어디를 감시하는지 알 수 없는 돔 형태가 아니라, 감시 방향을 알 수 있는 박스형 카메라다. 고이치는 이곳이 CCTV의 사각지대임을 미리 확인해 놓았다.

고이치는 재빨리 티셔츠를 올려 두 권 중 한 권을 청바지 틈에 끼워 넣었다. 등을 꼿꼿하게 펴고 서면 배 언저리가 지나치게 판판해 들킬 테지만, 티셔츠가 워낙 커서 평소처럼 등을 구부리고 걸으면 겉으로는 알 도리가 없다. 남은 한 권을 책장에 돌려놓고 고이치는 성인 잡지 코너를 나왔다. 진지하게 CCTV를 확인할 사람이 있을지는 의문이나, 그냥 보면 호기심에 성인 책을 들었던 소년이 성인 코너를 어슬렁거리다가 결국은 그 책을 책장에 넣는 듯 보일 것이다.

고이치는 다시 자연스럽게 만화를 보는 척하면서 서점 화장실로 갔다.

화장실 앞에는 '상품을 가져오지 마세요'라는 종이가 붙어있다. 고이치는 옆구리에 끼고 있던 프로그램 가이드를 어쩔 수 없다는 태도로 일단 화장실 앞 책장에 놓고 안으로 들어간다. 화장실에는 아무도 없다. 고이치는 안쪽의 조그만 창문 앞에 섰다. 환기 때문인지 위로 올리는 방식의 창문 아래가 열려있다. 창 너머는 인접한 창고 같은 건물 벽이다. 고이치는 티셔츠 밑에서 잡지를 꺼내 창틈으로 떨어뜨린다. 온 김에 소변을 보고 손을 씻고 화장실을 나온다. 책장에 놓아둔 프로그램 가이드를 들고 계산대로 향한다. 중간쯤 왔을 때 자기 책도 한 권쯤 샀어야 함을 깨달았다. 어머니에게 사다 줄 잡지가 있으므로 점원에 대한 위장에는 문제가 없으나, 어머니가 만에 하나 영수증을 요구했을 경우 잡지만 찍혀있으면 어떻게 생각할까. 서점에 간다고 한 아들이 굳이 먼 길을 자전거까지 타고 가서 결국은 아무것도 사지 않았다면 부자연스러울 것이다. 자기 책은 용돈으로 사라는 말을 듣기는 했으나 부모 자식이 물건을 사면서 일부러 영수증을 따로 찍는 것도 이상하다. 아무것도 사지 않고 돌아온 것에 대해 '서서 읽다가 나왔어'로 넘어가거나, 영수증에 어머니 잡지만 적혀있는 것에 대해 '잔돈을 돌려줘야 해서 계산을 따로 했어'라고 설명할 수 있다. 물론 다 변명할 수는 있으나 부자연스러운 일은 피하고 싶다. 스스로 물건을 훔치기로 했더라도 평소처럼 물건을 사는 게 절도의 비결이라고 생각했다. 물론, 절도나 도벽 습관이 있다는 건 아니다. 미성년자인지라 성인용 잡지를 대놓고 살 수 없고, 인터넷 서점에서 주문해 집에서 받을 수 있는 것도 아니라서 이 잡지를 손에 넣으려면 이 방법밖에 없다.

고이치는 잠시 생각한 후 만화 코너를 지나처 문학 코너로 갔다. 표지를 앞에 내놓고 진열된 신간 중에 초록색 책을 집었다. 정확하게는 그 책의 장정 자체가 초록색이라는 소리는 아니다. 그저 제목과 띠지에 적힌 문장에서 전체적으로 '초록색' 같은 인상을 받았다는 것이다. 고이치는 문자와 숫자를 보면 늘 그런 감각이 들었다. 글자에 따라 색이 보인다. 그 글자가 실제로 어떤 색인지는 상관없다.

초록색 같은 책을 고른 이유는 단순히 초록색을 고르고 싶었기 때문이다. 내용은 잘 모르겠고 어떤 내용이어도 상관없다. 다만 만화보다는 소설이 좋다. 만화는 금방 읽는데 소설 한 권은 며칠을 버틸 수 있다.

계산대로 간다. 스무 살 정도의 남자 직원이 시큰둥하게 대응한다. 계산을 마치니 두 권의 책이 검은 비닐봉지에 담겼고 그것을 들고 입구 방범 게이트를 통과한다. 당연히 경보는 울리지 않는다. 고이치는 주차장으로 가서 창고 부근에 세워둔 자기 자전거로 다가간다. 주위를 둘러본 후 조용히 서점과 창고 사이로 들어갔다. 조금 전 창문에서 떨어뜨린 잡지를 서점 비닐봉지에 넣고 창고 뒤에 숨어 주차장에 여전히 사람이 없는지를 확인하고 나왔다.

자전거 앞 바구니에 비닐봉지를 넣고 달리기 시작한다. 국도로 나와 서점 안에서 차갑게 식었던 몸이 미지근한 바깥바람을 맞은 순간에는 마치 달리기의 골인 테이프를 끊은 기분이었다. 후, 숨을 토해 내고 평소보다 더 크게 뛰는 심장 소리를 들으며 페달을 빠르게 밟아 다음 목적지로 향했다.

임도(林道) 옆에 철봉이 세워져 있다. 이 철봉이 뭔지, 처음 봤을 때부터 수수께끼였다. 표식도 아니고 밤길을 비추는 램프도 없다. 임도를 조금 들어간 곳에서 사람이 걷는 길과 초목이 무성한 숲의 경계를 나타내듯 일정한 간격으로 세워져 있다. 시골에는 수수께끼가 많다. 몇 개의 철봉 가운데 지금 눈앞에 있는 하나만이 과거에 여기서 사고가 있었다는 듯 허리 높이 부분이 찌그러져 있다. 그것이 표시다. 고이치는 숲으로 들어간다. 청바지 밑으로 벌레가 들어오지 않도록 조심스럽게 걸으면 검은 원박스카의 차체가 보인다. 숲속은 입구보다 풀이 적다. 대신 키가 큰 나무가 많아 아직 해가 있는 시간대임에도 어두컴컴하다. 차 옆에 서서 반쯤 열린 문에 손을 댄다. 삐걱대는 소리가 나며 문이 열린다. 직사광선이 닿는 곳은 아니라 한여름 차 안치고는 그리 폭력적인 더위는 아니지만, 그래도 상당히 후끈하다.

고이치가 고등학교에 막 올라갔을 무렵, 버려진 이 차의 존재를 알았다.

혼자 자전거로 여기저기 돌아다니다가 이 임도를 통과하는데 찌그러진 철봉 옆에 버려진 냉장고가 보였다. 다가가 보니 숲 더 안쪽에 다른 무언가가 버려져 있는 게 보였다. 관심이 생겨 숲으로 발을 내디뎠다. 버려진 물건은 TV였다. 냉장고도 TV도 버려진 물건치고는 깨끗해 보였고 아직 쓸 수 있을 듯했다. 또 버려진 물건이 있을지 모른다. 냉장고와 TV는 자전거로 가져갈 수 없고 무엇보다 필요도 없지만, 딱 적당한 크기의 스피커 같은 게 있으면 행운이겠다. 그렇게 생각하며 안으로 들어갔다가 차를 발견했다. 먼지와 낙엽에 덮여있었으나 그 앞에 있던 가전과 마찬가지로 나름 괜찮았다. 고개를 돌려 지나온 길을 새삼 자세히 보니, 자란 초목에 가려져 있으나 살짝 차바퀴 흔적 같은 게 있었다.

나무가 비추는 창을 통해 안을 들여다본다. 안에 위험한 게 없는지 확인하고 문을 연다. 잠겨있지는 않았다. 한바탕 차 안을 관찰해 호기심을 채운 후 빈손으로 숲을 떠났다. 가전 두 개와 자동차 외에 버려진 물건은 없었다. 그 후 수없이 이 길을 지나다녔는데, 냉장고와 TV는 어느새 없어졌다. 차도 당연히 철거될 줄 알았는데, 그곳을 확인할 때마다 그 검은 원박스카만 변함없이 그 자리에 있었다. 역시 시골은 수수께끼가 많다.

한동안 그 차의 존재는 머리 한편에 있었을 뿐이다. 그런데 고이치에게 현재의 취미가 생긴 이래 차는 최고의 은신처가 되었다.

심령 스팟이 된 폐가나 사람이 거의 찾지 않는 신사 등 은신처 후보는 또 있었으나 그런 장소는 대체로 불량아들의 아지트였다. 그렇게 소거법을 적용하니 이곳이 은신처가 되었다. 지금은 의외로 마음에 든다. 어두컴컴해서 잡지를 보고 있으면 눈이 침침해진다는 문제는 있지만.

고이치는 운전석에 들어가 앉아 조수석 시트 위에 잡지가 든 비닐봉지를 놓았다. 대시보드를 연다. 이제까지 모은 잡지는 다 그곳에 있다. 어떤 여성의 일상에서 한 장면만을 오려낸 듯한 일러스트는 다시 봐도 야하다기보다는 여름 한낮의 안타까

움 같은 게 느껴져 성인물처럼은 정말 보이지 않는다. 이 잡지는 늘 이런 분위기로 표지를 낸다. 내용은 평범한 성인 잡지보다 어떤 의미에서 심하다. 마치 그 녀석처럼 말이다. 그렇게 생각한 순간, 고이치는 너무나 잘 맞아떨어지는 이미지에 씩 웃고 말았다.

페이지를 휘리릭 넘긴다. '가지조' 선생의 익숙한 그림체를 발견하고 손을 멈춘다. 이번에는 잡지의 표제작과 아주 가까운 페이지에 실렸다. 가끔 연재하는데 꽤 인기 있는 모양이다.

이번 여주인공은 머리카락을 둘로 나눠 묶은 여자아이이다. 학교 수영복을 입고 까무잡잡한 피부로 그려져 있다. 평소처럼 여자아이의 나이를 얼버무려 표현했으나 아직 밋밋한 가슴과 엉덩이, 수영복 종류로 보아 아무리 봐도 초등학생이다. 시민 수영장에서 노는 여자아이는 이곳에 데려온 친척 '오빠'를 좋아한다. 그녀는 오빠에게 유아 체형이라고 놀림당해 볼을 부풀리며 토라진다. 소녀의 학교 수영복을 대놓고 아슬아슬한 앵글로 그리며 수영장 장면은 끝난다. 두 사람은 집에 돌아온다. 소녀는 여름방학에만 오빠 집에 머물러 왔단다. 그의 부모는 오늘 집에 오지 않는다. 소녀는 살갗이 타 아프다며 얼굴을 붉히면서 오빠 앞에서 옷을 벗는다. 그는 긴장한 채 소녀의 몸에 연고를 발라준다. 마침내 그의 손이 소녀의 가슴으로 다가가는데…….

살갗이 타지 않은 부분만 하얗게 칠해진 전라 소녀의 뒤에서 오빠가 격렬하게 몸을 흔드는 장면을 바라보며, 고이치는 언제나 전개가 굉장하다고 생각한다. 겉으로는 성실해 보이는 오빠가 친척 소녀와 과감하게 선을 넘는 점도, 이런 어린 소녀가 그에 응하는 점도 아무리 허구라 해도 비현실적인 느낌이 드는데다, 성적 묘사로 대부분을 채우면서도 얼마 안 되는 줄임표와 대사를 통해 설득력 있는 이유를 대는 능력에 묘하게 감탄하고 만다. 만화는 역 플랫폼에서 한없이 맑은 여름 하늘과 자기 집으로 데려갈 전차를 배경으로, 소녀가 "다음 여름방학에도 또 올게" 하고 웃으며 오빠에게 약속하는 장면으로 끝난다. 뭐지, 이렇게 분위기 좋게 끝난다고?

자기 하반신을 확인할 필요도 없다. 발기하지 않았다. 오빠의 손가락이 여자아이의 몸을 훑고 다니는 모습에는 그럭저럭 야릇한 기분이 들었으나, 이렇게 여자를 만지고 싶은 '가지조' 선생의 욕망이 그대로 만화에 그려졌다고 생각하니, 성인만화를 본다기보다 파브르가 곤충을 관찰하는 듯한 시선이 되어 야릇한 기분도 금방 사라졌다. 게다가 명백히 초등학생처럼 보이는 여자아이를 보며 흥분하다니, 고이치는 무리다. 어린 여자아이가 남자 밑에 있는 모습은 섹스라기보다 폭력으로 보여 성적인 반응은 전혀 일어나지 않는다.

이것이 평범한 감각이다. 나는 주위 사람들에게 이상하다는 이야기를 듣고 있으나 인간으로서, 남자로서, 절대 해서는 안 되는 일은 똑똑히 알고 있다. 책을 훔치기는 했으나 이런 걸 생각하는 놈보다는 훨씬 낫다.

어린 여자아이를 보고 흥분하는 놈은 망가져 있다. 지옥행이다.

게다가 이 잡지에 실린 만화는 내용이 귀여운 편에 속한다. '가지조'의 작품 정보는 인터넷으로 다 확인했다. 그에 따르면 '가지조' 선생은 가끔 상업 잡지에 단발로 작품을 싣는 일 외에, 1년에 한 번 정도 동인지를 발행한다. 과거에 발행한 동인지는 동인 이벤트나 통신판매로만 구할 수 있다. 이런 만화를 좋아하는 녀석들이 모이는 이벤트에 갈 마음은 전혀 없고, 애당초 미성년인 자신이 'R-18' 등급의 책을 살 수도 없다. 게다가 가장 큰 이유는 본인을 만나고 싶지 않다. 동인지 판매 이벤트라는 데에 과연 본인이 직접 올지도 의문이지만.

통신판매라는 선택지도 어림없다. 나이를 속이고 주문해도 집에 이런 물건이 배송되었다는 사실을 어머니에게 들키는 날에는 자신은 죽는다. 평범한 성인물을 보다가 들켜도 죽고 싶을 텐데, 이렇게 죄 많은 내용을 들키는 날에는 차라리 지구가 폭발하기를 빌고 싶을 것이다.

동인지를 살 수는 없었으나 검색해 보니 굳이 사지 않고도 '가지조'의 동인지를 무허가로 인터넷에 올리는 사람이 있었다. 아무래도 동인지는 이렇게 마음대로 올리는 일이 많은 듯하다. 고이치가 어이없어하며 클릭했는데, 상업 잡지에 실린 내용과 비교할 바가 못 되었다. 너무 생생했다. 혼자만의 추측이나, 상업 잡지와 달리 동인지는 완전히 취미의 세계이기 때문일 것이다. 그렇다면 이것이 '가지조'의 진짜 욕망이다. 솔직히 읽는 자체가 고통이었다. 어린 여자아이와 섹스를 한다는 판타지를 더 생생하게 그리고 싶었는지 집요할 정도로 현실감 있게 묘사했다. 현실의 소녀는 어른의 욕망을 웃으며 쉽게 받아들이지 않는다. 그러므로 동인지의 내용은 이런 식이다. 소녀가 남자와 섹스를 할 수밖에 없는 상황에 떠밀린다는, 성인물로서는 상당히 정합성을 갖춘 줄거리에 고이치는 전율했다. 구역질이 났다. 그런데 정말 끔찍하게 생각하면서도 다음 페이지를 클릭하는 손을 멈출 수 없었다. 다 읽은 후 인터넷 열람 이력을 삭제했다.

검색창에 '가'를 치면 '가지조'가 나오므로 브라우저 검색 이력도 당연히 삭제했다. 컴퓨터 앞에서 넋을 놓고 생각했다. 이렇게 망가져 있으면서 그 녀석은 어떻게 그토록 평범하게 행동할 수 있을까.

지금도 똑같은 생각을 하고 있다.

고이치는 핸들 위에서 잡지를 덮었다. 눈을 감는다. 숲의 나무들이 스치며 내는 소리가 들린다. 피부는 여전히 땀에 젖어 축축하다. 문을 반쯤 열어놨는데도 무덥다. 여름이다. 여름이라 녀석은 학교 수영복을 입은 소녀를 선택했다.

이렇게 역겨운 녀석이 바로 근처에 있다.

고이치는 눈을 뜨고 페이지를 나른하게 넘겼다. 여러 작가의 만화가 실려있는데, 다 소녀물이다. 아, 이 여자는 괜찮네. 고이치의 손이 멈췄다. 펼쳐진 페이지 속 여자는 몸집이 작고 동안인데, 그 외모와는 어울리지 않게 가슴이 컸다. 롤리콘에도 다양한 취향이 있는 모양이다. 이 정도면 어른이라고 볼 수도 있겠다…….

고이치는 천천히 페이지를 넘기며 청바지 버튼을 풀었다. 팬티를 끌어내리면서 살짝 이 먼지투성이 차를 만진 손이라 혹시 병에 걸릴지도 모르겠다고 생각한다.

2

버스 정류장에서 집까지의 길은 절로 하품이 나올 정도로 지루한 S현 T시의 전원 풍경이 펼쳐진다. 그러나 고이치의 마음은 범죄 도시 마이애미에 있다.

이제 막 다 읽은 이야기 세계에 흠뻑 빠져있는 것이다.

버스에서 내릴 때 책가방에 넣은 책을 다시 꺼내 마음에 들어 책갈피를 껴놓은 페이지를 펼친다. 한 손에 책을 들고 읽으면서 걷기 시작한다. 자칫 잘못하면 사고와 이어질 딴눈 팔기도 차와 사람이 거의 다니지 않는 이 시골길에서는 밭두렁과 거리만 유지하면 그리 위험한 행동은 아니다.

여름방학이 되기 전에 서점에서 산 '초록색 소설'은 여름방학이 다 끝나갈 무렵인 8월 말까지 책상 구석에 놓여있었는데, 개학하면 제출해야 할 과제를 아직 끝내지 않았다는 현실에서

도피하겠다는 마음으로 드디어 펼치게 되었다. 그리고 그 소설은 시간만 때우면 된다는 구매 당시의 예상을 훨씬 웃도는 재미를 주며 새 학기가 시작되고 일주일 남짓 지나, 방금 버스 안에서 결말을 안 지금까지도 고이치를 사로잡고 있다.

집에 돌아와 자신의 방 책장에 그 '초록색 소설'을 꽂았다. 특히 마음에 든 책을 꽂아두는 책장 칸이다. 고이치는 1군 공간에 들어온 신입의 책등을 바라보았다.

여름방학 전날, 절도의 위장 공작으로 내용도 모르고 산 '초록색 소설'은 미국 마이애미를 무대로 한 범죄소설이었다. 작가가 일본인이어서 아무 의심 없이 일본 이야기일 줄 알았던 터라 뜻밖이었다.

어쨌든 스릴 넘치고 재미있는 소설이었다. 미국은 좋겠다. 총기 사회는 화려한 서스펜스의 무대로 안성맞춤이다.

다만 딱 하나 유감인 점이 있다.

좋아한 캐릭터가 마지막에 죽어버렸다.

조연 가운데 돋보이는 인물도 아니고 멋진 인물도 아니다. 오히려 변변치 못한 용모에 실패만 한다. 웃음 담당이라면 듣기에는 좋으나 시종일관 비웃음의 대상이 되는 캐릭터다.

등장인물이 다 가볍게 취급해서 그에게 감정을 이입했을지 모른다. 고이치는 어떤 형태로든 그의 주가가 오르기를 기대했다. 그러나 총격전에서 결국 어이없이 죽고 만다. 조연이지만 나름 활약한 것도 아니고 마지막 순간까지 여전히 웃음거리였다. 다른 사람들은 저마다 볼거리가 있었던 터라 그가 불쌍했다.

고이치는 한숨을 쉬었다. 교복에서 평상복으로 갈아입는다. 학교를 나온 순간 결심한 대로 외출할 생각이었다. 줄거리를 반추하고 공상에 잠기려면 집보다는 밖이 좋다. 공상 속에서만이라도 그를 활약시키고 싶다. 목적지는 발길이 익숙한 곳이라 머리를 반쯤 꿈의 세계에 넣어두더라도 어렵지 않게 도착할 것이다.

밖은 여전히 더웠으나 자전거를 타고 하늘을 올려다보니 기분 탓인지 구름의 위치가 높아 하늘만 가을로 바뀐 듯 보였다.

서점에 도착해 평소대로 만화 코너를 어슬렁거렸다.

한바탕 그럴듯한 연기를 하고 익숙하게 성인용 잡지 코너로 이동한다. 두 달 전에 이어 '가지조'의 새로운 작품을 실은 잡지가 발매되었기 때문이다. 이제까지의 빈도로 미루어 봤을 때 한 호 건너 작품이 실리다니 상당히 빠르다. 두 달 전의 게재 순위가 표제작에 가까운 위치여서 독자의 인기가 높아졌음을 알 수 있었다. 과연 빠른 연재라 지난 호 정도의 분량은 그리기 어려웠는지 이번에는 여섯 페이지로 적다. 이는 잡지 홈페이지에 실린 정보다. 페이지 수가 적은 대신 올 컬러 작품이란다. 녀석은 도대체 어떤 표정으로 여성의 유두에 색을 칠할까. 상상만 해도 웃음을 터질 듯하다.

성인용 잡지 코너 입구 근처에서 자연스럽게 안을 살핀다.

아는 사람은커녕 손님이 전혀 없는 걸 확인하고 코너로 발을 내디뎠다. 외설스러운 색채가 눈으로 뛰어든다. 다른 성인 잡지는 거들떠보지도 않고 원하는 잡지가 있는 책장 앞에 섰다. 잡지 발행일은 실제보다 빠른 10월호였는데, 표지에는 유카타를 입은 여자가 그려져 있다. 현실의, 아직 더위가 남아있는 계절감에 맞췄을 것이다. 고이치는 그 잡지를 두 권 겹쳐 들고 CCTV 사각지대로 이동해 한 권을 옷 속에 숨겼다. 이미 자기 안에 확립된 일련의 동작이다. 남은 한 권을 제자리에 놓고 성인용 잡지 코너를 떠났다.

화장실로 가다가 책장에 책을 채워 넣던 남자 직원과 눈이 마주쳤다. 옷 속에 잡지를 숨긴 탓에 흠칫 놀랐으나 당황하지 말라고 자신을 다독이며 천천히 시선을 돌렸다. 직원도 바로 책장으로 고개를 돌리고 책 보충 작업을 계속했다. 직원과 눈이 마주치는 바람에 곧장 화장실에 가기는 꺼려져 자연스럽게 서점 안을 잠시 돌아다녔다.

위장용으로 어떤 책을 살까. '초록색 소설' 작가의 다른 작품을 읽을까. 문학 코너로 향하는 도중 여성용 패션 잡지 표지가 눈에 들어왔다. 패션 잡지에 관심이 있는 것도 아닌데 이상한 기시감이 들었다. 이유는 금방 깨달았다. '10월호'라는 글자였다. 10이라는 숫자는 1과 0의 조합이다. 고이치의 감각으로는 1은 빨간색이고 0은 노란색이다. 케첩과 머스터드 같은 배색의 두 숫자는 조금 전 옷에 넣은 잡지의 표지에도 호수로 인쇄되어 있다. 앞에 있는 패션 잡지에는 "올가을, 정말 갖고 싶은 아우터"라고 적혀있고, 나른하게 입을 반쯤 벌린 모델이 터틀넥 스웨터 위에 재킷을 입고 있다. 느낌이 묘하다. '가지조'의 작품이 실린 잡지 표지의 소녀는 유카타를 입고 있는데, 패션 잡지는 이미 가을옷 특집을 싣고 있다. 이런 생각에 잠긴 채 문학 코너로 가서 그 작가의 소설을 찾았다. 두 달 전에 산 작품과 같은 출판사 책장에는 그 작가의 다른 소설은 없다. 다른 출판사도 찾아봤는데 보이지 않는다. 직원에게 물어보면 금방 해결 될 테지만, 배에 잡지를 숨기고 직원에게 말을 걸 정도의 대담함은 없다. 이제 됐다. 굳이 읽고 싶으면 인터넷으로 사자. 고이치는 포기하고 겹겹이 쌓인 책 가운데 적당히 한 권을 선택하고 그대로 아주 급한 표정으로 화장실로 간다. 화장실 바로 앞 책장에 들고 있던 책을 잠시 놓는다. 안으로 들어가려는데 뒤에서 남자 목소리가 났다.

"잠깐만!"

고이치의 심장이 쿵 떨어졌다.

"손님, 잠깐만요. 그러면 곤란해요."

쿵덕쿵덕, 날뛰는 심장에서 뿜어낸 혈액이 너무나 차갑다. 그 차가운 피가 가슴을 중심으로 나뭇가지가 뻗어나가듯 온몸을 돈다. 고이치는 돌아봤다. 최대한 어리둥절한 표정을 지으려 했는데 생각대로 되었는지는 모르겠다. 돌아보니 안경을 쓴 남자 직원이 서있다. 보충 작업을 하던 직원이다. 20대 정도로 보이는 그 직원은 정면에서 보니 신경질적인 얼굴이다. 검은 테 안경 너머에서 감시하듯 눈을 부릅뜨고 있고, 두꺼운 입술은 일그러져 있다.

"네?"

고이치의 목에서 나온 목소리는 왠지 살짝 웃음기가 담겨있는 듯하다.

"아니, 아니죠. 네? 가 아니라, 내가 말을 건 이유를 알 텐데요."

고이치는 표정을 바꾸지 않고 눈을 깜빡였다. 머릿속에서 어떻게든 이 상황을 넘겨야 한다는 생각과 다 끝났다며 무릎이 꺾일 듯한 마음이 옥신각신하고 있다.

고이치의 오른 무릎이 덜컥 움직였다. 더 내려갈 계단이 없는데 실수로 더 내려가려고 했을 때와 마찬가지로 이상한 움직임이다. 놀랍게도 오른 무릎이 뇌의 지령도 없이 달려서 도망치려 한 것이다.

"일단 숨긴 것부터 내놔."

직원은 턱으로 고이치의 배 언저리를 가리켰다. 완벽하게 들켰다. 직원의 어깨 너머로 조금 떨어진 곳에 손님 몇이 직원과 고이치의 대화를 흥미진진하게 지켜보고 있다. 젠장, 뭘 봐. 의식을 집중해야 할 대상은 그들이 아니라 눈앞의 직원이고, 지금 당장 결정해야 할 일은 이 순간을 어떻게 넘겨야 할지인데, 머리가 손님들의 시선에 대한 짜증으로 온통 물들어 간다.

고이치는 우두커니 선 채 시치미를 뗄 수 없을 정도의 시간을 침묵으로 날렸음을 깨달았다. 이제 끝났다. 점점 체념이 커진다. 마음속 저울이 완전히 체념으로 기울었을 때 이번에는 왼 무릎이 덜컥 움직였다. 마음과 몸이 따로 노는데 몸은 포기하려 하지 않는다.

"그렇게 입을 다물고 있으면 곤란해요. 경찰을 부르겠어요. 경찰!"

직원의 목소리가 노기를 띠기 시작했다. 튀어나올 듯한 눈이 번쩍번쩍 빛난다. 단순한 분노와는 다른 흥분이 담겨있다. 시선이 기어이 직원의 사타구니로 내려갔다. 아무 말 없이 상대의 사타구니를 응시하는 기이한 행동에 직원의 짜증이 극에 달했는지, 그는 양쪽으로 찢어지는 게 아닌가 싶을 정도로 눈을 크게 뜨더니 고이치의 두 팔을 잡아당겼다. 다른 데로 데려갈 모양이다. 현실감을 잃은 채 이끌리는 방향으로 순순히 걸음을 옮겼다.

대낮 같은 조명 불빛 아래, 유카타를 입은 소녀가 불꽃놀이를 올려다보며 그 빛을 고스란히 받고 있다. 광택 나는 소재의 표지가 사무실 형광등 모양을 고스란히 드러내고 있다.

"있다니까. 화장실에서 실컷 다 쓰고 쌩하니 책장에 돌려놓는 녀석이."

와이셔츠 소매를 걷어 올린 나이 든 남자가 손가락으로 책상을 두드렸다. 좀전의 직원처럼 편한 복장에 스니커즈가 아니라, 정장 바지에 가죽 구두를 신고 있다. 점장이라 불리는, 윗사람일 것이다.

"물론 훔치려고 했을지도 모르지. 가게 밖으로 가지고 나가기 전에 걸려서 진실은 알 수 없지만 어느 쪽이든 악질이야."

와이셔츠 남자가 고이치 앞에 놓인 종이와 볼펜을 쳐다봤다.

"아까부터 몇 번을 말하니? 일단 이름과 집 전화번호, 주소, 학교 이름을 적으라고."

사무실로 끌려왔을 때 제일 먼저 신분증을 보여달라는 요구를 받았으나 아무것도 없다고 대답했다.

고이치는 고개를 떨구고 있다.

"정말 죄송해요."

"죄송한 건 당연하고 얼른 이름, 주소, 전화번호, 학교 이름을 대라고!"

"저, 부모님과 학교에 다 연락하나요?"

"아, 일단 부모님이지."

고이치는 책상에 놓인 잡지 표지를 봤다. 애니메이션 느낌으로 그려진 상큼한 소녀 모습이 오히려 지금의 자신을 능멸하는 듯했다. 어머니는 얼마나 충격을 받을까. 눈앞에 있는 와이셔츠 남자는 고이치의 죄가 절도 미수인지, 정산하지 않은 상품으로 자위하려고 한 건지를 구별하는 일은 무의미하다고 생각하는 듯하다. 맞다. 어머니가 상처받는다는 사실에는 변함이 없다. 게다가 잡지 내용의 대상이 미성년이다.

"부모님은…… 봐주세요."

"네 마음은 안다만."

와이셔츠 남자가, 소녀가 그려진 잡지로 시선을 던졌다. 조금 전 젊은 직원은 고이치가 사무실로 끌려와 체념하고 배에서 잡지를 꺼냈을 때 표지를 보자마자 진심으로 경멸하는 듯한 비웃음을 지었는데, 눈앞의 와이셔츠 남자는 잡지 표지를 보고도 별다른 감정이 없는 담담한 시선을 보였다.

"부모님이 싫으면 학교에 연락해 담임선생님을 오게 해야 해. 이대로 그냥 보낼 수는 없어."

담임이라는 말을 듣는 순간 고이치의 위가 출렁였다.

담임을 부르다니, 그럴 수는 없다. 무엇보다 그 녀석이잖아? 고이치는 책상 위를 봤다. 훔치려던 잡지를 일부러 놔둔 이유는 고이치의 죄를 따지려는 의도일 것이다. 틀림없이 이 잡지는 집에 가도 된다는 말이 나올 때까지 이 자리에 있을 것이다.

지금 그 녀석이 나타나 고이치가 자기 작품이 실린 잡지를 훔치려 했다는 사실을 알게 된다면? 안 된다. 그것만은 절대 안 된다. 생각만 해도 토할 것 같다.

어머니를 부르는 수밖에 없을까.

이럴 때 아버지가 있었으면. 고이치는 괜스레 느슨하게 쥔 주먹 안쪽을 손톱으로 긁었다. 쓸데없는 생각을 떠올렸다는 자각은 있다. 열 살 이후 만나지 못한 아버지의 성격은 내 안에서 이미 흐릿해져, 이런 상황에서 아버지가 도대체 어떤 반응을 보일지 상상할 수도 없다. 두들겨 팰까? 기억하는 바를 굳이 표현하자면 아버지는 선이 가는 타입이다. 그러나 아들이 이런 짓을 했으니 부드러운 아버지라도 때릴지 모른다. 맞을지라도 어머니에게 알려지는 것보다는 훨씬 낫겠다는 생각이 든다. 아버지라면 성인물에 관심을 지닌 자체는 어느 정도 이해해 줄 수도 있다. 무섭게 질책하고 때리기는 해도 어머니에게는 비밀로 해줄까? 머릿속에 떠오른 일련의 생각은 싸구려 드라마 같았으나 그래도 아버지가 있었으면 좋겠다고 생각했다. 모자(母子) 가정이 된 이후 이런 생각은 처음이다.

"적당히 하고 얼른 써. 한도 끝도 없겠어."

와이셔츠 남자가 대놓고 커다란 한숨을 내쉰다. 재촉을 받은 고이치의 뇌리에 할머니라는 선택지가 떠올랐으나 바로 포기했다. 근처에 사는 할머니가 손자의 소행을 알면 심장 발작을 일으킬 것이다. 게다가 할머니는 가슴에 뭔가를 묻어두는 성격이 아니다. 할머니가 데리러 오는 순간 어떻게든 어머니에게 알려질 것이다. 잘못하면 이야기가 더 심각하게 과장될 수도 있다. 나쁜 의도는 없으나 할머니에게는 그런 기질이 있다.

"너, 반성 안 하는구나. 지금 머릿속으로 열심히 주판알을 튕기고 있지?"

와이셔츠 남자의 말에 고이치는 깜짝 놀라 고개를 들었다.

"그러면 내 생각도 바뀐다. 어디서 주워들은 한심한 지식으로 상품을 서점 밖으로 가지고 나가지 않았으니까 경찰에는 신고하지 못한다고 생각하겠지? 미리 말해두겠는데 너는 충분히 경찰을 불러도 될 짓을 했어."

고이치는 그 말에 새삼 자신이 한 행위의 중대성을 깨달았다.

남자의 말처럼, 그가 아는 사실보다 훨씬 더 경찰을 불러도 이상할 게 없는 사태다. 아직 들키지는 않았으나 절도에 관해서는 상습범이니까.

바로 앞 책상에 놓인 종이를 본다. 직원의 기분이 더 상하지 않게 얼른 연락처를 적어야 한다. 그렇다면 불러야 할 사람은 어머니가 아니라, 니키다.

알고 있다. 그게 제일 원만한 해결 방법임을. '가지조'는 이 일을 절대 키우고 싶지 않을 테니까.

알고는 있지만, 싫다.

그가 책상에 놓인 잡지를 보는 순간, 내게 어떤 감정을 품을지 생각하면 솔직히 두려웠다. 적의와 분노라는 부정적인 감정일 게 빤하기 때문이다. 학교에서 고립된 고이치 같은 학생에게도 다른 학생과 다름없이 온화하게 대하는 그가 고이치를 적으로 판단한 순간 도대체 어떤 얼굴을 보일까.

그래도, 고이치는 생각하며 주먹을 쥐었다.

어머니에게는 알리고 싶지 않다.

게다가 그 사람이라면 나를 경멸하지는 않을 것이다. 애당초 그에게는 사람을 깔볼 자격이 없다.

고이치는 펜을 잡고 남자가 시키는 대로 연락처를 종이에 적었다.

"담임에게 연락해 주세요."

남자는 내민 종이를 받아 든 채, 얼굴에서 조금 띄우고 본다. 노안이 온 모양이다.

"대체로 부모냐 학교냐를 물으면 부모를 고르는데. 너, 학교에 알려지면 진학에 영향을 준다는 생각은 안 해?"

고이치는 입을 다물고 고개를 숙였다.

와이셔츠 남자는 고이치를 가만히 바라본 후 제대로 반성하라고 말했다.

고이치는 고개를 끄덕이고 조그맣게 "네"라고 말했다. 책상에 놓인 잡지를 바라본다. 광택 소재의 표지에 비친 형광등이 지직, 흔들렸다.

그가 도착하기를 기다리는 동안, 고이치는 엄청난 땀을 흘렸다.

아까부터 무릎에 올리고 있던 손이 덜덜 떨리고 있다.

통로를 걸어오는 두 사람의 발소리가 문 너머에서 들렸다. 등을 구부리고 의자에 앉은 고이치의 몸이 긴장으로 완전히 굳었다. 문이 열리고 고이치를 붙잡은 젊은 안경 직원이 나타났다. 안경 직원이 손잡이를 잡은 채 들어오라고 하자, 이어서 그가 사무실에 들어왔다.

니키는 매우 신묘한 표정을 짓고 있다. 학교에 남아서 일하다가 달려왔는지 누가 봐도 교사 같은 하얀 운동복 차림이다. 니키는 파이프 의자에 앉은 고이치를 발견하고 깜짝 놀라며 멈춰 섰다. 곧바로 눈썹을 늘어뜨리고 충격받은 표정을 지었는데, 고이치가 한 행동을 나무라기보다는 슬픈 듯 보였다. 그 얼굴을 본 순간, 고이치는 창문 밖으로 뛰어내리고 싶은 충동에 시달렸다. 미안한 감정 때문이 아니다.

니키는 그대로 와이셔츠 남자에게 몸을 돌리고 침통한 표정으로 깊이 고개를 숙였다.

"이번 일로 정말…… 저희 학생이 큰 잘못을 저질렀습니다. 정말 죄송합니다."

"아이고, 선생님. 그만 고개를 드세요."

"제가 잘못 지도한 탓입니다."

"아닙니다. 아직 장래가 촉망한 젊은 학생이고, 선생님이 제대로 지도하고 스스로 반성해 다시는 이런 일이 없다면 그걸로 충분합니다."

니키는 천천히 고개를 들고 죄송하다고 말하며 다시 고개를 숙였다. 와이셔츠 남자가 됐다며 손을 흔들면서 고개를 들라고 재촉한다.

"다이나카. 너, 네가 한 짓이 어떤 건지 아니?"

니키가 고이치를 응시했다. 평소보다 훨씬 낮은 목소리다. 니키가 너라고 부르는 건 처음이다.

"엄청난 일을 저지른 거야. 가게 상품을…… 범죄야. 원래는 경찰에 신고해야 하는데 점장님이 너그럽게도 없었던 일로 해주셨어. 그것부터 똑바로 알아야 해."

일어서라고 니키가 말했다. 고이치는 일어나 와이셔츠 남자에게 고개를 숙였다.

"정말로 죄송해요, 다시는 안 하겠습니다."

5초쯤 계속 고개를 숙이고 있었다. 드디어 고개를 들고 나름대로 최대한 반성하는 표정을 짓고 서있는데 니키가 성큼성큼 다가왔다. 니키가 이쪽으로 다가오는 것만으로도 위축되었는데 그가 힘껏 팔을 드는 바람에 고이치의 목구멍에서 컥, 딸꾹질과 같은 소리가 났다. 니키가 고이치의 머리를 잡고 휙 고이치의 몸을 돌렸다. 니키의 캐릭터와 어울리지 않는 난폭한 동작에 놀라고 동요하면서도 머릿속 한편으로 니키가 나름대로 이 자리를 수습하려고 일부러 거칠게 행동하고 있음을 깨달았다. 몸이 돌아간 곳에는 안경 쓴 젊은 직원이 서있었다. 이 사람에게도 사과하라는 뜻인 듯하다. 고이치는 그에게도 고개를 숙였다.

"그러면 부모님께 연락하는 일은 선생님 판단에 맡기겠습니다."

"알겠습니다. 정말 큰 폐를 끼쳤습니다. 엄하게 지도하겠습니다."

니키는 와이셔츠 남자에게 말하고 다시 고개를 숙였다. 고이치는 내심, '아! 안 돼!'라고 생각하면서 청바지를 세게 움켜쥐었다. 어이, 니키. 이 위치는 아니야. 잡지가 당신 눈에 들어간다고. 니키가 고개를 들었다. 책상에 놓인 잡지를 그제야 처음 본 듯했다.

고이치는 그 순간 니키의 표정을 분명히 목격했다.

무표정이었다. 낯빛이 변하지 않았다는 의미가 아니다. 그때까지 서점 사람에 대한 미안함과 고이치에 대한 분노로 가득했던 얼굴이 일거에 '무(無)'가 되었다. 생각지도 못한 것을 갑자기 발견했을 때, 놀라움이나 당황이 아니라 무표정이 되는 인간은 처음 봤다.

와이셔츠 남자가 니키에게 말한다.

"보기에는 원래 성실한 학생이었을 것 같네요. 제대로 반성하고 다시는 안 하리라 믿습니다."

니키가 남자에게 시선을 옮겼다. 그 얼굴에 다시 죄송하다는 표정이 돌아왔다.

"네. 정말로 이 아이는 성실한 학생입니다. 저도 믿고 싶습니다."

고이치의 등줄기를 한기가 훑고 지나갔다.

"꼭 그렇게 해주세요. 그런데 교사는 고생이 많네요. 아직 젊은데 힘들겠어요."

와이셔츠 남자는 그렇게 말하고 고이치를 봤다.

"고이치라고 했지? 너, 나중에 선생님에게도 꼭 사과드려라.

이렇게 학생을 생각하는 선생님, 요즘은 보기 힘들어."

그 말에 니키는 황송하다는 듯 미간을 찌푸리고 상황에 맞는 조심스러운 미소를 지었다. 고이치는 여전히 청바지를 움켜쥔 채 "네"라고 대답할 수밖에 없었다.

"그런데."

니키가 입을 열었다.

"책값을 지불하고 싶습니다."

"아니, 그건. 선생님에게 받는 건 이상한데요."

"일단 제가 대신 내고 나중에 학생에게 받겠습니다."

와이셔츠 남자는 그 말을 듣고 고개를 끄덕이더니 책상에 있는 잡지를 들어 가격이 적힌 부분이 잘 보이도록 니키에게 건넸다. 니키가 지갑에서 천 엔짜리 지폐를 꺼낸다.

"아, 잔돈은 계산대에서 가져올게요. 이봐, 자네."

와이셔츠 남자가 안경 직원을 불렀다. 안경 직원은 니키에게 천 엔을 받아 사무실을 나갔다. 문이 닫히자마자 방에 어색한 침묵이 흘렀다. 와이셔츠 남자는 잡지를 들고 이리저리 움직인 후 말없이 그것을 니키에게 내밀었다. 니키가 놀라며 두 손을 가슴까지 올렸다.

"받기는……."

"그렇죠."

두 어른은 나란히 쓴웃음을 지었다. 니키가 묻는다.

"만화인가요?"

"말씀드리기 뭐한데, 성인 잡지라."

니키는 그때야 알아차린 표정을 지었다. 정확히 그런 표정을 지었다. 니키는 순간 숨을 멈추더니 짜내듯 "아아" 하고 알았다는 듯 목소리를 높이고 씁쓸한 표정으로 다시 고개를 숙였다. 행동만으로 전하고 싶은 바를 모두 표현한, 완벽한 연기였다. 대사로 바꾸면 틀림없이 이럴 것이다. "잡지를 품에 넣고 화장실에 가져가려 했다고 들었습니다. 제가 파악한 건 그게 전부여서 그냥 잡지를 슬쩍하려던 건 줄 알았는데. 그렇군요. 성인용 잡지를 들고 화장실에, 하, 그런 거였나요? 정말 어이가 없고 부끄럽습니다. 죄송합니다." 이 정도일까. 니키의 행동은 완벽했으나 고이치로서는 정말 어이가 없었다. 조금 전 니키가 잡지를 확인했을 때 보인 표정으로 고이치가 아는 그의 비밀에 확신이 강해졌다. "만화인가요?"라니. 자기가 제일 잘 알면서. 고이치는 잔뜩 위축되어 고개를 숙이고 있으면서도 니키의 얼굴을 훔쳐봤다. 형광등의 새하얀 불빛 아래에서도 니키의 커다란 검은 눈동자는 왠지 빛을 반사하지 않고 있다. 그것은 뻥 뚫린 빈 동굴 같아서, 니키의 진짜 모습을 아는 고이치로서는 그의 내면을 표현하는 듯 보였다. 아무리 봐도 니키는 고양이를 닮았다. 눈동자가 동그래서 밤 고양이다. 보기에 따라서는 도마뱀을 닮았다. 고양이·도마뱀 인간.

찰칵, 문 열리는 소리가 나고 안경 직원이 돌아왔다. 직원은 하얀 사각형 봉투를 니키에게 건넸다. 잔돈이 들어있을 것이다. 니키는 감사 인사를 하고 봉투를 반으로 접어 지갑 안에 넣었다.

이대로 풀려나리라는 안일한 생각을 한 건 아니다.

서점까지 차로 온 니키가 "데려다줄게"라고 말한 순간, 고이치는 진심으로 진저리를 쳤다. 그래도 싫다고 할 수는 없는 노릇이라 메슥거리는 위를 감싸안고 니키가 운전하는 차 조수석에 앉았다.

차를 탄 이후, 니키는 한마디도 하지 않았다.

고이치는 그 침묵의 의미를 헤아릴 도리가 없다.

니키가 말하지 않는 이유는 교사가 불상사를 일으킨 학생에게 어색함이란 벌을 일부러 주는 것처럼도, 자기 비밀을 알 가능성이 있는 상대를 어떻게 조치할지를 생각하는 것처럼도 보였다.

차는 곧장 고이치의 집으로 갔다. 자전거로는 꽤 멀게 느껴지는 거리인데 차로 가니 그리 멀지 않았다.

위가 무겁다. 울렁거린다. 이 감각은 익숙하다. 냉장고에 든 어머니의 영양 음료가 마음에 들어 주스 마시듯 여러 개를 마신 날 밤에 자기를 괴롭힌 느낌과 똑같다. 내장이 꿀렁꿀렁 움직이고 있다. 무리도 아니다. 자업자득이라 해도 단시간에 너무 많은 스트레스를 받았다. 게다가 지금도 옆에서 니키가 계속 압력을 넣고 있다.

차가 고이치의 집 앞 모퉁이에서 길 하나를 남겨두고 좌회전했다.

처음에는 니키가 길을 헷갈린 줄 알았다. 실제로 이 길을 오는 건 처음이니까 착각할 수 있다고. 고이치는 몸을 앞으로 내밀어 이 길이 아니라고 이야기하려 했다. 그런데 니키의 모습을 보고 입을 다물었다. 니키가 고이치의 행동을 보고도 거침없이 차를 운전했기 때문이다.

차는 침묵하는 두 사람을 태우고 어두운 길을 한참 달리더니 익숙한 간판을 내건 가게 주차장으로 들어갔다. 편의점이다.

니키는 주차장에 차를 세우고 마침내 입을 열었다.

"난 커피를 사 올 건데 다이나카는 뭐 마실래?"

서점 사무소에서 쓰던 무서운 말투와는 전혀 다른 평소 말투였다. 고이치는 어떻게 받아들여야 할지 몰라 고개를 저었다.

"알았어."

니키는 차에서 내려 편의점 입구로 걸어갔다. 고이치는 자동문을 통과하는 그의 뒷모습을 보면서 한동안 돌아오지 않으리라고 생각했다.

고이치가 필요 없다는 의사를 표시했음에도 니키는 페트병에 든 녹차를 사 왔다. 받아 드니 더 비참해졌다. 나중에 천 엔을 갚자. 잡지와 음료수 가격을 합쳐도 조금 남을 것이다. 주차장에 세워진 차 안에는 니키의 커피 향이 감돌았다. 여전히 얇은 옷을 입는 계절인데도 니키는 따뜻한 커피를 마셨다.

"왜 그런 짓을 했니?"

니키가 조심스럽게 말을 꺼냈다. 그런 짓이라니, 뭘 가리키는 걸까.

그런 짓이라니?

고이치는 반사적으로 생각한 말을 내뱉으려다가 순간 그 말을 삼켰다. 내가 무엇을 얼마나 아는지, 알아보려는 질문임이 명백하다. 지금으로서 '그런 짓'은 절도라고 봐야 자연스러울 것이다. 위험할 뻔했으나 간신히 세이프다. 상당히 지친 상태였지만 아직 판단력은 남아있다. 니키가 그런 질문을 던졌다는 사실은 '가지조'에 관해서는 아무것도 모르고 그저 성인 잡지를 화장실에 가져가려다가 잡힌 발랑 까진 꼬마라는 형태로 이 상황을 넘길 가능성이 있다는 소리다.

"그 책이 그냥 마음에 들어서…… 그렇지만 성인 잡지는 살 수 없어서."

"그랬구나."

니키는 대답하며 커피를 한 모금 마시고 앞 유리창을 바라봤다. 눈앞에 펼쳐진 밤 풍경이 아니라 문자 그대로 유리창을 본다는 표현이 어울릴 것이다. 마침내 니키가 천천히 입을 열었다.

"내가 네 나이 때는 그런 책이나 비디오는 친구끼리 돌려봤어. 반에 두세 명 정도는 어디서 구했는지는 모르겠는데 의외로 가지고 있는 애가 있었어. 우리 때는 사려고 마음만 먹으면 살 수 있었지."

"……대충 알고 있을 텐데, 나…… 저는 친구가 없어요."

"그냥 '나'라고 해도 돼."

"아……, 네."

"반대로 지금 시대는 인터넷에서 얼마든지 볼 수 있잖아? 스마트폰 있지?"

"네."

"사적인 질문이기는 한데, 절도 자체에 흥분하는 건 아니겠지?"

"그건, 아니에요."

그런 인간이 있을까.

"그럼, 해결됐네. 너는 아무 문제 없어. 다음부터 그런 게 필요할 때는 행동에 옮기기 전에 문명의 이기를 사용해라. 다른 사람에게 폐를 끼쳐서는 안 돼."

니키는 그렇게 말하고 컵에 달린 플라스틱 뚜껑을 벗겼다. 뚜껑의 작은 구멍으로 커피를 마시기에는 너무 뜨거운 모양이다.

"두 번 다시는 안 하리라 믿어. 이번 일은 학교에 보고하지 않을게. 어머니에게도."

부모님이나 가족이 아니라 어머니라고, 니키는 말했다. 담임이므로 당연하겠으나 우리 가정환경을 알고 있다.

고이치는 손에 든 페트병을 빙빙 돌렸다. 차가운 녹차 페트병 표면이 바깥과의 온도 차이로 땀을 흘리고 있다.

니키가 내 변명을 완전히 믿었을 리 없다. 니키는 고이치가 '가지조'의 정체를 알 가능성도 충분히 고려하면서 여전히 담임 교사라는 태도를 유지하려는 듯하다.

어쨌든 고이치는 그 책을 우연히 선택했다고 주장했다. 상대가 그렇게 나온다면 그걸로 충분하다는 걸까.

니키가 금방 말한 '어머니에게는 비밀로 하겠다'라는 말은 틀림없는 압력이다. 상대의 들키고 싶지 않은 약점을 쥐고 있는 한 니키의 비밀도 지켜진다.

줄다리기 상태다.

고이치는 힐끔 니키를 살폈다. 니키는 맛있게 커피를 마시고 있다.

피차 꼼짝 못 할 재료는 갖추고 있다. 사실이기는 하나 지금 상황을 그렇게까지 심각하게 받아들이기에는 뭔가 우습기도 하다. 니키의 태도에는 긴박감보다 둘 다 걸리면 안 되는 부분이 있으므로 적당히 넘어가자는 온화함이 있다.

재미없네.

고이치는 생각했다.

그 직후 머릿속에 대량의 물음표가 떠올랐다.

재미없어?

그렇게 느꼈다는 게 믿을 수 없다.

절도를 저질렀다. 담임의 비밀을 알아내려고 킁킁 냄새를 맡고 돌아다녔다. 그런 일들을 이렇게 들켰는데도 김이 샐 정도로 조용히 마무리되는 흐름은 기쁘게 받아들여야 마땅하다.

고이치는 살짝 숨을 내뱉었다. 일부러 안도하는 시늉이라도 하면 올바른 감정이 따라오지 않을까.

부딪쳐 보고 싶네.

아직 따지 않은 페트병에서 떨어진 물방울이 고이치의 손과 티셔츠 소매를 적신다.

바로 지금, 뭐든 하고 싶은 것만은 분명하다.

니키의 코앞에 네 비밀을 알고 있다고 디밀고 싶다.

손해와 이득을 따지지 않는, 무모한 충동이다.

이 마음은 뭘까. 이렇게 니키와의 사이에 무언의 평화조약이 체결된 지금, 너무나 기묘하게도 짜증스러워하는 자신이 있다.

롤리콘 변태가 해맑은 얼굴을 하고 있다니. 내 절도와 대등하다고 생각해! 내가 한 짓은 네 끔찍함에 비하면 부끄러운 일도 아니야. 너, 교사잖아!

마음속에 솟구치는 욕설을 실제로 니키에게 퍼부으면 그는 어떤 표정을 지을까. 그 모습이 너무 보고 싶다. 조금 전 서점에서 봤던 순간의 무표정보다 더 솔직한 표정을 보고 싶다.

고이치는 어느새 자신이 페트병을 힘껏 움켜쥐고 있음을 깨달았다. 나오는 말을 막지 못할 때가 종종 있다. 그러나 앞에 있는 누군가에게 상처를 주고 싶다고 생각한 건 처음이다.

고이치는 페트병 뚜껑을 열었다. 차가운 녹차를 넘기자, 오랜만에 입에 들어간 수분이 식도를 타고 위로 떨어지는 느낌이 생생했다. 배탈 날 정도의 갑작스러운 찬 기운이, 이 기이한 기분을 가라앉혀 주길 바랐다.

니키가 두 손으로 핸들을 세게 때렸다.

"그래. 이제 집에 가볼까? 다이나카와 이렇게 얘기하니 좋네. 3학년이 되면 담임이 아닐 테니까."

"……그래요?"

"응. 수험생이 되면 필수과목 선생님이 담임을 맡아. 미술 교사는 좀 그렇지. 그래도 상의할 일이 있으면 언제든 찾아와."

무슨 일 있으면 언제든 말해. 왜 이런 거짓말을 지껄일까.

고양이 · 도마뱀 인간.

차가운 얼음을 밟은 느낌이다.

내가 그냥 놔둘 줄 알아?

"상담이라면 지금 있어요."

"……그래?"

니키는 한 박자 쉬고 들어보자는 분위기의 목소리를 냈다. 이제 막 끝낸 대화를 다시 시작하려는, 분위기 파악이라고는 도통 모르는 상대에게 관용을 베풀 모양이다. 고이치가 이제까지 살면서 여러 번 겪은 어른의 대응이다.

"진로 문제인데요."

"그래? 다이나카는 어떻게 하고 싶어?"

"일단 대학 진학은 할 생각인데 학교 선택이 어려워서요. 오히려 전문학교가 어떨까 싶기도 하고요."

"전문학교? 하고 싶은 게 있니?"

"하고 싶다기보다는 그냥 관심이 있어서요."

"그래? 뭔데?"

"만화가는 어떨까요?"

니키가 침묵했다.

"아아. 그냥 평범하게 대학에 가는 게 좋겠죠? 만화에 관심이 있기는 한데 그걸로 바로 먹고 살 수는 없을 테고. 대학에 가면 교직과정을 이수할까요? 차선이라고 해야 하나? 보험은 있어야겠죠? 학교 교사로 일하면서 만화를 그리는 사람도 있다고 하고. 니키 선생님은 어떻게 생각하세요? 교사 생활하며 만화 그리는 일 힘들 것 같은데, 실제로 가능할까요?"

니키는 핸들을 쥔 채 앞 유리창 너머를 응시하고 있다. 그곳에는 밤의 주차장이라는 한심한 풍경이 펼쳐져 있을 뿐이다. 그런 풍경을 아무리 봐도 답은 찾지 못할 것이다. 고이치는 흥분했다. 만화가가 되고 싶다니, 물론 그럴 마음은 눈곱만큼도 없다.

"글쎄. 잘 모르겠지만 상당히 힘들지 않을까?"

니키가 중얼거렸다. 표정 변화 없이 담담하게 말했다.

"역시 그럴까요? 그럼 다시 생각해 봐야겠네요. 선생님도 아시겠지만, 전 엄마랑만 살아서 제 마음대로 다 할 수는 없어요. 현실적으로 자립해야 하거든요. 선생님, 고맙습니다. 제가 묻고 싶었던 건 그거였어요."

"있잖아."

"네?"

"너, 성격이 꽤 더럽다."

니키의 말과 함께 차 안은 침묵에 휩싸였다.

니키의 얼굴에는 여전히 무표정만 놓여있다.

침묵을 깬 사람은 니키였다.

"자!"

너무나 밝은 목소리다. 무표정과 너무 안 어울렸다.

"이번에는 진짜 가볼까?"

"선생님."

"저녁 시간이야. 네 어머니는 뭘 만들고 기다리실까? 너무 늦으면 걱정하시지 않겠니? 내가 어머니에게 늦은 이유를 설명할까? 그럼 안심하실까?"

"……무슨 말을 하려고요?"

"피차 마찬가지지."

니키가 고이치를 곁눈질로 봤다.

"솔직히 네가 이런 우회적인 표현을 알아들을 것 같지 않으니 분명하게 말할게. 뭘 원하는지는 모르겠는데 나는 아무것도 안 줄 거고 도움도 줄 수 없어. 화가 나서 주위에 뭔가를 알리려고 한다면 안 하는 게 좋아. 너 같은 애 얘기는 아무도 안 들을 테고 너만 다쳐. 오늘 일은 어머니에게 알리고 싶지 않겠지?

네가 괜한 짓을 하지 않으면 나도 안 해."

"줄다리기 같네요."

"보통 피차 약점을 잡았다고 하지."

고이치는 절로 니키의 입가를 뚫어지게 보고 말했다.

"어떻게 알았는지 궁금하지 않아요?"

"끈질기네. 넌 아무것도 모르는 거다. 알겠지?"

고이치는 그 말을 무시했다.

"지금 선생님은 비밀을 밝히면 나도 다친다고 했는데요. 맞아요. 나는 어머니에게 오늘 일이 알려지지 않길 바라요. 그런 의미에서는 타격이 있겠죠. 그러나 선생님과 비교하면 가벼운 타격이죠. 선생님이 그렇게 계속 어머니를 방패로 삼으면 나는 선생님에 관해 다 까발릴 거예요."

"내 얘기 듣기나 했니? 네 얘기는 아무도 안 믿는다고. 무엇보다 증거도 없잖아?"

"증거는 있어요."

니키가 의심스러운 눈빛을 던졌다.

고이치는 한껏 의미심장하게 말했다.

"시모기타에 있는 지카가와극장."

니키는 그 고유명사를 듣고도 전혀 반응하지 않았다. 빛을 반사하지 않는 검은 눈동자가 천천히 왼쪽 아래로 내려가더니 뭔가를 떠올리는 듯 보였다.

"그 극장 앞에서 티셔츠를 들고 있는 선생님을 사진으로 찍어뒀어요."

니키의 눈동자가 왼쪽 아래로 떨어지다가 문득 멈췄다. 드디어 무슨 뜻인지 이해한 듯하다.

도쿄도 세타가야구에 있는 시모기타자와역 주변, 보통 '시모기타'라고 불리는 이 지역에는 수많은 극장이 존재한다. 다만 대부분이 소극장이라, 대극장이라고 불릴만한 데는 다다극장 외에 하나도 없다.

1년 전쯤 그날, 고이치는 어머니와 함께 다다극장 앞에 있었다.

다다극장은 연극인의 등용문이라 불린다. 도쿄에서 배우로 성공하겠다는 꿈을 품은 사람은 모두 시모기타의 다다극장 무대에 서는 걸 꿈꾼다며, 극장 앞에 모인 사람들과 극이 시작되기를 기다리던 어머니가 잔뜩 흥분한 상태로 숨을 몰아쉬며 옆자리의 고이치에게 설명했다.

"사카이는 말이야, 아직 작은 극단에 있었을 때 이 극장 공연의 주연으로 발탁되어 단숨에 스타가 됐어. 지금은 완전히 구름 위에 있는 대스타가 되었는데 다시 다다극장에 서다니!"

극장 앞 인파 속에는 젊은 여성도 많았다. 연하의 그녀들보다 들떠있는 어머니가 한심해 고이치는 극장에서 멀리 떨어져 있고 싶었다.

"나, 주스 좀 사 올게."

“그래. 하지만 극장에는 못 들고 가.”

“지금 마실 거야.”

“공연 중에 화장실에 가고 싶어져도 난 모른다.”

고이치는 어머니의 잔소리를 뒤통수로 들으며 사람들 무리에서 빠져나왔다.

극장 앞 자판기에서 탄산음료를 사서 마시며 지나다니는 사람들을 구경했다.

오랜만에 나온 도시였다. 도내에서 살았을 때는 너무 어려서 전혀 기억나지 않는데, 이렇게 보니 역시 다 세련된 차림을 하고 있다. 고이치는 자신을 내려다봤다. 카키색 바지에 빨간 줄이 있는 스니커즈는 아마 집이 있는 S현의 한 대형 마트에서 어머니가 샀을 것이다. 고등학교에 올라가서도 고이치는 어머니가 사다 준 옷을 그냥 입는다. 또래들은 다 직접 옷을 고를까. 알고 싶어도 물어볼 사람이 학교에는 없다. 자신도, 어머니도 볼품이 없다. 그렇게 느낀 순간 마음이 어두워졌다. 어머니의 연극 관람 따위에 따라오지 말 걸 그랬다. 몇 달 전, 어머니가 네 표도 사겠다고 했을 때 책을 읽으면서 건성으로 대답하는 바람에 지금 이 자리에 있게 되었다. 열다섯이 되었는데도 어머니와 사이좋게 연극을 보러 온 자신이 마더 콤플렉스처럼 느껴져 더 침울해졌다.

문득, 눈앞의 인파 속, 거리 풍경에서 오롯이 떠올라 특이한 빛을 발하는 사람들을 발견했다.

다다극장의 대각선 반대편, 노출 콘크리트 스타일의 회색빛 낡은 빌딩 지하에서 지상으로 한꺼번에 쏟아져 나오고 있다. 하나같이 이상한 모습을 한 그들에게 고이치의 시선이 빨려 들어갔다. 저 사람들은 뭐지? 시모기타답지 않은 패션이다. 패션은 잘 몰라 그들의 어떤 부분이 어떻게 시모기타답지 않은지는 설명할 수 없으나, 어쨌든 다른 데 있어야 할 인종들로 보였다. 오타쿠들의 거리, 아키하바라 같은 거리에.

이유는 모르겠으나 그들은 다 양손에 종이 쇼핑 봉투를 들고 있고, 그 안에서 커다란 종이를 말아 넣는 지관통이 여러 개 삐져나와 있다. 어깨에 멘 배낭에도 통이 꽂혀있어 온몸이 백파이프처럼 보이는 사람도 있다. 그들이 나온 빌딩의 간판을 보니 '시모기타 지카가와극장'이라고 적혀있다. 같은 극장인데 도로 하나를 사이에 두고 세련된 다다극장과는 달리 건물마저 촌스럽다. 분위기로 치면 소형 라이브하우스라고 해야 하나.

지상으로 나온 오타쿠 스타일의 집단은 즐거운 이벤트를 즐긴 직후임에도 고개를 숙이고 혼자 성큼성큼 역으로 가는 사람도 있고, 흥분한 채 같이 온 사람들과 봉투 안을 서로 보여주는 사람도 있다. 공통점은 어딘가 조심스럽다는 것이다. 마치 시모기타가 그들에게는 원정지라도 되는 듯 말이다.

그런 사람들 가운데 아는 얼굴을 발견했을 때, 고이치는 잘못 본 줄 알았다.

촌스러운 빌딩 앞에 놓인 원통형 재떨이 앞에 니키가 있었다. 니키는 혼자 담배를 피우고 있었다.

니키 선생님?

고이치는 그 모습을 자세히 보려고 눈을 가늘게 떴다. 사는 지역에서 멀리 떨어진 이곳에서 자신과 조금 떨어진 곳에 서있는 사람이 담임 교사라는 사실을 바로 인정할 수 없었다. 게다가 고교 입학식에서 처음 본 순간부터 자신과는 가장 다른 타입의 인종이라고 생각했던 그 니키가 말이다. 의외였다.

왜냐하면 니키는 지극히 '평범'했다. 외모도 그렇지만 니키가 내뱉는 말은 언제나 세상의 대다수가 공유할 감각에 기반하고 있었다. 취미는 야구 경기 보기. 좋아하는 연예인은 가장 인기 많은 여배우 ○○○. 학생들에게 자기소개를 하며 니키는 그렇게 말했다. 그로부터 5개월이 지난 지금, 고이치는 니키를 정말 그런 사람이라고 평가했다. 평범한 다수파. '이상함'은 하나도 없다. 누군가가 니키를 놀리는 친밀한 농담을 던져 모두가 웃음을 터뜨릴 때, 고이치 혼자만 무슨 뜻인지 몰라 어리둥절하고 있으면 니키는 늘 쓴웃음을 짓거나 화난 표정을 지으며 대꾸한다. 그리고 모두가 또 웃는다. 그 흐름은 웃음 공식을 전혀 이해하지 못하는 고이치라도 그가 언제나 모두가 상정하는 범위 안에서 반응하고 있음을 추정할 수 있었다. 모두의 반응에 시간적 오차가 없기 때문이다. 모두, 누군가가 농담을 내뱉은 순간부터 니키의 반응을 대충 예상한다. 의외성과는 정반대인 안심할 수 있는 익숙함이 있다는 뜻이다. 모두에게 익숙함이라는 공통 인식이 있다. 내게는 없다. 나는 모두에게 존재하는 불문율에서 튕겨 나와있다.

나쁘게 말하면 개성이 없고 좋게 말하면 나쁜 버릇이 없다. 그런 니키가 특이한 농도의 집단 속에 있는 광경이 믿기지 않았다.

니키는 하얀 셔츠에 감색 바지라는, 너무나 평범하다는 의미에서 평소와 같은 복장이었다. 아키하바라 스타일의 집단 속에서도 돋보이지 않았고, 세련된 시모기타를 걸어도 돌을 맞지 않을 옷차림이다. 발밑에는 오타쿠 집단과 마찬가지로 종이봉투가 놓여있는데, 지관통은 튀어나와 있지 않았다. 니키는 담배를 피우면서 거리를 바라보고 있었다. 고이치는 니키가 자신을 보지 못하도록 다다극장 화단 뒤에 몸을 숨겼다.

니키가 시선을 들었다. 그 시선 끝에 방금 빌딩 지하에서 나온 남자가 있다. 그 남자는 아키하바라 집단 가운데 단연 돋보였다. 아주 뚱뚱해, 입고 있는 하얀 티셔츠의 배 언저리가 늘어나 있다. 구불거리는 검은 머리가 얹어져 있는 이마에서 땀이 뚝뚝 떨어지고 안경테가 얼굴을 파고들었다. 오타쿠라는 단어를 들은 사람이 제일 먼저 떠올릴 외모라, 정말 저렇게 오타쿠스러운 사람이 존재한다는 사실에 고이치는 놀랐다. 뚱뚱한 남자는 두리번두리번 극장 앞 사람들을 살폈다. 니키가 담배를 든 채 그 남자에게 손을 들자, 남자는 양손에 든 종이봉투를 흔들며 니키에게 다가갔다. 종이봉투에는 백파이프 남자도 감당하지 못할 정도의 수많은 지관통이 비죽 나와있다. 이 남자는 필시 이 커뮤니티 가운데 최고일 것이다. 그런 남자와 니키가 어떻게 아는 사이인지 궁금해 고이치는 화단 뒤를 돌아 그들에게 다가가 대화를 엿들었다.

뚱뚱한 남자가 니키에게 말했다.

"어디 갔나 했더니! 아직 안나가 밑에 있어. 악수하고 와."

니키가 담배를 재떨이에 버렸다.

"나는 됐어."

"라이브 후의 만남이 진짜라니까! 굿즈를 사야 진짜 팬이라는 증거지."

"새 앨범은 샀어."

"케이스에 사인받아."

"됐어, 됐다고."

"뭐야! 가지조 선생은 진짜 엉터리라고 아뢰옵니다."

아뢴다는 고전적인 오타쿠 용어를 진짜 듣다니. 고이치는 잠시 감개무량했다. 아무래도 진심이 아니라 웃기려고 일부러 고전적인 표현을 쓰는 듯하다. 어쩌면 당연한 일이다. 그보다 뚱뚱한 남자가 니키를 '가지조'라고 부른 게 마음에 걸렸다. 별명일까.

<u>흐흐흐</u>. 땅을 기는 듯한 웃음소리가 들렸다. 뚱뚱한 남자의 소리였다. 만화 대사를 그대로 소리로 낸 듯한 희화적인 웃음소리였다.

“하기는, 어차피 그럴 줄 알고…….”

남자는 그렇게 말하고 조심스럽게 등을 돌렸다. 입고 있는 하얀 티셔츠 등에 ‘다치 고마 선생에게’라고 검은 펜으로 쓴 글자 아래에 사인 같은 알아볼 수 없는 글씨가 적혀있다. 니키는 그걸 보고도 반응 없이 우두커니 서있다. 뚱뚱한 남자는 니키에게 등을 돌린 채, “짜잔!” 하고 소리치더니 입은 티셔츠 등판을 힘껏 올렸다.

남자는 티셔츠 아래에 다른 티셔츠를 입고 있었다. 거기에는 ‘가지조 선생에게’라는 글자와 함께 똑같은 사인이 있었다. 뚱뚱한 남자가 이거 보란 듯 소리 높여 웃었다.

“네 것까지 사인을 받아 왔지요! 땀을 폭포수처럼 쏟으면서 티셔츠를 두 장이나 겹쳐 입었다고! 감사해라!”

“왜 굳이 입기까지 해?”

“안나가 내 등을 펜으로 훑는 감각을 두 번 느끼고 싶어서지!”

뚱뚱한 남자는 그렇게 말하고 바로 그 자리에서 몸을 꿈틀꿈틀 움직여 안에 있는 티셔츠를 기막히게 벗었다. 니키는 뚱뚱한 남자가 내민 티셔츠를 처음에는 받으려 하지 않았으나, 곧 체념한 듯 받고 펼쳐서 사인을 봤다. 고이치에게는 더러운 옷으로밖에 안 보이는 그것을 니키는 “고마워”라고 인사하며 종이봉투에 넣었다.

니키가 남자에게 말했다.

"어쩔래? 밥이라도 먹을까?"

"아냐. 애써 기다렸는데 미안하지만 나 돌아가서 원고 써야 해. 마감 전이라 정신이 없는데도 라이브에 왔다고. 엉덩이에 불이 나게 생겼어."

"응. 그건 나도 마찬가지야."

니키가 머리를 긁적였다.

"본업이 있어서 힘들겠다."

"아니, 난 원고가 하나뿐인데 뭐. 한 달에 몇 편씩 마감하는 네가 존경스럽다."

"안 그러면 먹고 살 수가 없답니다."

뚱뚱한 남자는 웃으면서 바닥에 내려놓은 종이봉투를 다시 들었다.

"자, 미안하지만 이만 갈게. 서로 열심히 하자. 앉아서 하는 일이잖아? 허리와 치질 조심하고!"

치질이라는 말에 반응했는지 지나가던 여성이 뚱뚱한 남자에게 거리를 두듯 멀찌감치 돌아 고이치 앞을 지나갔다. 여성이 고이치의 시야에서 사라졌을 때 뚱뚱한 남자는 이미 니키에게 등을 돌리고 떠나려던 참이었다. 혼자가 된 니키는 다시 담배를 꺼내 불을 붙이고 반쯤 피다가 재떨이에 끄고 종이봉투를 들었다.

고이치는 지금 본 광경의 의미를 숙고했다.

고이치가 아는 한, 원고와 마감이라는 단어를 쓰는 인종은 소설가나 만화가다. '가지조'는 니키의 필명인가. 고이치 안에서는 니키와 그런 직업이 도무지 연결되지 않았다. 창작자에게는 어딘가 세상과 어울리지 못하는 이미지가 있었기 때문이다. 미술 교사인 니키는 미대 출신이기는 하나 고이치에게는 영 와닿지 않았다. 아무래도 니키에게 뜻밖의 일면이 있는 듯하다. 게다가 너무나도 오타쿠스러운 뚱뚱한 저 남자와 같은 종류인 듯하다.

놀랄 일이 많았는데 가장 의외였던 점은 자신이 몸을 숨기면서까지 니키를 지켜볼 만큼 그에게 흥미를 느꼈다는 사실이다. 지금까지 타인에게 그다지 관심이 없었는데, 그때만큼은 이상하게도 니키에게서 눈을 떼지 못했다.

살짝 두근거리기까지 했다.

그 후에 본 연극 내용은 거의 기억나지 않는다.

돌아오는 전차 안에서 옆에 앉은 어머니가 꾸벅꾸벅 조는 걸 확인한 고이치는 스마트폰으로 '가지조'라는 이름을 검색했다. 음식점이나 가지조라는 이름의 개의 일상을 기록한 블로그만 나왔고 니키와는 관계가 없어 보였다. 고이치는 잠시 생각한 뒤 '시모기타 라이브 안나'라고 검색했다. 검색 결과, 니키가 방문한 그 빌딩 지하에서 그날 라이브를 한 사람은 안나라는 지하 아이돌이었다. 화면에 등장한 아이돌 사진을 보고 놀람과 동시에 그 아키하바라 집단이 뿜어내던 기이한 분위기를 이해했다. 너무나 어린 소녀였다. 10대 초반인 건 분명하고 어쩌면 초등학생이 아닐까 하고 의심될 정도의 외모였다.

고이치가 가지고 있던 아이돌 라이브라는 고정 관념대로, 니키가 라이브 회장에서 응원봉을 흔드는 모습은 영 그려지지 않았다. 검색해 찾은 그 아이돌의 트위터를 보니, 그녀의 계정을 팔로워한 사람은 약 400명이었다. SNS를 이용하지 않는 고이치로써는 그 숫자로 그녀의 인기를 헤아릴 수 없었으나, 사람 앞에서 노래하고 춤추는 인종치고는 적지 않나 생각했다. 그녀의 팔로워 계정을 기계적으로 내리다가 'gajizo'라는 계정을 발견했다. 자칫 그냥 지나쳤을 이름을 용케 발견한 이유는, '가지조'라는 이름이 목록에 있지 않을까 내심 기대하며 찾고 있었기 때문이다. 아니면 'gajizo'라는 이름 앞의 사각형 프로필이 눈길을 끄는 색채로 그려진 애니메이션 스타일의 소녀 그림이었기 때문일까.

'gajizo'라는 이름을 클릭하고 확신했다. 최근 글에 사진이 있었기 때문이다. '가지조 선생에게'라는 글과 사인이 적힌 그 티셔츠 사진이다. 글도 곁들여 있다.

마감이 아슬아슬했는데도 안나의 라이브에 간 나는 팬의 모범이라고 생각합니다. 동행한 다치 고마 선생이 내 사인까지 받아줬습니다. 그의 땀이 잔뜩 묻어서 당장 세탁할 생각이기는 한데 사인 안 지워지겠죠?

확정이다. 이 녀석은, 니키다.

페이지 꼭대기에 표시된 프로필은 단순했다.

월간 LOL에 작품 연재 중

‘LOL’은 잡지일까. 고이치는 그 이름을 검색했다. 단시간에 수많은 페이지를 점프한 탓에 브라우저 탭이 여럿 겹쳐있다. ‘LOL’은 예상대로 잡지 이름이었다. 성인 잡지라는 글자에 고이치의 심장이 크게 요동쳤다.

고이치는 잡지 홈페이지에서 ‘맛보기 읽기’라는 링크를 클릭했다.

직후에 나타난 그림을 본 순간, 고이치는 바로 스마트폰의 홈 버튼을 눌러 화면을 닫았다. 옆에 앉은 어머니가 여전히 얕은 잠 속을 방황하고 있음을 확인하고 반대편으로 시선을 옮기는데 전차 문 앞에 서있는 직장인 여성과 눈이 마주쳤다. 고이치는 생각했다. 혼자 밤에 보자. 이 자리에서 열지 않는 게 좋겠다.

왜냐하면 화면에는 어린이용 책가방‘만’ 맨 여자아이의 그림이 있었기 때문이다.

그렇게 고이치는 니키의 비밀을 알았다.

고이치는 운전석에 앉아 침묵을 지키는 니키 옆에서 1년 전에 본 광경과 방금 한 자신의 발언에 같은 감상을 품고 있다.

사람에게는 의외의 일면이 있다.

에라 모르겠다는 심정으로 입에서 튀어나온 '티셔츠를 들고 있는 선생님을 사진으로 찍어뒀다'라는 허풍은 니키를 견제하는 데 충분한 효과가 있었던 듯하다. 고이치는 공세로 전환했음을 가장하려고 여유로운 표정을 유지하면서도 내심 놀랐다. 그런 거짓말을 즉흥적으로 꾸며낼 정도로 자신이 애드리브에 능한 타입이라고 생각하지 않았기 때문이다.

나도 언제든지 학교에 그 사진을 뿌릴 수 있어. '가지조'의 작품 스크랩과 함께. 그러면 당신은 도대체 어떻게 될까. 그렇게 덧붙여도 좋았겠으나 고이치는 아무 말도 하지 않았다. 필요 없다고 판단했기 때문이다. 니키는 이미, 형세가 불리함을 완벽하게 이해한 모습이다. 그러나 사진을 내놓아 보라는 말이라도 나오면 다시금 "증거가 없으면 네 말은 아무도 안 믿어"라는 불쾌한 대사로 위세를 떨 것이다. 고이치는 사진의 유무에서 시선을 돌리려고 마침표를 찍기로 했다.

"선생님이 칠판에 쓰는 글자와 '가지조'가 만화에 쓰는 글자도 아주 똑같아요. 내용 면에서 그쪽은 의성어가 상당히 많잖아요? 그런 의성어를 쓰던 것과 똑같은 필체로 학교에서는 반듯한 내용을 쓰니까 볼 때마다 기분이 이상하다니까요. 이것도 증거라면 증거일까요? 상당히 약하기는 하지만."

니키가 고이치를 뚫어지게 봤다. 감정의 발로라고 하기에는 아직 멀었으나 적의가 담긴 눈빛이다. 고이치는 만족감을 느꼈다. 머쓱한 기분이 없었다면 거짓말이다. 그래도 쾌감이 더 컸다.

"게다가 공립 교사는 공무원이죠? 관청에서 일하는 사람이랑 같은? 분명히 다른 일을 하면 안 될 것 같은데요."

우쭐해 쓸데없는 소리까지 지껄이고 말았다. 그쪽으로 니키에게 이래라저래라 할 생각은 없다. 그냥 적당한 돌이 있으면 죄다 던지고 싶은 기분이었다.

니키가 말했다.

"목적이 뭐야?"

"교섭은 안 하나요?"

"안 해."

"그럼, 말해봤자 소용없잖아요."

"네가 뭘 원하는지 전혀 몰라서 묻는 거야."

"흥!"

고이치는 비웃었다. 부루퉁한 태도로 시간을 벌면서 생각했다. 나는 뭘 하고 싶을까. 고이치의 마음을 훤히 들여다본 듯 니키가 말했다.

"어차피 요구는 없지? 이번에 내가 서점에 불려 간 건 어쩌다 벌어진 일이지? 협박할 거였으면 벌써 했겠지. 우연히 알고 지금까지 남몰래 비웃고 있다가 내게서 뭔가를 착취할 순간이 오자, 지금 무엇을 원해야 하는지 열심히 생각하고 있겠지. 생각지도 못한 복권 당첨금을 어떻게 쓸지 싱글대며 생각하는 얼굴이야."

고이치는 불쾌한 표정으로 고개를 돌렸다. 니키의 말이 거의 맞다. 그렇다, 요구 따위 원래 없었다. 도대체 뭘 하고 싶어서 지금까지 그런 짓을 계속했는지 나로서도 수수께끼다.

후, 니키가 한숨을 쉬었다.

"네가 원하는 걸 찾을 때까지 나는 계속 괴롭힘을 당해야 하나? 아까는 아무것도 안 주겠다고 했는데, 정정할게. 샌드백을 사줄 테니까 네 울분은 내가 아니라 거기다 풀면 안 되겠어? 마음에 안 드는 녀석의 얼굴 사진을 붙이고 실컷 두들기면 돼. 아주 후련할 거야."

참나, 용케 이리 불리한 상황에서도 술술 잘도 떠드네. 고이치는 감탄하면서 그의 말에 100퍼센트 공감했다. 니키를 계속 괴롭힐까. 그렇구나. 동기를 모르는 지금 상황에서는 그게 제일 하고 싶은 일과 가까운 느낌이 든다.

"샌드백은 필요 없어요. 소리가 나면 이웃에 폐가 되고 그런 게 집에 배달되면 어머니가 놀라요."

"전부터 생각했는데 네 대답은 늘 좀 엉뚱해."

"……그런 말 듣는 거, 싫어하는데."

"17년 동안 들어서 이제 지긋지긋해?"

"난 열여섯이에요."

"봐. 역시 엉뚱하잖아."

니키가 입가만 올려 웃는다. 고이치는 짜증이 치밀었다.

"니키 선생님. 지금 본인의 처지를 알기는 해요?"

"알아. 그래서 제안 하나 할게."

"제안?"

"내가 네게 숙제를 낼게."

"뭐요?"

고이치는 미간을 찌푸렸다. 놀리는 듯한 교사의 말투가 비위에 거슬렸다.

"너는 다음에 나랑 단둘이 만날 때까지 네가 내게서 뭘 빼앗고 싶은지 정해 오는 거야. 그게 내가 줄 수 있는 거라면 요구를 들어줄게. 대신 네가 갖고 있는 사진은 지운다. 그리고 내 약점에 앞으로는 절대 관여하지 않는다. 너랑 거래라니 최악인데, 괜스레 한없이 괴롭힘을 당하는 것보다는 낫겠어. 얼른 해결하자."

고이치는 미간을 찌푸린 채 니키의 제안을 들었다. 니키의 논리를 이해하지 못하는 이유는 내 머리가 나빠서일까.

"아, 내가 니키 선생님에게 뭔가를 요구하고 선생님은 그걸 들어준다고 쳐요. 그런데 내가 왜 사진을 지워야 하죠? 니키 선생님은 내가 사진을 가지고 있는 한 내 요구를 계속 들어주면 되잖아요?"

"그래? 적당히 끝낸다는 말을 모르니?"

고이치의 미간 주름이 더 깊어졌다. 적당히? 명확하지 않은 기준은 고이치가 가장 힘들어하는 척도다.

"몰라요."

"좋은 공부가 될 거야."

니키는 그렇게 말하고 다 식어버린 커피를 마셨다. 도대체 무슨 소리지? 이제까지 모든 사람이 공통으로 느끼는 감각을 이해하지 못하는 사람은 바로 자신이라는 사실을 지긋지긋할 정도로 느껴왔다. 아마도, 틀림없는 사실일 것이다. 그러나 이렇게 이해할 수 없는 소리를 '그런 거'라며 밀어붙이다니. 고이치가 문명화되지 못해 무엇이 진실이고 거짓인지를 판단하지 못하는 점을 이용하는 느낌이라 불쾌하고 불안했다. 그리고 왜, 어느새 니키가 이 자리를 이끌기 시작한 걸까.

"……좋은 공부라니 그게 뭐죠? 롤리콘 주제에. 변태는 잘난 척하지 좀 마."

고이치는 고개를 숙인 채 내뱉었다. 니키의 얼굴을 보지 못한 이유는 그 말이 확실히 니키를 자극할 줄 알았기 때문이다. 니키에게 상처 주고 싶은 마음에는 변함이 없는데 이 자리의 흐름을 니키에게 빼앗겨 기세를 잃고 말았다.

그때 고이치는 태어나서 처음으로 사람의 감정이 공기를 통해 피부로 전해진다는 걸 느꼈다.

전기가 통할 때와 비슷했다. 겨울철 차가운 손잡이를 잡은 순간 느끼는 싸늘함에 가까운 감각이 반소매 티셔츠 아래로 드러난 두 팔에 그대로 찾아들었다.

고이치는 자기도 모르게 몸을 굳혔다. 순간, 옆에서 가만히 커피 컵을 든 니키가 자신을 때리지 않을까 하고 생각했다.

충격은 찾아오지 않았다. 조심스럽게 니키를 확인한다. 니키는 아무 말 없이 컵을 쥐고 있다. 조금만 생각해도 당연한 일인데 깜짝 놀란 자신이 너무 바보 같다. 니키가 위해를 가할 리 없다. 그런 짓을 했다가는 상황만 나빠질 뿐이다. 니키는 신중하게 외면을 유지하고 살아온 인간이다. 행동의 결과 정도는 생각할 것이다.

니키가 어깨를 움직였다. 그 동작을 보고 반사적으로 몸을 빼고 만 고이치는 속으로 혀를 찼다.

니키의 움직임은 폭력의 예고가 아니라 자동차를 출발시키기 위한 것이었다. 후진해 주차했던 차는 천천히 차도로 나와 고이치의 집을 향해 달리기 시작했다. 조금 전까지 주차해 있던 편의점은 고이치의 집 근처라고 하기는 어려우나 가장 가까운 편의점이라 할 수 있다. 시골 기준 감각이라면 걸어서 돌아가기 힘든 거리는 아니다. 니키는 모멸감을 준 고이치를 그냥 버리고 가는 정도로 울분을 털었어야만 했다. 그러나 그러는 대신 감정을 억제하고 예의 바르게 고이치를 집 앞까지 데려다주었다. 그런 니키의 모습은 자신이 니키보다 우위에 있음을 증명하는 것처럼 느껴져 고이치는 후련했다. 차는 잠시 밤길을 달려 고이치의 집에 도착했다.

"고맙습니다."

니키 입장에서는 조금 전까지 자신에게 온갖 모욕적인 언사를 던졌던 입에서 말끔한 인사말이 나왔으니 그야말로 짜증 날 일일 것이다. 상관없다. 오히려 화를 내면 좋겠다. 조금 전, 차 안에서 니키의 분노를 피부로 느낀 순간, 고이치는 확실히, 한 순간이었으나 두려움을 느꼈다. 그런데도 그 감각이 목구멍을 통과하고 나면 니키의 감정을 거스르고 싶다는 기분이 다시 고개를 들었다.

니키는 문을 열고 내리려는 고이치에게 말을 던졌다.

"숙제, 잊지 마라."

고이치는 대답하지 않고 문을 힘껏 닫았다. 요구 하나 들어 주는 걸로 없던 일로 하자니. 니키가 마음대로 정한 규칙에 따를 생각은 없다.

니키의 차가 천천히 움직여 자리를 떠났다. 차체가 모퉁이 너머로 사라지는 모습을 바라보고 고이치는 열쇠를 꺼내 현관문을 열었다. 문을 열자마자 캄캄한 현관 조명이 켜진다. 고이치가 서점에 나가기 전 잠들어 있던 어머니는 이미 밤교대로 출근한 뒤였다.

거실 테이블 위에는 어머니가 만든 저녁 식사가 냉장고에 있다는 메모가 놓여있다. 메모를 본 순간, 음식의 존재를 안 고이치의 위가 급격하게 공복을 주장하기 시작했다. 아까까지는 스트레스로 잔뜩 위축되어 있던 주제에 근거지로 돌아오자마자 기세를 되찾은 내장의 뻔뻔함에 살짝 어이가 없다.

지금 당장 욕구에 따라 저녁을 차려도 되겠으나 소화기관 이외 부분은 정신도 포함해 완전히 지쳐있다. 고이치는 거실 소파 앞에 서자마자 온몸의 힘이 빠져 풀썩 쿠션에 주저앉았다. 50킬로미터를 밑도는 살덩어리가 떨어지는 충격에 스프링이 비명을 질렀다. 칠칠치 못하게 입을 벌리고 천장을 올려다보면서 이완이라는 걸 충분히 즐긴다. 아무 생각 없이 시선을 살짝 떨어뜨리니 벽에 걸린 시계가 눈에 들어왔다. 7시 50분. 짧은 바늘은 8과 아주 가까운 부분을, 긴 바늘은 10을 가리키고 있다. 8은 갈색, 1은 빨간색이고 0은 노란색이다.

포근한 빵에 끼워진 케첩과 머스터드.

연상하자마자 고이치의 위가 꼬르륵 소리를 냈다.

너무 배가 고팠다.

잠시 쉬고 밥을 먹자. 오늘 하루를 돌아보거나 앞일을 생각하는 건 나중에 하자. 고이치는 그렇게 정하고 일단은 다시 일어날 기력을 짜내려고 머리를 비우고 최대한 쉬려 했다. 열린 입에서 침이 흐를 듯해서 천장을 바라보며 손등으로 입가를 닦았다. 한동안 기능이 정지되었는지, 졸음 같은, 경계가 모호한 하얀 의식 속에서 마지막 남은 사고의 단편이 하나의 진실을 알려주다가 사라졌다.

결국 니키에게 천 엔을 돌려주지 못했네.

3

노트에는 국어 교사의 얼굴 그림이 완성되어 있다.

지루한 수업을 받으며 교사의 얼굴을 대충 노트에 스케치하다 보니 흥이 올라 어느새 역작을 완성했다. 얼굴 그림 밑에 마무리로 조그맣게 몸을 붙인다. 작은 성취감이 찾아온다.

고이치는 고개를 들고 가장 뒷자리에서 교실을 둘러봤다. 노트 여백에 검은 잉크라는 극단적 대조에 눈이 너무 익어서인지, 화창한 오후의 밝은 교실 안이 조금 노랗게 보인다. 수업 중에는 왜 이렇게 늘 다른 짓을 하게 될까. 고이치만의 경향은 아닌 듯하다. 뒷자리에서는 수업 중에 다른 학생들이 뭘 하는지 잘 보인다. 교과서 뒤에 숨어 스마트폰으로 트위터를 보는 학생도 있고, 뒷자리에서는 보이지 않으나 어깨 움직임으로 보건대 고이치와 마찬가지로 낙서하는 학생도 있다. 수업을 받는 학생의 뇌에는 '딴짓 욕구 아드레날린' 같은 물질이 분비되는 듯하다.

이제 와 교사 목소리에 귀를 기울인다고 해서 수업을 따라갈 수 있을 것 같지 않다.

고이치의 대각선 앞자리에서 옅은 갈색의 긴 머리카락이 흔들렸다.

'반장'이 머리카락을 귀에 건다. 그 행동을 비웃고 싶다. 고등학교에 올라오면서 물들인 갈색 머리는 반장의 성실한 분위기와는 전혀 어울리지 않는다. 교사에게 머리 색으로 주의를 받는 걸 보기도 했는데, 수영을 배우고 있어서 수영장 염소 성분에 머리 색이 옅어졌다는 변명으로 넘어갔다. 거짓말인지 아닌지는 모른다. 고이치는 현재의 반장에 관해 전혀 모른다.

고등학교에서 그녀는 이제 반장도 뭣도 아니었으나 고이치는 속으로 그녀를 여전히 초등학교 때와 마찬가지로 반장이라 불렀다. 초등학교 때는 성실하고 똑똑하고 발랄해 반장과 너무나 잘 어울렸는데, 지금은 공부 못 하는 자신과 같은 학교에 다니고 있다. 그리고 어울리지도 않는 갈색 머리를 하고 다닌다.

종이 울렸는데도 여전히 떠드는 국어 교사가 드디어 오늘 마지막 수업을 마무리했다. 일제히 의자 끄는 소리가 울린다. 사물함에서 가방을 꺼내 자리로 돌아와 소지품을 넣는데 반장이 돌아봤다. 고이치는 잠자코 돌아갈 준비를 하며 반장의 움직임을 의식했다. 눈을 맞춰서는 안 된다. 반장이 이쪽으로 걸어왔

다. 봐서는 안 된다. 고이치는 교과서를 정리하는 일정한 작업
에 필요 이상으로 시간을 들였다.

반장이 고이치의 옆을 지나갔다. 뒤에서 여학생 그룹과 짧은
대화를 나누는 게 들렸다.

고이치가 담임 교사를 협박한 사실을 알면 그녀는 어떻게 생
각할까.

갈색 머리라는 교칙 위반은 그에 비하면 아주 귀여운 수준
이다.

책가방을 챙겨 교실을 나오는데 건너편 건물 복도를 걷는 니
키가 보였다. 미술실에 가는 중일 것이다. 때마침 잘됐다. 어제
부터 말을 걸려고 사람이 없는 타이밍을 찾고 있었다. 고이치
는 주머니에서 음악 감상용 이어폰을 꺼내 귀에 꽂았다. 갈색
머리나 피어싱과 마찬가지로 이어폰도 학생 지도 대상이나, 어
쩌다 깜빡 잊고 등교했을 때 지나가던 교사가 보고도 별말 하
지 않아서 이후로는 그냥 끼고 다닌다.

스마트폰으로 음악을 재생한다. 니키가 좋아하는 소녀 아이
돌의 노래다. 애니메이션 주제가 분위기의 멜로디를 창 너머로
보이는 니키의 모습과 겹쳐 생각하며 걷는다. 단정한 니키의
외모와 배경음악이 어울리지 않아 유쾌했다.

예상과 달리 니키는 미술실에 없었다.

이어폰을 빼고 복도를 둘러봤다. 바로 옆 미술 준비실에서

소리가 나는 듯해 귀를 기울이니 역시 소리가 난다.

미술실에는 미술 준비실과 이어지는 문이 있다. 고이치는 미술실로 들어가 연결문으로 다가갔다. 왠지 자연스럽게 발소리를 죽이고 있다. 손잡이를 잡는다. 삐걱대는 소리가 나지 않도록 조심스럽게 아주 조금만 문을 열고 안을 들여다봤다.

캐비닛 위로 손을 뻗던 니키와 딱 눈이 마주쳤다.

"놀랐네. 왜 그런 식으로 들어오니?"

고이치는 잠자코 손을 뒤로 돌려 문을 닫았다. 얼굴을 찌푸리며 스마트폰 잭에서 이어폰을 빼고 코드를 정리한다.

"전혀 안 놀라네요."

"놀랐어. 문이 혼자 천천히 열려서 귀신인 줄 알았어."

니키는 고이치에게 시선을 거두고 캐비닛에서 차례로 화구를 꺼내 책상에 놓았다. 차 안에서 대치했던 그날 이후 둘이 만나는 건 처음인데 이렇게 자연스럽게 행동하다니, 마치 둘 사이에 아무 일도 없는 듯해 영 기분이 찜찜하다.

"숙제로 온 거지?"

니키는 화구를 다 내려놓고 이쪽으로 몸을 돌렸다.

"여기서 얘기해도 돼요?"

"응. 괜찮아. 누가 오더라도 제대로 된 사람이라면 발소리를 낼 테니까 들리겠지."

니키는 책상 위에 늘어놓았던 화구를 불도저처럼 옆으로 밀고 빈자리에 앉았다.

고이치는 창가로 다가가 살짝 엉덩이를 걸치고 조금 떨어진 책상에 앉은 니키를 높은 위치에서 내려다본다. 니키는 두 다리를 앞으로 내던지고 앉아있다. 오늘은 운동복이 아니라 사복을 입고 있다. 옅은 회색을 바탕으로 칼라와 소매 밑단에 옅은 핑크 색깔이 있는 폴로셔츠다. 따뜻한 분위기의 복장이다.

"정말, 늘, 굉장히 평범한 사람으로 보여요."

니키가 눈을 부릅떴다. 그리고 자신은 기본적으로 평범하다며 웃었다.

"아무도 안 보는 데서는 비정상적인 행동을 할 것 같았어? 그걸 보고 싶어서 아까 그렇게 몰래 문을 열었고? 너는 어째, 일방적으로 관찰하는 걸 좋아하는구나. 훔쳐보는 건 악취미야."

"그런 만화를 그리는 선생님에게 악취미라는 소리는 듣고 싶지 않은데요."

"무슨 소린지 모르겠는데."

니키는 이제 와서 얼버무렸다.

"가령 그런 만화를 그리는 사람이라고 해서 작품 내용이 곧 작가의 성정체성이라는 보장은 없지 않나?"

"……하지만 선생님은 롤리콘이죠?"

니키는 부정도 긍정도 하지 않고 코웃음을 쳤다.

"선생님이 '가지조'죠? 확실해요. 그런데 아직 선생님 입으로 사실을 듣지는 못했네요."

"왜 그런 말을 듣고 싶을까?"

"인정하세요."

"어째 유도신문을 받는 느낌이네. 혹시 녹음 중인가?"

고이치의 입이 쩍 벌어졌다.

"그런 짓은 안 해요."

"그럴까? 넌 무슨 짓을 할지 잘 모르겠어."

그런 말을 하는 것도 무리는 아니다. 고이치는 창문에 등을 기댔다. 석양에 교실은 따뜻한 빛으로 물들기 시작했는데, 여름의 얇은 교복을 통해 전해지는 유리의 촉감은 서늘했다. 니키가 양손을 모으며 말했다.

"숙제 얘기나 하자. 답은?"

"그게, 아직 답이 안 나왔어요."

고이치가 태연하게 대답하자, 니키는 눈만 깜빡였다.

"그러면 왜 왔어?"

"그냥 왔어요."

니키가 헛웃음을 지었다.

"피곤하게 구네. 부탁이니까 얼른 정해. 지금은 없지만 필요하면 ATM기까지 달릴게."

"돈은 아닐 것 같아요. 생각나는 게 없는데 어쩌겠어요."

"얘. 나는 얼른 여기서 벗어나 평소 생활로 돌아가고 싶어."

"지금까지처럼 그런 짓을 계속하겠다고요?"

"응?"

"교사 주제에 그런 만화를 그리고."

니키가 요란스럽게 눈을 크게 떴다.

"놀라운데? 설교하는 거야?"

"선생님은 자기가 얼마나 엄청난 짓을 했는지 깨달아야 해요. 말해보세요. '나는 아이에게 해를 끼치는 롤리콘입니다'라고."

"아이에게 해를 끼친 적은 없는데?"

"선생님이 진짜 아이에게 아무 짓을 하지 않았더라도 범죄를 조장하고 있어요. 그런 작품이 세상에 나오는 건 잘못이에요."

"내게 집착하는 이유를 알겠네."

니키가 무릎 위에서 손깍지를 끼고 심드렁하게 말했다.

"그런 양식을 가지고 비난할 사람이 나밖에 없구나."

고이치는 혀를 찼다. 분석이라도 하는 듯한 말이 짜증스러웠다.

"죄송한데요, 나는 의외로 내면을 탐구하며 살아서 그런 부분은 자각하고 있답니다. 정당한 주장을 할 뿐이에요. 틀렸으면 반론하세요. 내 심리가 어쩌고저쩌고하며 논점을 흐리지 말고."

니키가 이쪽을 가만히 쳐다봤다.

"보는 건 좋아하면서 남이 보는 건 싫다. 그래서 엿보는 취미라는 거야."

"논점을 흐리지 말라고요!"

소리를 높이며 고이치는 왜 이 논리에 말리고 있는지 생각했다. 그럴 생각은 없는데 이렇게 된 이상 뒤로 밀릴 수는 없다.

"논점, 논점, 알았어. 뭐였더라? 롤리콘 만화가 유해하다는 이야기?"

고이치는 고개를 끄덕였다.

"자, 너는 아까 그런 종류의 픽션이 범죄를 조장한다고 했는데, 포르노는 오히려 성범죄를 억제한다는 주장도 있어."

"현실에서도 해보고 싶다고 생각해 실천에 옮기는 사람이 있으면 어쩌죠? 실제로 그런 뉴스도 많아요."

"그런 작품이 있는 것과 진짜 행동에 옮기는 것은 전혀 다른 문제야."

니키는 손을 풀었다 다시 꼈다.

"인정받지 못한 욕망을 지닌 사람도 있어. 현실에서 이룰 수 없으므로 판타지가 필요하지 않을까. 이게 정말 18세 미만을 출연시킨 아동 포르노라면 얘기는 다르겠지. 완전히 종류가 다른 이야기야. 그러나 만화나 애니메이션, 게임은 아니야. 얼핏 보면 어린 여자아이 같은 성인 여성이 아주 짧은 반바지를 입는 성인 비디오도 마찬가지야. 진짜 어린아이는 없다고."

창으로 스며드는 노을이 니키의 몸을 비춘다. 원래는 햇빛에 노출되어서는 안 될 니키의 모습이 오렌지색 빛에 감싸여 있다.

"자기 정당화가 상당하네요."

"정당화할 기회를 주지 않았어? 고맙게 생각했는데. 그러나 난 말이야, 롤리콘을 혐오하는 건 당연하다고 생각해. 사회적 동물인 인간이 무리에서 가장 약한 사람에게 위해를 끼칠 가능성이 있는 상대를 혐오하는 건 본능이니까."

니키는 말하고 고개를 저었다.

"제대로 이해하고 있네요? 아무리 정당화해도 모두가 롤리콘을 싫어하는 건 당연한 일이라고요. 롤리콘도, 그런 종류의 픽션도 존재 자체가 사람들을 불안하게 한다고요."

니키가 말했다.

"분리해서 잘 살고 있는 사람한테 굳이 쳐들어와서 야단법석을 떠는 사람은 바로 너야."

"……어째 아까부터, 그렇게 태어나서 어쩔 수 없다는 식으로 말하네요. 롤리콘, 성인 여성이 두려워 어린아이에게 달려가는 거잖아요? 성인은 자기 생각이 있어서 마음대로 안 되니까, 어린아이여야 안심하고 흥분한다. 비겁할 뿐이죠."

어쩌다 TV에서 얻은 지식인데 단순한 인격 부정으로 넘어간 느낌이다.

"가령 그런 이유였다고 해도, 그런 위협도 포함해 성정체성이므로 말해봤자 소용없을 텐데. 참고로 나는 성인 여성을 힘들어하지 않아. 친구로 지내는 사람도 있고."

"그래야 정상적인 남자처럼 보여서겠죠. 정상인인 척하려고 이용하는 거지."

"그야 나뿐만 아니라 다 하는 행동 아닌가? 그 사람과 연인 관계도 아니고 육체관계도 없으니까 딱히 누군가를 상처 주지도 않는데."

말문이 막힌다. 응? 왜 안 되는데? 니키가 말한다. 모두 하는 행동이라는 이유로 넘어가면 어떻게 하냐고 반론하려 했으나 조금 전 '모두'를 주어로 니키를 공격했던 터라, 그런 발언은 내 패배를 더 농후하게 만들 우려가 있다. 무엇보다 다른 누구도 아닌 바로 내가 점점 논점을 흐린다는 자각이 혀를 굳게 만들었다.

아까부터 고이치는 바닥에 내던져진 니키의 스니커즈만 바라보고 있다. 브랜드 로고 'N' 주위를 하얀 봉제선이 감싸고 있다. 위로 갔다가 오른쪽 아래로 내려오고 다시 위로. 위로, 오른쪽, 아래, 위……. 고이치는 눈으로 알파벳을 수없이 좇았다.

"아아."

니키가 한숨을 쉬었다. 시선을 드니 니키는 두 손으로 뒤를 짚고 한껏 늘어진 자세를 하고 있다. 고이치는 순간, 한여름 해변에서 니키가 일광욕하는 환상을 봤다.

"기분 좋다. 이런 식으로 대화하는 거 의외로 좋네."

당연히 후련하겠지. 평소에는 정상인처럼 행동해야 하니까.

"아!"

니키가 무슨 생각이 난 듯 말했다.

"널 화나게 해선 안 된다는 걸 잊었다. 어쩌지? 내일부터 난 직업을 잃는 건가? 사과하면 용서해 줄래? 부탁해. 만화만 그려서는 먹고 살 가망성이 없고, 애당초 그런 인생 바라지도 않아."

니키는 부탁이라도 하듯 양손을 모았으나 정말 매달리는 기색은 전혀 없다. 오히려 상대를 놀리는 분위기다. 고이치의 가슴속에서 짜증과 답답함이 날뛰었다. 니키의 약점을 내세워 꼼짝하지 못하게 하는 건 간단하다. 그러나 지금 그런 짓을 하면 왠지 완패하는 느낌이 들 것 같다.

"당신이랑 얘기하면 귀가 썩겠어."

고이치는 바닥에서 가방을 들었다.

"갈 거야? 난 내일이 불안해 가슴이 찢어질 것 같은데."

고이치는 입을 다문 채 거칠게 문을 열고 그 자리를 떠났다.

교문으로 가는 동안 머릿속에서 '패퇴'라는 단어가 네온사인처럼 깜빡여 우울하고 짜증스러웠다. 상상과 너무 다른 결과다. 좀 더 머리가 맑았다면 말싸움에서 지지 않았을지 모른다. 니키가 예상보다 자기 문제에 논리적으로 무장되어 있다는 사실을 안 순간부터 괜한 소리를 해선 안 된다는 경계심이 커진 탓에 머리가 제대로 돌지 않았다. 그래도 다음은 똑같이 되지 않을 것이다. 비밀을 쥐고 있으므로 기회는 얼마든지 있다. 니키와 롤리타 콤플렉스를 놓고 정면으로 부딪쳐 봤자 소용없다는 사실을 알았다. 오랫동안 그 문제를 고민하고 생각해 온 당사자와 설전을 벌여봤자 이길 도리가 없다.

다음부터는 다른 방법을 사용하자고 결심했으나 돌아오는 버스 안에서도 패배의 기억을 계속 떠올렸다. 어떻게 반격해야 니키를 쓰러뜨릴 수 있을까. 집으로 돌아와 목욕을 하는 동안에도 머리는 온통 그 생각으로 가득했다. 소설 속 좋아하는 장면을 반추할 때처럼 수없이 떠올렸다. 고이치는 자꾸 니키의 말을 떠올리고 중얼거리며 잠들 때까지 망상 속에서 니키를 괴롭혔다.

4

체육창고 뒤편에 앉아 평소처럼 혼자 점심을 먹고 있는데 시야 끝에 갈색과 검은색의 얼룩무늬 털 뭉치가 나타났다. 뾰쪽한 발톱으로 콘크리트 두드리는 소리를 내며 이쪽으로 걸어온다. 고이치는 먹던 타르타르 샌드위치의 흰살생선 조각을 뜯어 털 뭉치에 내밀었다. 털 뭉치는 아오웅웅, 소리를 길게 늘이며 고이치의 손에 올려진 생선 조각을 먹었다. 더 달라는 소리인지 아오웅웅, 울어댄다. 고양이는 원래 냐옹이라고 울지 않나.

"너, 늘 'N'을 빼먹더라."

고이치는 그렇게 말하고 고양이의 머리를 쓰다듬었다. 고양이는 그의 손을 거부하지 않고 휙 몸을 돌려 배를 보이며 바닥에 굴렀다. 종종 교내에 들어오는 이 고양이는 기가 막히게 애교를 부린다. 귀여움을 내뿜으면 학생들이 먹이를 줘서 완전히 습관이 된 듯하다. 고이치는 이 고양이를 처음 만났을 때부터 '애교냥이'라고 불렀다.

애교냥이는 골골거리며 기분 좋게 고이치의 손을 음미하고 있었는데 귀가 점점 내려간다. 이제 곧? 고이치는 생각하면서 점점 세게 고양이 털을 쓰다듬는다.

손바닥 아래의 머리가 일렁임과 동시에 펀치가 날아온다. 정말 고양이는 제멋대로다. 고이치는 개의치 않고 계속 쓰다듬었다. 연속으로 펀치가 날아든다. 고양이는 결국 고이치의 손목에 매달려 발차기를 날리며 깨물었다. 살짝 깨무는 정도다. 한참 그대로 뒀다가 이윽고 애교냥이의 목소리가 으르르, 낮게 변했을 때 손을 뗀다.

인간의 손길을 받아 헝클어진 털을 핥아 고르는 애교냥이를 본다. 본격적으로 화내기 전에 중단해서 애교냥이는 여전히 고이치 옆에 있다. 손등에는 애교냥이가 할퀸 얕은 상처가 몇 군데 나있다.

학생 자치 시간에 진로 희망 조사 용지가 배포되었다. 고등학교 2학년도 반쯤 지난 지금, 이제 슬슬 진로를 정하고 제대로 노력해야겠으나 고이치에게는 아직 현실로 다가왔다는 실감이 없다. 아직 느긋하게 지내면 돼, 하얀 종이가 아니라 갱지로 된 용지가 말하는 듯했다.

교실 안에는 장래 희망에 대한 학생들의 신음과 수다가 쏟아졌다. 니키가 운영하는 학생 자치 시간은 평소처럼 느슨한 분위기다. 교탁 앞에 앉아 용지 제출을 기다리는 니키에게 남학생이 말한다.

"선생님, 저는 하고 싶은 게 없어서 대학에 갈 의미가 없는데요."

"하고 싶은 게 없는 녀석은 더 진학해."

니키가 들고 있던 파일을 넘기면서 말했다.

고이치는 턱으로 샤프펜슬을 누르며 잠시 생각한 후, 종이에 적당한 사립대학 이름을 썼다. 다들 떠들면서 용지에 기록하는 가운데, 모든 걸 내던진 듯 보이는 사람이 눈에 들어왔다. 반장이다. 용지를 앞에 두고 무릎에 손을 올린 채 덜렁 앉아있다. 조그만 등이 머리카락에 뒤덮여 털이 긴 개의 뒷모습 같다.

용지를 다 채운 학생들이 교탁에 있는 니키에게 제출한다. 니키는 받자마자 용지를 확인했다. 제출하고 니키와 대화하는 학생 옆에서 고이치는 접은 용지를 교탁 위에 놓았다.

"다이나카, 제대로 썼어?"

니키가 말했다. 여전히 어떤 학생에게나 평등한 쾌활함이다. 그렇다고 대답하자, 니키는 웃으며 용지를 자기 앞으로 당겼으나 접힌 용지를 바로 펼치려 하지 않는다. 고이치는 니키에게 등을 돌렸다. 짠 것도 아닌데 정말 눈치가 빠르다. 확실히 뒤가 구린 놈은 다르네. 고이치는 속으로 웃었다.

니키를 과대평가했을까?

고이치는 '초록색 소설'에서 시선을 들고 카페 입구를 노려봤다. 그곳으로 들어온 게 한 시간도 더 전이다. 전자제품 대리점 2층에 있는 카페 창가 자리에서는 어두워진 밤 8시의 하늘이 보인다. 다시 '초록색 소설'로 시선을 떨궜다. 몇 번을 읽어도 재밌는 책이지만, 시간이 지났는데도 오지 않는 녀석에 짜증이 난 상태에서는 내용이 머리에 들어오지 않는다. 그래도 계속 읽는 척하는 이유는, 그렇게 하지 않으면 주위 시선이 신경 쓰여 불안해지기 때문이다. 혼자 카페에 온 건 처음이다.

왜 안 오지? 조사 용지에 쓴 시간과 장소를 못 봤나. 아니면 아직 일이 안 끝났나. 그것도 아니면 나를 무시하나. 그렇다면 이번에야말로 녀석에게 본인 처지를 똑똑히 알려주겠어.

얼음이 녹아 싱거워진 아이스티를 빨대로 마신다. 그때 고이치의 시야를 밝은 한 줄기 빛이 횡단한다. 눈을 깜빡이면서 창밖을 보는데 전자제품 대리점으로 미끄러져 들어오는 차 한 대가 보였다. 낯익은 니키의 차다. 드디어 왔네. 고이치는 잔을 놓고 다시 책 읽는 척으로 돌아갔다. 거의 다 마신 잔을 힐끗 본다. 오랫동안 진지하게 기다린 증거를 니키에게 보여주는 게 싫어 고이치는 점원에게 새 아이스티를 주문했다.

한참 기다렸는데도 니키는 나타나지 않았다.

주차장에 차를 세우고 오는 데 이렇게 오래 걸리나. 그냥 차종이 같은 거였나. 이제 기다리는 것도 한계다. 고이치는 계산하고 카페를 나왔다. 두 잔째 음료를 버리게 되어 기분이 안 좋다.

1층으로 내려가 주차장으로 향했다.

조금 전 고이치가 창으로 봤던 그 차는 안쪽 주차장에 세워져 있다. 니키의 차 번호는 가장 큰 네 자리까지만 기억하고 있다. 노랑, 검정, 검정, 노랑, 이다. 그러나 번호를 확인할 필요도 없이 그것은 니키의 차였다. 어두운 운전석에 스마트폰 빛에 얼굴을 드러낸 니키가 있었기 때문이다. 그는 따분한 듯 스마트폰을 만지작거리고 있다.

고이치는 얼굴을 찌푸리고 자동차 창문을 두드렸다. 니키는 고이치의 그림자가 드리워지자 시선을 보내고 잠금장치를 풀었다. 여전히 스마트폰을 보고 있다. 고이치는 치밀어 오르는 분노를 느끼며 문을 열고 조수석에 탔다.

고이치가 불평하기 전에 니키가 입을 열었다.

"늦었어."

"뭐요?"

고이치는 이제까지의 인생에서 가장 어이없는 목소리로 되물었다.

니키는 개의치 않고 말을 이었다.

"앉아있는 게 보여 상향등을 켰어. 알아차린 줄 알았는데. 알았으면 얼른 내려와야지. 난 한가한 사람이 아닌데, 불려 다니는 데다 기다리게까지 하다니."

"아니, 카페로 오라고 썼잖아."

“도대체 생각이 있어? 이런 카페에? 누가 볼지도 모르는데.”

니키는 딱 정확하게 머리 위에 있을 카페를 올려다보며 말했다.

“아니, 담임과 학생인데 뭐…….”

“학생과 학교 밖에서 차를 마시는 자체가 이상해.”

“너무 신경 쓰는 것 같은데요.”

고이치는 가라앉은 목소리로 중얼거렸다. 니키는 계속 비슷한 논지를 펼친다.

“무엇보다 말이야, 뭐냐? 종이에 몰래 만날 장소를 써서 건네다니. 옛날 드라마에서 불륜 직장 커플이 하는 짓 같잖아?”

“선생님 전화번호를 몰라서요. 그거, 가져왔어요?”

니키가 고개를 휙 돌렸다.

“아니.”

“뭐요?”

고이치는 다시 강하게 말했다.

“왜요? 가져오라고 썼는데요.”

“집에 가지러 갈 시간이 없었어.”

“어차피 늦을 거였으면 일단 갔다 왔으면 됐잖아요? 어디 사는지는 모르지만 그리 멀지는 않을 텐데.”

“아! 아무래도 그냥 좀 싫었어.”

고이치는 좌석에 몸을 깊숙이 기댔다. 어이가 없다.

“새삼 무슨 일이래.”

“얌전히 건네주면 날 놔줄래?”

“그건 아니죠.”

“그렇지?”

그렇다면 거절하겠다는 말인가. 니키는 더는 아무 말도 하지 않는다. 어차피 말이 안 통하리라고 생각해 어깃장을 놓는 모양이다.

“……출발해요. 당장 집에 가죠.”

니키가 눈을 꼭 감았다.

“안 돼.”

“안 가져온 선생님 잘못이에요.”

“우리 집은 부모님이 계셔. 좀 봐줘.”

“언제였더라? 학생들 앞에서 미야기가 본가라고 했잖아요?”

“오늘 어머니가 오셨다고.”

“어머니 앞에서는 얌전히 있을게요. 지도하는 학생의 고민을 상담하려고 데려왔다고 하면 되잖아요.”

“실은 아버지와 싸워서 어머니가 우리 집에 온 거야. 정신적으로 좀 힘든 상황이야.”

고이치는 저도 모르게 소리 내어 웃었다.

갑작스러운 웃음소리에 니키가 살짝 몸을 뺐다.

“선생님, 정말 굉장하네요. 무슨 병인가? 거짓말이 술술 나오네.”

교묘한 거짓말은 아니었으나 거침없이 흘러나오는 게 흥미로웠다.

"……의미 있는 거짓말만 하는 인간은 병이 아니겠지."

니키가 말했다.

"나서서 의미 없는 짓을 하는 녀석은 어떨지 모르겠는데."

시선을 고이치에게 쏟는다. 정면으로 거스르지 못하는 인간은 이렇게 변명이 많은 법일까.

"아, 네. 일단 출발하죠."

"그렇게까지 말한다면 다시 가져올 테니까, 아까 카페에 돌아가 기다려."

"아뇨. 집에 갈게요."

고이치는 딱 잘라 선언했다. 목적은 이미 니키가 사는 집에 가는 걸로 변경되었다. 니키의 생활을 보면 그가 그린 작품과는 다른 각도에서 인물상을 볼 수 있을 것이다. 심히 구미가 당겼다.

"의외로 진짜 싫거든?"

"내 말을 순순히 따르는 게 선생님에게 좋을 거예요. 무슨 소린지 아시겠어요?"

"그래도 싫다면?"

고이치는 조금 놀랐다. 의외로 완고하네.

"이해 말고 진지하게 상상해 봐요. 내일 교실에 들어왔을 때 우리 반 모두가 일제히 선생님을 봐요. 칠판에는 프린트된 증거 사진이 쭉 붙어있고. 더는 말 안 할게요. 모두의 표정이나 이후에 일어날 일을 직접 떠올려 보세요. 만화를 그리니 상상력은 풍부하겠죠?"

말하는 고이치의 머리에도 한 광경이 떠올랐다. 집중되는 사람들의 비판적 시선이 어떤 것인지, 그것이 얼마나 마음을 아프게 하는지 잘 안다. 니키의 경우는 차가운 시선만으로 끝나지 않을 것이다.

니키는 고이치를 힐끔 보고 고개를 돌렸다.

"끔찍해요?"

"아니, 별로."

"그래요?"

니키가 옆을 봤다. 고이치가 말했다.

"요즘에는 싫어도 상상은 되실 텐데요."

니키는 1초쯤 고이치의 얼굴에 시선을 던졌다가 밖을 봤다. 닫힌 창틀에 팔을 올리고 음험한 빛을 받는 주차장을 바라봤다. 시선 끝에는 천장에서 늘어진 표시판이 있다.

출구, 라고 적혀있다.

니키가 사는 아파트는 고이치의 집에서 고등학교를 끼고 반대편에 있었다.

슈퍼마켓을 지나면 나오는 주차장에 차를 세웠을 때, 니키는 여기서 기다리라고 말했다. 반쯤 체념한 말투였다. 당연히 거절했고, 니키는 잠자코 걷기 시작했다. 그 뒤를 따라 비슷비슷한 2층짜리 아파트가 드문드문 있는 밤길을 걸었다. 그중 하나, 회색 벽에 검은 지붕과 테두리를 두른 아파트 2층이 니키의 집이었다.

어두운 현관에 발을 들이미니 남의 집 냄새가 났다. 조금 전 카페의 냄새와 조금 비슷하다. 아무래도 담배 냄새일 것이다. 현관에 들어서자마자 나오는 부엌 가스레인지 옆에 빈 재떨이가 있다.

안쪽 방으로 들어간 니키가 벽 스위치를 두드렸다. 현관에서 아직 신발을 벗고 있는 고이치에게도 침실처럼 보이는 방 일부가 보였다. 옷장 여는 소리가 난다. 니키는 그대로 뭔가를 부스럭부스럭 찾았다.

들키고 싶지 않은 걸 숨기고 있을 것이다. 고이치는 오히려 그게 보고 싶었으나 최대한 천천히 신발을 벗었다. 성인용 책은 보고 싶어도, 아무렇게나 벗어놓은 속옷이나 사용한 흔적이 있는 성인용품은 보고 싶지 않다.

내가 무엇을 기대했는지는 모르겠으나 니키의 침실 겸 작업실은 대체로 평범했다.

혼자 살기에는 꽤 넓은 방이지만 이런 시골이라면 사치는 아닐 것이다. 컴퓨터와 책상, 커다란 책장과 침대, 식사할 때 쓰는 듯한 낮은 테이블 같은 당연한 가구가 당연하게 갖춰져 있었다. 갑자기 남이 방문한 것치고는 전체적으로 꽤 정리되어 있어서 니키의 성실한 성격이 느껴졌다. 다른 사람이 갑자기 내

방을 찾아오면 틀림없이 이런 상태는 아닐 것이다. 니키의 외모와 그리 다르지 않은 인상의 방이다.

물론, 표면적인 인상이다. 자세히 보면 나름대로 니키의 생활이 보였다.

컴퓨터 책상 정면에는 커다란 액정 모니터가 놓여있다. 그 옆에 더 작은 모니터가 배치되어 있고 헤드폰이 걸려있다. 책상 위에는 태블릿 같은 검고 커다란 직사각형 기계가 비스듬히 세워져 있다. 각각 어떻게 사용하는지는 모르겠으나 아마도 만화를 그리는 도구일 것이다.

방에 있는 물건 가운데 니키에 관해 가장 많은 말을 하는 게 책장이었다.

고이치의 키보다 큰 책장이 두 개 세워져 있다. 한 책장에는 파일들과 교육서, 실용서가 꽂혀있다. 다른 책장에는 개인적인 취미의 책이 있는 듯하다. 만화도 있고 의외로 소설도 많다. 가장 아래쪽, 크기가 큰 책을 꽂을 수 있는 단에는 미술사 책과 화집이 있다. 다 꽂지 못한 책은 책장 옆 바닥에 북엔드를 이용해 세워놓았다.

한 권을 뺐더니 예상대로 애니메이션 스타일의 여자아이가 표지에 그려진 동인지로, 떡하니 'R-18'이라고 적혀있다. 그림 스타일로 봤을 때 니키의 작품은 아니다.

다른 사람을 의식해 꾸미지 않은, 니키만의 책장이다. 니키가 이 방에 남을 들인 일은 아마 없을 것이다. 뚫어지게 책장을 살피는 고이치에게 니키가 잡지를 내밀었다.

"자, 이거."

절도 미수로 잡혔을 때 결국 가게에 반납한 잡지다. 고이치는 잡지를 들고 그 자리에서 페이지를 넘겼다.

"내 앞에서는 읽지 말아줄래? 집에 가서 읽어. 그보다 이제 좀 가라. 만족했잖아?"

니키가 조용한 목소리로 말했다. 고이치가 집에 데려가라고 말한 순간부터 내내 이런 상태다. 마음속 바람과 파도가 거칠어질수록 그것을 드러내지 않으려고 목소리와 표정은 잔잔하게 유지하는 듯하다. 고이치는 잡지를 덮고 책장의 눈에 띄는 단에 당당하게 꽂힌 동인지를 바라봤다.

"선생님, 여자친구 없어요?"

힘없는 웃음소리에 뒤를 돌아본다. 니키가 피곤한 표정으로 팔짱을 끼고 있다.

"성인 여성이라는 뜻이에요. 선생님이 지금까지 한 말을 전제로 하자면 현실의 미성년자에게는 손을 대지 않는 주의인 듯해서요."

"안 그러면 내 주장, 전부 뒤집히니까."

니키가 고이치가 든 잡지의 내부 표지를 가리켰다. 살펴보니 책가방을 멘 여자아이 일러스트 위에 발랄한 글씨체로 "YES 롤리타, NO 터치"라고 적혀있다.

"그게 내 종교야."

고이치는 멀거니 인쇄된 글자를 바라봤다. 내가 너무 비뚤어
져서 이 슬로건이 단순한 형식으로만 보이는 걸까.

"선생님이 성인 여자친구를 만들지 않는 건 이상해요."

만들지 않는 것도 아니고 만들고 싶으나 만들 수 없는 것도
아니겠지. 고이치는 니키의 얼굴을 보면서 생각했다. 그만큼
외모는 괜찮으니까. 니키가 한쪽 눈썹을 올렸다.

"왜?"

"그야, 선생님은 평소 엄청나게 건전한 인간인 척 행동하잖
아요? 위장으로라도 여자친구를 만들 것 같아서."

"전에는 여자친구가 있었다는 식으로는 말하고 있어."

"선생님들이나 주위 사람이 결혼 안 하냐고 묻지 않나요? 철
저하게 평범한 사람으로 살려면 결혼 상대를 찾아야겠다고 생
각하지 않아요?"

"생각 안 하는데?"

"왜요? 아, 같이 살면 만화를 못 그려서 그런가?"

"그건 아니야."

니키의 대답이 짧게 이어진다.

"내 생존에 다른 사람까지 끌어들이고 싶지 않아."

고이치는 고개를 기울였다.

"동성애자는 이성이랑 위장 결혼도 하잖아요?"

"그런 선택을 비판하는 건 아냐. 게다가 동성애자와 난 사정
이 달라. 성별이 같다는 정도라면 당연히 죄가 아니야. 어른이

아이를 좋아하는 것과는 차원이 달라."

니키는 고이치가 든 잡지를 쳐다봤다.

"선생님은 본인 같은 사람은 누군가와 사귀거나 결혼해선 안 된다고 생각해요?"

"그 점에 관해서 난 내 얘기밖에 못 해."

니키가 팔짱 낀 두 팔을 문지르면서 말했다.

"……롤리콘이 된 계기가 있나요?"

"질문이 많다."

"내가 궁금해하는 것에 다 답하지 않으면 선생님과 나는 대등해지지 않아요."

니키가 시선을 들었다. 눈에 살짝 힘이 돌아온 듯 보였다.

"진짜 너는 성가신 녀석이야. 네 혈관에는 소변이 흐르지 않을까?"

"잘도 그런 지독한 악담을 하네요."

"미안해. 너도 알다시피 평소에는 의외로 억제하고 있거든."

고이치는 웃었다.

"그렇다면 더 자기 얘기를 하는 게 좋죠."

말꼬투리를 잡으려고 한 말이었는데 의외로 니키의 정곡을 찌른 모양이다. 시커먼 눈동자로 이쪽을 조용히 보고 있다. 무표정이라 무슨 생각을 하고 있는지는 모르겠다. 역시 고양이와 닮았다. 애교냥이도 이따금 이런 눈을 한다.

"아무한테도 말 안 해요. 할 사람도 없고."

그렇게 꼬드겨 본다. 흰살생선 튀김을 눈앞에서 흔드는 것과 같은 요령이다.

니키는 고양이 눈으로 이쪽을 한참 응시한 후 문득 복도로 갔다. 어두운 부엌으로 사라지는, 유령 같은 등에 대고 말을 건다.

"가시는 김에 커피라도 끓여주세요."

조금 있다가 불붙이는 소리가 났다.

가스레인지 스위치가 아니라 라이터 소리였다.

5

내가 처음으로 사람을 좋아한 건 초등학교 4학년 때였어.

상대는 같은 반 여학생. 이른 첫사랑이라 조금 당황하기도 했지만 귀여웠으니 어쩔 수 없었어. 같이 하교만 해도 좋았어.

어라? 이런 생각이 든 건 그 후였어.

좋아하는 여학생이 나이 드는 게 싫더라.

옛날에는 나도 어린아이였으니까 또래 여자아이를 좋아해도 이상할 게 없었어. 그러나 내가 점점 커서 중학생이 되었는데도 귀엽다고 여겨지는 상대는 어린 여자아이였어.

좋아하는 여자아이의 나이가 올라가지 않더라.

천벌 받을 예를 들어볼까.

식년 천궁이라는 말 알아?

이세신궁처럼 위대한 신을 모시는 신궁에서 하는 일이야. 그런 데서는 신을 모시는 신전을 20년마다 새로 지어. 이미 있는 건물을 부수기 전에 새로운 신전을 신궁 안 다른 장소에 준비하고 신이 옮겨가게 해. 그리고 또 20년이 지나면 해체하지.

난, 아무리 어떤 여자아이를 좋아해도 일정 나이가 지나면 남자처럼 보여. 그리고 정신을 차려보면 어느새 또 다른, 묘목 같은 새로운 여자아이를 좋아하지.

쓰레기지?

고민 많이 했지.

좋아하는 감정이나 사랑은 성장하면서 늘 성욕과 얽히지.

너 정도 나이 때는 이웃에 사는 초등학생 여자아이를 망상 속에서 이용했어.

오빠, 그림 그려줘. 늘 졸라서 그 애가 좋아하는 애니메이션 동물 캐릭터를 자주 그려줬어. 거기에 나오는 여주인공도 그려 달라고 했는데 여자아이는 못 그린다고 거짓말하고 거절했어. 일단 그리면 내 안에 있는 게 고스란히 드러날 것 같았거든.

어쨌든 날 정말 잘 따랐어. 그런 애를 머릿속으로 수없이 범했어.

토할 것 같으면 화장실 써도 돼.

그래도 당시의 난, 아직 몸부림쳤어.

어린 여자아이를 보고 흥분하는 이유는, 성인 남자가 어린 여자아이를 범하는 구도가 단순히 부도덕하고 자극적이기 때문이라고 자신을 설득했어. 부도덕한 설정에 흥분하는 거지 롤리콘은 아니라고.

정말 온갖 짓을 다 했어.

친구에게 빌린 성인 비디오에서는 정말 아무것도 안 느껴지더라.

그 정도가 되면 싫어도 알게 돼. 내게 결함이 있다는 사실을.

아, 성인 비디오에서 아무것도 느껴지지 않았다는 말은 조금 거짓말일 수도 있겠다. 사춘기의 성욕은 엄청나니까. 빌린 비디오 가운데 의외로 어려 보이는 여배우가 나오면 어린아이라며 나 자신을 속이고 도구로 이용했어. 상당히 집중력이 필요한 작업이었지. 보기에만 어리지 실은, 이라는 생각이 잠시라도 머리를 스치면 바로 시들해지니까.

내가 손에 넣은 포르노는 전부 그런 느낌이었어.

곧 그런 사기에도 지치고 말았지.

때마침 그 무렵, 아까 얘기한 나를 따르던 여자아이가 식년 천궁을 맞았어.

우연히도, 그리고 드물게도 새로운 신전이 없었어.

이 일은 나중에 내 기억이 조작되었을 가능성이 있으므로 진짜 경위는 어떤지 나도 의심스러워.

애니메이션 미소녀 캐릭터를 좋아하게 됐어.

성인 애니메이션이 아니야. 저녁 6시에 TV에서 방영하는 건전한 애니메이션이라고. 거기 나오는 소녀 캐릭터를 좋아하게 됐어.

여신 같더라. 나이를 먹지 않아서, 나이를 먹었다고 누군가를 버리는 쓰레기 같은 나를 떠올리지 않아도 되고. 현실 소녀가 아니므로 망상해도, 사정해도 죄책감이 훨씬 적었어.

다시 망상에 푹 빠졌어. 야한 망상이었지. 대화하거나 함께 데이트하는 장면도 상상했어.

형편없는 실력이었지만, 망상 속 그녀가 사라지는 게 두려워 처음으로 만화를 그렸어.

완벽한 오타쿠였지만 당시 나를 오타쿠로 아는 사람은 한 명도 없었을 거야.

감추고 있었지. 당시에는 아직 오타쿠에 지금 같은 시민권은 없었으니까. 오타쿠들은 대체로 다 숨겼어. 그래서 더 그러지 않을까. 그림자들은 보통 동지를 발견하면 기쁘기 마련이야. 그들은 닮은 동지끼리 모이면 잔뜩 신이 나잖아. 숨겨도 다 보이지. 난 그들 무리에도 못 들어갔어. 내 성정체성을 다른 사람에게 알리는 일은 곧 죽음이라는 사실을 일찌감치 자각하고 있었으니까. 난 의태(擬態)를 정말 잘했어. 평범한 남자가 어떤 식으로 여자에게 흥미를 표시하는지를 보고 배워 흉내 냈어.

그러길 정말 잘했지.

세상에서 정말 많은 일이 벌어졌으니까.

미대에 간 이유는 순수하게 그림 그리는 게 좋아서야.

그림으로 먹고 살 생각은 없어서 교직 과정을 이수해 교사가 되었고.

나 같은 인간이 10대 여성들이 많은 환경에 있더라도 위험하다는 생각은 특별히 안 했어. 그때는 이미 나를 자제할 자신이 있었어.

그렇게 흘러 흘러서 지금에 이르렀어.

침실과 어두운 복도를 사이에 두고 문 옆에 앉아 니키의 독백을 듣는 동안, 고이치는 어릴 때 그림책에서 본 동화가 생각났다.

《임금님 귀는 당나귀 귀》라는 동화다. 고이치는 자신이 그 이야기에 나오는 대나무숲이 된 기분이었다.

"누군가가 싫어하는 게 뭐냐고 물으면 아마 바퀴벌레라고 대답할 거야."

복도 끝에서 니키의 목소리가 난다.

"솔직히 말하자면 난 신상에 관한 얘기가 싫어. 남 얘기 듣는 것도, 내 얘기를 하는 것도 다 싫어. 그럴 때마다 속으로 구역질을 해."

다시 라이터로 불붙이는 소리가 났다.

"그런데 지금은 생각이 좀 달라. 그렇게까지 싫어하는 건 어쩌면 좋아하는 건지도 몰라."

혼잣말 같은 소리였다. 말투는 평소와 같은데 고이치는 니키가 묘하게 흥분한 것 같았다.

방금 불을 붙인 것치고는 너무 빨리 담배를 재떨이에 비벼

끄는 소리가 나더니 곧바로 화장실에 들어가는 소리가 났다. 탁, 급히 변기 커버 올리는 소리가 난다. 더는 어떤 소리도 나지 않는데 좀처럼 나오지 않는다. 한참 있다가 물 내리는 소리와 함께 아주 조그맣게 웩, 하는 소리가 들렸다.

어이, 이봐요!

"저기요. 괜찮으세요?"

화장실 문에 몸을 바싹 대고 말을 걸었다. 대답은 없다. 물이라도 떠다 주는 게 좋을지 싶어서 부엌으로 시선을 돌렸다. 가스레인지 옆에 놓인 재떨이에 시선이 머문다. 이 방에 왔을 때는 깨끗했던 재떨이가 꽁초로 가득했다.

"담배를 너무 많이 피웠어요."

나무라 보지만 그를 이런 궁지로 몬 사람이 자신이라는 찝찝함은 사라지지 않았다. 니키를 괴롭히고 싶었는데 막상 눈앞에 이런 상황이 펼쳐져 당황하고 말았다.

화장실에서는 소리가 나지 않는다.

설마 쓰러진 건 아니겠지?

고이치는 노크하고 문을 살짝 열었다. 쭈그려 앉은 니키의 등 일부분만 보였다. 낮고 빠르나 호흡하고는 있어서 그나마 안심했다.

"저기요. 나는 이만 가는 게 좋겠죠?"

니키는 대답하지 않는다. 상당히 속이 불편한 모양이다. 고이치는 싱크대로 가서 정리대에 놓인 컵에 수돗물을 받았다.

살짝 열린 문틈으로 컵을 건넨다. 조금이라도 죄책감을 덜려는 행동이었다.

그 순간, 틈으로 팔이 세게 잡아당겨졌다.

"안 돼."

니키가 이쪽을 노려보고 있다. 그 눈이 번쩍번쩍 빛나 보인 이유는 구토로 눈물이 고여있었기 때문일까.

고이치는 얼굴을 찌푸렸다. 컵은 떨어뜨리지 않았으나 물은 거의 바닥에 흘렀다.

"이제 네 차례야."

"무슨 말이에요?"

"네 얘기를 하라고."

너무 막연했다.

"왜 이런 짓을 하지?"

고이치의 당혹스러움이 전해졌는지 니키가 질문의 범위를 좁혔다. 그래도 대답하기 어려운 건 마찬가지다. 니키의 질문은 왜 자신에게 집착하냐는 거겠지. 그 이유는 나도 모른다.

"선생님이 얼마 전에 말했잖아요. 양식으로 두들겨 팰 수 있는 사람이 당신밖에 없기 때문이라고. 내가 선생님을 이용해 스트레스를 해소한다고. 그런 낙인이 찍혀버린 건 열받지만, 됐어요, 그런 걸로 해요. 듣고 보니 맞는 말인 듯도 하고."

"아무래도 그것만이 아닌 것 같은데."

"네? 왜요?"

“직감이야.”

고이치는 잡힌 팔을 뿌리쳤다. 나도 모르는 새 남이 내 마음의 윤곽을 알아채려는 상황이 심란했다.

“그것만이 아니라면 뭔데요? 내가 실은 동성애자라 선생님을 스토킹한다? 자기가 변태라 나도 같은 놈이라고?”

“그건 아닌 것 같아. 뭔가 또 다른 거야.”

니키가 일어나 욕실로 갔다. 물을 세게 틀고 손을 닦으면서 말한다.

“너는 전에 내면을 탐구하며 살았다고 했어. 훌륭한 일이나 혼자로는 한계가 있지. 괜한 자기 수정을 거듭해 엉터리 자신을 믿어버리기 전에 다른 사람을 반사판으로 이용해 보면 어때? 아니면 남의 거지 같은 부분은 보고 싶으나 자신은 외면하고 싶나? 내가 롤리콘 변태라면 넌 관음증 환자야?”

“무슨 말을?”

고이치의 눈썹이 치켜 올라갔다.

“그러는 당신은 평소에는 진실을 하나도 말하지 않는 주제에 내가 좀 찔렀더니 질문 이상으로 주절주절 떠드는 숨은 노출광 아닌가?”

“그러네.”

니키는 수건으로 손을 닦으면서 중얼거렸다.

“내가 노출광이라니 새로운 발견이네. 자, 이렇게 다른 사람과 부딪쳐야 아는 게 생긴다고.”

고이치는 뚱하니 입을 다물었다. 악담을 퍼부어 선동하다가도 어쨌든 얻는 게 있다는 식으로 달래고 어른다. 온갖 수단을 써서 이야기하려는 바는, 결국 자기만 털어놓는 건 싫다는 소리일 뿐이다.

그러나 다른 사람을 반사판으로 이용하라는 말에는 분하지만 관심은 간다.

니키와 공평해지고 싶은 마음은 전혀 없다. 그래도 내 생각을 니키에게 던져보면 아는 게 생길까.

"……내가 선생님에게 관심을 가진 이유는 아마도 선생님이 미술 교사이기 때문일 거예요."

고이치가 헛기침했다.

"난 아주 오래전부터 이상한 놈이라는 소리를 들어왔어요. 내가 무슨 말만 하면 다들 어리둥절한 표정을 지어요. 아무래도 뭔가 평범하지 않은가 봐요. 그런 소리를 계속 들으면 생각하게 돼요. 난 정말 다 이상한가, 다른 사람처럼 느끼거나 생각하게 교정해야 하지 않을까. 그러면서도 마음 한편으로는 내 생각이 뭐가 그리 나쁜지 모르겠다는 생각도 영 버리지 못해요. 다들 평범해서 나를 이상하게 여길 뿐이다, 어쩌면 내 그런 부분은 좋은 의미에서 개성일지 모른다……."

스스로 말하고 보니 부끄러워진다. 지적당하는 게 두려워 예방책을 쓰고 싶은 충동이 들었으나 꾹 참았다.

"미술 교사는 내 주위에서 가장 감성적인 세계에 있는 사람이라고 생각했어요. 선생님이라면 나를 다른 관점으로 봐줄 듯했어요. 그런데 선생님이 너무 평범해서 실망했어요. 때마침 그런 상황에서 선생님의 비밀을 알았죠. 뭐야? 평범하지 않잖아? 그렇다면 더 나를 알아주지 않을까, 라고 생각했죠."

"음."

니키가 쓸쓸하게 웃었다. 단순히 이상한 아이라고 생각했을 뿐이라고 말하고 싶은 걸까. 조금 상처받았고 초조했다. 내 말의 맥을 끊지 마.

"그러니까 너는, 내게 인정받고 싶었다는 말이야?"

원래라면 화가 치밀 대사였다. 그런데 별 느낌이 없다.

"아마도……."

"그래……."

니키는 여전히 납득이 안 간다는 표정이다. 고이치도 마찬가지였다.

"음. 뭔가 딱 와닿지는 않는데 어쨌든 동기는 알았어."

아, 그래요? 고이치도 이해했다. 니키는 어떻게 해야 자신이 해방될지를 알고 싶은 것이다.

"그래서 넌 내게 뭘 보여줄 건데?"

"네?"

"그, 남과 다른 감성이라는 걸로 뭘 할 건데?"

고이치는 당황했다. 자신에게 '무엇'이 있다는 사실만 인정해 주면 된다. 그러나 그것이 구체적으로 '무엇'인지는 생각해

본 적 없다.

"내가 보기에 넌 아무것도 쌓아놓은 게 없어. 화가든 음악가든 감성을 활용해 뭔가가 되려면 어릴 때부터 훈련해야 해. 그런 점에서 너는 이미 노인네야. 열여섯 학생에게 노인네라고 한 건 내가 롤리타여서가 아니야. 지금부터라도 노력하겠다는 마음이 있으면 그림이든 음악이든 일단 붓을 쥐고 악기를 들어야 해. 보여줄 게 아무것도 없는데 인정받고 싶다니, 이상한 말이잖아?"

"……어릴 때 부모가 영재교육이라도 시켰으면 모를까, 오히려 이 나이에 재능 있는 놈이 이상한 거 아닌가요?"

"맞아. 너는 지극히 '평범'해. 다만 딱 하나는."

축하해, 라며 니키는 소리 없는 손뼉을 쳤다.

니키와 이야기하며 화가 머리끝까지 솟은 적은 여러 번 있었다.

그러나 죽이고 싶다, 고 생각한 건 처음이다.

정신을 차려보니 고이치는 가로등 밑에 있었다.

고개를 드니 니키의 아파트 근처에 있는 슈퍼마켓이 보였다. 너무 화가 나 니키의 집을 뛰쳐나온 것이다. 아무 말 없이 니키 앞에서 도망친 게 이번이 두 번째다. 그러나 이번에는 도망쳤다기보다 자기도 모르게 주먹을 휘두를 것 같아 상대에게서 나를 떼어놓은 것이다. 의외로 자제력이 좋네. 스스로 칭찬해 봤으나 한심할 뿐이다.

일단 학교 쪽으로 걷기 시작했다. 스마트폰으로 지도를 보는 것도 귀찮았다. 이 근처 길은 잘 모르나 산을 등지고 걸으면 학교가 나올 것이다. 거기서부터는 늘 다니던 길이다. 벌써 마지막 버스는 놓쳤다.

고이치는 긴 여정을 걸었다.

니키는 아무것도 쌓아놓지 않았다고 했다.

무엇을 목표로 하든 그건 사실이다. 어째서 지금까지 깨닫지 못했을까. 뭔가 인정받으려면 당연히 뭔가를 해야 했다.

집에 도착해 냉장고에 있는 저녁 식사에는 손도 대지 않고 곧장 방으로 가 반으로 접어놓은 이불을 폈다. 후딱 잠옷으로 갈아입고 불을 끄고 이불에 들어간다. 타월지 커버를 씌운 여름용 이불의 촉감이 좋다. 밖에서 불쾌한 경험을 하면 언제나 이 자리로 오는 걸 상상한다. 고민하다가 잠들지 못했다는 말을 종종 들었으나 나는 반대다. 괴로울 때면 늘 이불로 도망쳐 들어온다. 그리고 문제가 전혀 해결되지 않았는데도 잠든다.

그랬는데, 다른 날들과 달리 졸음이 도무지 찾아오지 않았다.

머릿속에서 어머니의 목소리가 메아리쳤다.

고이치는 독특해. 이런저런 소리를 듣는 이유는 주위 수준이 너무 낮아서야.

고이치는 몸을 웅크렸다. 평범한 사람과 다른 대신 특출나게 잘하는 게 있을 것이라는 생각은 단순한 환상이었다. 어머니의 말버릇에 사로잡혀 있었음을 자각했다. 그러나 설사 환상이더라도 그러고 싶었다. 그러지 않으면 자신은 그저 열등한 인간일 뿐이다. 그런 말에 매달리지 말고, 그 옛날 반장 아버지의 말처럼 "애는 애답게"를 목표로 했으면 어땠을까. 애다운 애가 뭐지? 그 사람이 마음대로 정한 이미지를 내가 어떻게 알아? 되려고 한다고 해서 될 수 있을지도 알 수 없다. 니키의 말처럼 아무것도 노력한 게 없기 때문이다. 유행가를 들어 지구인이 되겠다는 특훈도 중간에 집어치웠다. 결국 지금은 내가 좋아하는 음악을 듣고 있다. 그렇게 하고 싶었기 때문이다.

즉 나는, 이 지구에서 쾌적하게 살고 싶다고 주장하면서 나 그대로 있었다.

그런데 나란 무엇일까. 니키의 말처럼 나는 아무것도 아니다. 아무것도 아닌 인간은 자신을 좋아하기 힘들다. 니키는 이미 늦었다고 했다. 정말 그럴까. 지금부터 해서 될 게 정말 없을까. 공부? 스포츠? 영 느낌이 없다. 하기 싫은 일에서 도망치는 거냐는 의문이 머리를 스쳤다. 하지만 그건 아니다. 뭔가 내게 맞는 게 있을 것 같았다.

맞는 것.

누운 상태에서 몸을 일으킨다.

너는 독특해. 부모 마음에서 나온 대사라고 해도, 또 지금은 그저 말버릇이 되었다고 했도, 그 말을 제일 처음 들은 게 언제였더라.

확실히 그것은, 공상 끝에 만든 이야기를 노트에 적어 어머니에게 보여줬을 때였다.

고이치는 이불에서 기어 나와 누워서도 불을 끌 수 있게 길게 늘어뜨린 스위치를 당겨 불을 켜고 무릎걸음으로 벽장 앞까지 이동했다.

문을 열고 골판지 상자를 차례로 다다미 위에 꺼낸다. 가장 안쪽에 넣어둔 상자는 위에 올린 상자의 무게로 조금 찌그러져 있다. 몸을 그대로 벽장에 집어넣는다. 거친 베니어합판의 가시가 손바닥을 찌르지 않게 조심하며 엉거주춤한 자세로 상자를 끌어냈다.

상자를 여니 딱히 쓸모는 없으나 버릴 엄두도 안 나 그대로 둔 과거의 온갖 물건이 오래된 종이 냄새를 풍기며 나타났다.

초중학교 교과서와 지관통에 든 졸업장. 틈에 세워져 보관된 노트들은 학교용이 아니라 집에서 낙서하는 데 썼던 자유 수첩이다. 링에 끼워진 커다란 수첩을 든다. 표지를 펼치니 옛 추억이 설핏 떠올랐다.

아이의 서툰 글씨와 어휘로 적은 이야기가 있다.

쭉 읽어보는데 거의 잊었던 기억의 틈을 메우는 재미와 치졸함에 입가가 절로 풀어진다.

고이치는 페이지를 계속 넘겼다. 읽을수록 자기가 썼다는 실감이 옅어진다.

처음 수첩을 봤을 때 입가에 떠오른 쓴웃음은 세 권째 수첩에 도달했을 때 사라졌다. 도대체 어떤 표정을 짓고 있었는지 모르겠다. 적어도 그것을 의식할 만한 나란 존재가, 그때는 없었다.

6

어릴 때 아무렇게나 적어 어머니에게 읽게 한 이야기 외에는 거의 문장을 쓴 적이 없다.

기껏해야 독후감 정도일까.

자유 수첩에 쓴 이야기는 거의 완결되어 있지 않았다.

그러므로 어느 정도 제대로 된 글을 쓰는 것은, 첫 시도였다.

'무엇'이 있음을 증명하기 위해 소설을 쓰자고 생각한 것은 예전에 내가 쓴 자유 수첩의 이야기를 읽으며 놀랐기 때문이다.

문장을 쓰는 능력이 높네, 라고 생각했다.

물론 아이가 쓴 것치고 그렇다는 뜻이다. 그러나 어릴 때부터 사람과 이야기하기보다 책으로 읽은 문장 수가 많을 정도로 책을 읽어서인지, 허술하기는 하나 감각적으로 이야기의 구성을 갖추고 있었다. 오랫동안 기억도 못 하고 방치한 작품이다. 자기가 썼다는 점을 차치하더라도 그럭저럭 객관적으로 높은 평가를 받을 것이다.

뛰어난 문학적 재능이 있다고 생각했다는 건 아니다. 내가 가진 능력 가운데 가장 가치 있는 건 이것밖에 없다고 생각했을 뿐이다.

그러므로 소설을 쓴다. 제대로 니키에게 보여줄 방법을 고른 느낌이었는데, 학교 과제라고 거짓말하고 어머니에게 빌린 노트북 앞에 앉았을 때는 갑자기 멧돼지처럼 돌진하기 시작한 내가 단순 무식한 바보처럼 여겨졌다. '다이나카 스위치'라는 별명은 분하기는 하나 잘 지었다.

일단 뭘 쓸지가 문제였다. 그런데 소설을 쓰자고 생각한 순간부터 단순한 아이디어는 있었다. 읽고 싶은 걸 쓰면 된다. 지금 내가 쓰고 싶은 글은 분명하다. 이렇게 되길 바랐으나 그렇게 되지 못한 이야기다.

학예회에서 "왜 우리 애가 마을 사람 B인가?", "좀 더 자주 나오게 해달라"고 학교에 민원을 넣는 부모를 몬스터 페어런트라고 부른다면 고이치도 그에 가깝다.

'존'의 몬페(몬스터 페어런트의 줄임말)다.

'초록색 소설'에 등장하는 남자 이름이다. 소설에서는 늘 놀림당하고 얼빠진 짓을 해서 주인공에게 구박을 받다가, 후반부 총격전에서 어이없이 죽어버린다. 죽이지 말라는 소리가 아니다. 그저 조금만 더 다뤄달라는 의미에서 구제를 원한다. 단 한 줄이라도 그의 캐릭터가 사는 묘사가 있었다면 이렇게까지 생각하지는 않았을 것이다.

그의 이야기를 쓰고 싶다.

고이치는 바로 집필에 들어갔다. 조금만 정신을 놓으면 자신감이 사라질 듯한 감각에 사로잡혀 쓰지 못할 것 같았기 때문이다.

첫 문장을 컴퓨터 화면에 친 순간, 고이치는 확신에 가까운 예감을 느꼈다.

나는 이 이야기를 잘 쓸 것이다. 머리에 번뜩인 정경을 그대로 언어로 출력하기만 하면 잇따라 다른 이미지가 떠올랐다. 뜨개질은 해본 적 없으나, 다음 줄을 뜨려 할 때 앞줄 코에 바늘을 걸어 길이를 내는 방식과 같다. 이야기를 생각할 때 이어지는 연상은 뜨개질과 비슷하다. 지금 줄을 제대로 뜨면 다음 줄은 앞줄의 코에 바늘을 걸어 코를 만들면 되고, 필요 없는 코는 막으면 된다.

이 방식을 유지하면 나중에 곤란해질 때도 있었다. 흐름이 있는 대신 다시 쓰기는 힘들다. 처음에는 재능을 발견한 느낌이 들어 뛸 듯이 기뻤으나, 하룻밤 자고 다시 읽어보면 그 장면을 좋다고 생각한 어제의 판단 능력에 고개를 갸웃하게 될 만큼 어이없었다. 재미있다고 생각한 부분이 재미없다. 설득력 있다고 생각한 동기가 전혀 논리적이지 않다. 절묘하다고 생각한 표현은 자세히 읽어보면 주제에서 벗어나 있다. 열심히 고안한 문장에 대한 애착을 뿌리치고 다시 쓰려고 했을 때 고이치를 괴롭힌 점은 유창하게 쓴 덕분에 생긴 문맥이었다. 이미 상당히 쓴 뒤에 발견한 구멍만 수정하는 방법을 모르겠다. 결국은 잘못된 구멍까지 실을 풀고 다시 뜨는 방법밖에 없다.

그래도 계속 썼다. 학교에서 돌아오면 제일 먼저 컴퓨터 앞에 앉았고, 수업 중에도 다음 이야기를 썼다. 이상하게도 가장 펜이 잘 움직일 때가 수업 중이라 점점 '딴짓 욕구 아드레날린'의 존재를 믿게 되었다.

이야기는 존의 인생 마지막 날부터 시작된다. 깊은 밤, 존은 전화 소리에 눈을 뜬다. 이상하게도 전화에 찍힌 착신 이력이 누군지 모르겠다. 그는 아버지가 돌아가신 날 밤에 걸려 온 부고 전화는 꿈이었다는 결론을 내린다…….

고이치가 쓰고 지우기를 되풀이하는 동안 이야기의 글자 수가 늘어갔다.

니키에게 아무것도 아니라는 말을 들은 날로부터 한 달쯤 지난 월요일 아침, 고이치는 이야기의 마지막 장면을 끝맺는 마침표를 드디어 문장 끝에 찍었다.

책상에서 일어나 기지개를 켜고 둘로 접혀있는 이불에 상반신을 눕혔다. 딱 한 시간만 자자고 눈을 감았는데 마음이 너무 들떠 다시 컴퓨터 앞에 앉았다.

완성한 이야기를 수없이 다시 읽는다.

마지막으로 이야기의 소재가 된 '초록색 소설'을 책장에서 꺼내 비교하며 어쩌면 자기 작품이 프로의 작품과 어깨를 겨룰 수 있을지 모르겠다는 생각까지 했다.

그런 거대한 자부심도 틀림없이 내일이면 사라지겠지.

그런 예감을 품고 한없이 화면을 바라봤다.

7

이야기 원고를 종이에 인쇄한 것은, 완성하고 사흘 뒤였다.

더 수정해야 하나 고민했는데 너무 많이 읽은 탓에 이미 혼자서는 어디를 어떻게 고쳐야 할지 판단이 서지 않았다. 손을 대서 좋아지는 부분이 있는 대신 형편 없어지는 부분이 있을지 모른다. 고쳐서 나빠질 바에는 어차피 해보자는 심정으로 편의점 인쇄 서비스로 데이터를 전송했다.

인쇄된 종이 다발을 편의점 복합기 앞에서 처음 들었을 때 너무 가볍고 얇아서 살짝 실망했다. 약 3만 자. 단편소설을 쓰겠다고 시작한 것치고는 의외로 긴 이야기를 제대로 마쳤다고 생각했는데, 이렇게 종이 뭉치로 들고 보니 생각보다 얄팍하다.

스테이플러를 찍은 원고를 책가방에 넣는다. 내일, 니키에게 보여주자. 그는 어떻게 반응할까.

한껏 마음이 부풀었던 완성한 날과 달리 어제의 고이치는 잔뜩 예민했다. 또 놀림당할지 모른다는 두려움이 새삼 싹트기 시작했다. 아무것도 보여주지 않으면 니키에게 나는 미지수로 남는다. 그러나 보여주면 실력이 고스란히 드러난다. 그러나 그날 허를 찔리고 아무것도 하지 않는 건 너무 분하다. 나는 노력했다. 그것만은 틀림없다. 그 노력을 그냥 날리고 싶지 않다.

무엇보다 이 이야기에는, 태어나 처음으로 다른 사람에게 인정받을지 모른다는 기대가 걸려있다.

다음 날, 고이치는 수업을 다 마치고 미술실로 갔다.

다행히 찾는 인물이 있었다.

니키는 칠판 옆 교사 책상에 앉아있다. 등을 구부리고 노트북 앞에서 마우스를 움직이고 있다. 그 자세 그대로 방에 들어온 고이치를 올려다봤다.

"저, 지금 시간 돼요?"

니키는 평소 학교에서 보여주는 외면도, 고이치와 대면할 때의 표정도 아닌 어정쩡한 표정을 지었다. 니키와 이렇게 마주하는 것은 거의 한 달 만이다. 그는 대놓고 이쪽이 어떻게 나올지를 살피고 있다.

"곧 교직원 회의가 있어. 짧게 말해."

경계하는지 쌀쌀맞은 말투다. 사실은 전전긍긍하고 있을 것이다. 한동안 찾아오지 않은 성가신 상대가 다시 나타났으니까. 고이치는 니키에게 다가가 가방에서 원고를 꺼내 그의 앞에 내밀었다.

"이게 뭐야?"

니키는 원고를 받으려고도 하지 않고 말했다.

"전에 내게 한 말 기억해요?"

"잘 모르겠는데?"

화가 치밀었다. 언제나 들은 사람만 기억한다. 과거의 온갖 기억이 소환하는 짜증을 간신히 삼키고 헛기침했다.

"내 감성을 다른 사람에게 인정받으려면 무엇이든 표현해야 한다는 말……."

이 요약이 정말 옳은 건지 새삼 불안했는데 니키가 "아아"라며 생각난 듯한 소리를 내서 안심했다. 고이치는 노트북 키보드 위에 원고를 놓았다. 뭔가 입력 중이던 컴퓨터가 삐, 삐 전자음을 냈다. 니키는 성가신 표정으로 원고를 들었다.

"소설?"

"네."

"전부터 썼어?"

"아뇨. 처음 썼어요. 지난 한 달 동안."

처음이라는 부분을 강조해 말하니 니키가 "우와!"라는 소리를 흘렸다. 완전히 질렸다는 표정이다. 고이치는 눈썹을 찌푸렸다. 그렇게 반응할 거야?

"요즘 웬일로 얌전하다 싶었는데, 이런 데 몰두하고 있었구나!"

"읽고 솔직한 의견을 주세요. 선생님에게는 읽을 의무가 있으니까요."

"의무라."

니키가 페이지를 넘기며 말한다. 그가 이미 한 페이지를 다 읽어서 내심 두근대며 서있는데 갑자기 중간 부분을 그냥 넘기고 마지막 페이지를 펼쳤다.

고이치는 당황해 니키의 손에서 원고를 낚아챘다.

"잠깐만요! 왜 갑자기 마지막 페이지를 읽어요?"

"아니, 완결했나 해서."

"했어요. 그러니까 제대로 차근차근 읽어요."

"알았어. 그렇지만 아까 얘기했듯 이제 회의에 가야 해. 가지고 가서 집에서 읽을게. 읽으려면 시간이 걸려. 감상도 좀 늦어질 거야."

고이치는 원고를 든 채 니키를 노려봤다. 니키가 소설을 읽는다는 것은 그의 책장을 봐서 안다. 독서가면서 느리게 읽는다? 있을 수 있는 이야기다. 그러나 왠지 거짓말 같다.

무엇보다 방금 니키가 읽는 방식을 본 터라 더는 믿을 수 없어서 내키지 않았다. 정말 열심히 쓴 글을 지금처럼 취급당하기는 싫다. 갑자기 결말부터 읽으면 재미가 반감 정도가 아니라 완전히 사라진다.

“얼른 내놔. 안 읽어도 되면 상관없고.”

고이치는 니키가 내민 손을 무시하고 말했다.

“내가 보는 앞에서 읽어요.”

니키가 어이없다는 표정을 지었다.

“난 그렇게 한가하지 않아.”

“언제 시간 되는데요?”

니키는 고이치에게서 시선을 돌리고 고민하듯 검지로 책상을 두드렸다. 무슨 생각을 하는지 모르겠으나, 끈질기게 달려드는 상대를 지금 있는 3층 창문으로 내던지고 싶다고 생각할지 모른다는 상상이 들자, 물려고 준비하는 고양이의 머리에 손을 내밀 때 같은 스릴이 느껴졌다.

톡톡, 검지의 움직임이 점차 느려진다. 기계가 멈출 때처럼 천천히 손가락 움직임이 멈추더니 니키가 입을 열었다.

“밤에 나올 수 있을 때가 언제야?”

뜻밖이라 귀를 의심했다. 밤, 즉 학교 밖에서 만나자는 것이다. 학교에서 만나고 싶지 않은 마음은 이해하는데, 니키의 입에서 그런 말이 나오다니 의외였다.

“아…… 당장은 모르겠어요. 어머니가 야근하는 날 외에는 외출은 어려워서 근무 시간을 확인해야 해요.”

“그래? 그러면 알아보고 알려줘.”

니키는 충전 중이던 스마트폰을 조작하고 책상에 놓았다. 연락처 정보가 담긴 QR 코드가 나와 있다.

“미리 말해두겠는데 쓸데없는 연락은 사양한다.”

무슨 짓을 하든 내 맘이다. 그러나 일단은 수긍했다. 고이치가 연락처를 스캔하는 동안 니키는 닦은 컴퓨터와 정리한 케이블을 완충재 케이스에 넣고 일어섰다. 스마트폰을 받은 그는 케이스를 들고 미술실을 나갔다.

허탈할 정도로 일이 술술 풀렸다.

내가 무슨 말을 해도 안 들을 게 뻔해서 괜한 저항을 포기하고 에너지라도 아끼려는 걸까.

왠지 불길하다. 니키를 협박하기 시작한 이후 이따금 생각했다. 저렇게 다 큰 어른이 이 상황을 타개할 방법 하나 생각해내지 못할까. 내가 니키보다 우위에 선 것만은 확실하다. 그러나 내가 니키보다 능숙하다고 느낀 적은 사실 한번도 없다. 그런 니키가 얼굴을 찌푸리면서도 이 상황을 받아들이다니 무슨 속셈이 있나. 그렇다면 도대체 어디까지 요구를 들어줄까.

홀로 남은 고이치는 미술실 책상에 걸터앉았다.

모르겠다. 속으로 읊조렸다. 적어도 지금은 내 명령에 따르고 있다. 딱히 백만 엔을 내놓으라거나 알몸으로 동네를 뛰라는 것도 아니므로 니키의 인내심도 당분간은 버틸 것이다.

그날 밤, 고이치는 부엌에서 저녁을 준비하는 어머니에게 물었다.

“참, 다음 주에는 밤에 언제 집에 있어?”

없는 날이 아니라 있는 날을 물어야 한다. 부모가 집에 없는 날을 알고 싶어 하면 당연히 의심을 살 것이다.

부엌에서 어머니의 읊조림이 들려온다.

"휴일, 낮, 심야, 낮, 휴일, 준 야간……."

아마도 손가락을 꼽으며 교대 시간을 생각하고 있을 것이다.

"다음 주는 거의 집에 있어. 목요일 빼고는. 왜?"

그렇다면 니키와는 목요일에 만나야 한다. 그렇게 생각하고 어머니에게는 적당히 둘러대기로 한다.

"오랜만에 외식이라도 시켜줘."

"뭐가 먹고 싶은데?"

"고기."

"무슨 고기?"

"소고기."

"잘됐네. 이리 와서 음식 좀 접시에 담아."

시키는 대로 부엌으로 간다. 집에서 요리할 때는 음식을 접시로 옮기는 일이나 설거지는 고이치 담당이다. 가스레인지에는 압력솥이 올려져 있다. 순서를 밟아 뚜껑을 여니 압력이 빠진 수증기와 함께 갈색의 윤기가 흐르는 고기가 모습을 드러냈다.

"돼지고기 수육?"

"소고기 스페어립."

처음 보는 요리다. 어머니는 그리 자주 식단을 바꾸지 않는다. 게다가 이 집에 소고기가 등장하는 일은 적다. 어머니 주장으로는 비싸면서 돼지고기나 닭고기보다 영양가가 낮기 때문이라고 한다. 무슨 좋은 일이라도 있나.

"맛있겠다."

"요즘 늦게까지 열심히 공부하더라. 드디어 성실해진 게 대견해서 상으로 했어."

과제라고 거짓말하고 컴퓨터를 빌려 중간고사 기간에도 소설을 쓴 나도 나지만, 고교생 아들이 컴퓨터를 끼고 심야까지 방에서 또각대고 있는 걸 진짜 과제라고 믿는 부모도 대단하다. 아니면 공부를 제쳐두고 딴짓했다는 사실을 알고도 한술 더 뜨는 행동일까. 고이치는 접시 위의 부드러운 고기를 바라보면서 식욕에서 나온 게 아닌 군침을 삼켰다. 한술 더 뜨거나 넌지시 내비치는 짓은 니키 하나만으로 충분하다.

고이치는 남은 고기를 저장 용기에 담아 냉장하고 기름진 설거지를 끝낸 다음, 니키에게 목요일 밤에 만나자고 메시지를 보냈다.

목욕하고 나오니 답장이 와있다. 저녁 7시 이후라면 집에 있다고만 적혀있다.

왜 마음을 바꿨을까. 정작 협박해 집에 쳐들어간 사람이 자신이면서 막상 오라니까 조심스러워진다. 그러나 찬찬히 원고를 읽게 할 수 있고 감상도 제대로 들을 수 있다면 장소는 어디든 상관없었다.

8

약속한 날 밤, 고이치는 외할머니 집에서 저녁을 먹고 자전거로 니키의 집에 갔다.

앞 바구니에 있는 토트백 사이로 클리어 파일에 넣은 원고가 살짝 보인다. 기대와 두려움으로 위와 심장이 불규칙적으로 조여든다. 이번에는 내가 화장실에서 토할지 모르겠다. 고이치는 그렇게 생각하며 니키의 아파트 옆에 자전거를 세웠다.

인터폰을 누르니 안에서 소리가 나고 문이 열렸다. 니키의 집 냄새가 흘러나온다. 7부 소매 티셔츠에 운동복 바지 차림의 니키가 나왔다.

"저기요."

"얼른 들어와."

니키가 낮은 톤으로 빠르게 말했다. 시키는 대로 재빨리 현관으로 들어갔는데 뭔가가 발에 걸려 큰 소리가 났다. 보니 빈 캔이 잔뜩 든 쓰레기봉투였다.

니키의 방은 전보다 어질러져 있었다.

컴퓨터 책상에는 음료수 캔이 있고 그 옆에 책과 서류가 어지럽게 쌓여있다. 한가운데 놓인 문제의 커다란 사각형 기계에는 방금까지 작업한 듯 플라스틱 펜 같은 게 올려져 있다. 얼마 전에는 깔끔하게 정리되어 있던 책장도, 꽂힌 책 바로 앞에 다른 책이 여러 권 눕혀져 있다. 방에서 의외로 면적을 차지하는 큰 책장이 어질러져 있으면 이렇게 방의 인상이 달라지는구나. 생각 탓인지 방의 공기도 정체된 느낌이다.

어쩌면, 이게 바로 만화가의 마감 전 풍경일까.

질문은 관두기로 했다. 건드려 봤자 좋을 게 없다는 느낌이 들었다. 본인이 집에 불렀으므로 내가 신경 쓸 일은 아니다.

니키는 컴퓨터 책상 의자에 앉았다. 그래서? 라는 얼굴을 하고 있다. 고이치는 토트백을 바닥에 놓고 안에서 원고를 꺼내 니키에게 건넸다.

"일단 먼저 설명부터 할게요."

"그래."

"소재가 된 작품이 있어요. 물론 그 줄거리를 베낀 건 아니에요. 표현하기 힘든데 좋아하는 작품에 나오는 좋아하는 캐릭터의 스핀오프를 썼다고 생각하면 돼요."

"그러니까 2차 창작이라?"

그런가. 니키의 동인지를 인터넷에서 찾는 과정에서 2차 창작이라는 걸 알게 되었다. 저작권이 있는 작품의 비공식적 패러디를 그렇게 부른다. 예를 들어, 만화《드래곤볼》의 팬이 주인공 손오공의 일러스트든 만화든 소설을 저작권자의 허가 없이 창작하면 그 작품은 2차 창작이 된다.

"소재는 뭐였는데? 유명한 작품이야?"

그 질문에 '초록색 소설'의 정식 제목을 댔는데 니키는 모른다고 했다.

자기 작품이 패러디라는 사실은 자각하고 있다. 그러나 2차 창작으로 분류되자마자 눈앞의 원고가 음습한 여가의 산물처럼 보여 부끄러움이 밀려들었다. 지금 당장 니키의 손에서 원고를 빼앗는 게 좋을지 모르겠다. 보여주지 말았어야 한다는 후회로 고민하는 미래의 자신이 보내는 지령처럼 느껴졌으나 고이치는 충동을 억눌렀다. 칭찬받을지도 모른다는 기대와 창피당할지도 모른다는 예감이 치고받을 때 자신은 언제나 기대를 선택하는 경향이 있다. "A야 B야?"라는 질문을 받고 혼자만 B를 선택할 때와 같다.

니키는 원고를 들고 의자를 돌려 등을 보였다. 책상에 있는 기계 위에 원고를 놓고 종이 끝을 잡은 채 첫 페이지를 읽었다. 조금 있다가 다음 페이지를 넘겼다. 등이 점점 굽는다. 본격적으로 읽는 태세에 들어간 모양이다.

고이치는 바닥 쿠션에 앉았다. 니키의 반응이 궁금해 미칠

지경이나 묵묵히 읽는 뒷모습에서는 어떤 느낌도 얻을 수 없다. 니키의 느낌을 추측할 유일한 실마리는 페이지를 넘기는 손이었다. 그 동작이 빠른지 느린지, 조심스러운지 난폭한지로 일희일비하고 만다.

"줄거리의 기초는 원작을 따른 거지?"

니키는 다음 페이지에 손을 대며 말했다.

"네. 주인공 존은 원작에서는 조역이고 내면 묘사 없이 총격전에서 죽어요. 내가 쓴 이야기는 그 캐릭터가 죽는 날 이야기에요."

고이치는 니키가 아직 읽지 않은 페이지 두께를 가늠했다.

"죽는다는 걸 시사하는 부분이 나왔죠?"

"그러네."

"존은 결국 원작대로 죽어요. 그렇지만 어떻게 생각하며 살았는지를 쓰고 싶어서요. 원작이라는 정사(正史)는 바꾸지 않고 그 틈을 망상으로 메워봤어요."

니키는 고이치의 설명에 "그래?"라고만 말하고 왼손가락을 움직였다. 페이지 모퉁이를 삼각형 모양으로 접는다. 니키는 책상 끝에 아무렇게나 놓인 빨간 펜을 들어 양해도 구하지 않고 원고에 뭔가를 열심히 적어 넣었다.

고이치는 입술을 일그러뜨렸다. 설마 '빨간 펜 선생님'을 해주리라고는 생각하지 못했다. 분명히 비판적인 내용일 것이다. 도대체 얼마나 엉망일까.

무엇보다 니키가 정당한 평가를 해줄까. 한심하게도 쓰기 시작하고는 작품의 완성도에만 정신이 팔려 그 점에 생각이 닿은 것도 처음이다. 당연히 니키는 나를 싫어한다. 그런 상대의 작품은 사실과 상관없이 깎아내리는 게 자연스럽다. 반대로 자신을 협박하는 상대의 기분을 상하게 하지 않으려고 생각 없이 칭찬할 수도 있다. 그런 평가는 바라지 않는다.

의심의 늪에 빠져 가슴이 답답해진다. 이대로 뒷모습을 바라보고 있다가는 농담이 아니라 진짜 토할 것 같다. 고이치는 안절부절못하며 방을 둘러봤다. 니키가 다 읽을 때까지는 아직 시간이 걸릴 것이다. 벽의 반 이상을 차지하는 커다란 책장을 살핀다. 니키의 만화가 실린 그 잡지를 찾는다. 전에 방문했을 때 그 잡지를 줬는데 방에서 뛰쳐나오는 바람에 결국은 지난 호를 보지 못했다. 시선 높이 위치에 당당하게 동인지가 꽂혀 있는데, 그 잡지는 책장 어디에도 없다. 제일 아래, 가장 큰 판형의 책이 들어가는 단에도 전과 마찬가지로 중후한 미술 관련 책만 놓여있다.

"선생님."

"왜?"

"기다리는 동안 그 잡지 지난 호를 보고 싶은데요. 어디 있어요?"

니키가 플라스틱 스치는 소리를 내며 빨간 펜을 움직이면서 말한다.

"아아, 그거? 좀 안에 넣어뒀어."

고이치는 안, 이라는 말에 상반신을 뒤로 돌려 옷장 문을 봤다. 그러고 보니 처음 이 집 현관에 발을 들여놨을 때 먼저 침실에 들어간 니키가 이 언저리에서 부스럭댔던 것 같다.

"열어도 돼요?"

일단 물어본다. 안에 있는 게 잡지뿐이라면 괜찮은데 그가 평소 사용하는 성인용품이라도 숨겨뒀다면 보고 싶지 않다. 니키의 허락이 떨어지면 문을 열 생각으로 옷장에 손을 댄다.

그때 갑자기 뒤에서 짧은 질책이 날아왔다.

"만지지 마."

목소리만으로 문에 올린 손을 찰싹 때려 떨어뜨릴 수 있을 만큼 차가운 말투였다.

돌아보니 의자에 앉은 니키가 펜을 쥔 주먹은 여전히 책상에 올린 채 몸만 이쪽을 향하고 있다. 콧등에 주름을 잡고 입을 굳게 다물고 있다. 니키답지 않게 혐오감을 그대로 드러낸 표정이었다.

"……보여주면 안 될 게 있으면 나도 보고 싶지 않아요. 선생님이 잡지 꺼내주세요. 다른 데 보고 있을게요."

니키가 이제까지 얌전히 내 말을 따랐다고는 할 수 없다. 그러나 이토록 직설적으로 "그만해"라고 한 건 처음이었다. 의아했는데 아마도 어지간히 보여주고 싶지 않은 걸 숨겼나 보다. 니키는 한 점을 응시하고 있다. 옷장에 닿은 고이치의 손을 뚫어지게 보고 있다.

고이치는 너무나 험악한 그의 태도를 수상쩍게 여기면서도 순순히 문에서 손을 뗐다. 오늘은 그래도 존중해 주자. 앞으로 그의 평가를 받아야 하니까.

니키는 고이치의 손이 옷장에서 떨어진 후에도 그 손을 계속 응시하다가 마침내 자기도 스스로 뭔가를 정리하듯 눈을 감고 깊은 한숨을 내쉬었다. 조금 전까지 미동도 하지 않았던 니키의 어깨가 호흡과 함께 내려가는 걸 보고, 고이치는 니키가 호흡마저 멈출 정도로 긴장했다는 사실을 알고 놀랐다.

저렇게까지 요란하게 안도하니 오히려 옷장 속이 궁금해졌다. 온갖 상상을 하며 니키를 관찰한다. 니키는 제정신을 차린 듯 한쪽 손으로 얼굴 전체를 훑고 그대로 손바닥으로 입가를 덮은 다음 눈을 깜빡이며 깊이 생각에 잠겼다. 관찰을 계속하고 있었는데, 얼마 후 눈이 마주쳤다. 니키는 그제야 자신을 관찰하는 시선을 알아차리고, 우울한 기분을 털 듯 고개를 젓고 의자에서 일어났다.

"어떤 상상을 하는지 모르겠는데."

그렇게 말하며 다가온다.

"재밌는 건 하나도 없어. 자, 봐."

'앗!' 깜짝 놀랐을 때는 이미 자포자기라도 한 듯 니키가 옷장 문을 열고 있었다.

폴더처럼 접히는 문 안에는 정말 니키의 말처럼 봉에 걸린

옷과 조그만 서랍장, 그리고 잡지 같은 게 들어있는 상자가 있을 뿐이었다.

니키는 상자에 든 잡지 가운데 끝에 있는 한 권을 꺼내 고이치에게 건넸다. 유카타를 입은 소녀 일러스트가 표지에 그려져 있다. 낯익은 바로 그 잡지였다.

"이 안을 다 뒤져볼래?"

턱으로 상자를 가리키는 니키의 표정은 이미 완전히, 눈앞의 무례한 아이를 차갑게 보는, 어떤 의미에서는 평소의 표정으로 돌아와 있었다. 석연치 않은 감정이 갑자기 가슴에 싹텄다. 고이치는 어색한 표정으로 잡지를 받았다. 범죄에 가까운 아동 포르노나 진짜 소녀 크기의 러브돌이라도 숨겨놨다면 모를까, 그것도 아닌데 니키는 도대체 왜 그토록 거부 반응을 보였을까. 자기 작품만 옷장에 보관하는 이유도 수수께끼인데, 그보다 더 내가 옷장 문에 손을 댔을 때의, 그의 반응이 기이했다.

니키는 그 순간, 아주 지독한 일을 당한 듯한 표정을 짓고 있었기 때문이다.

고이치는 원고를 다시 읽으려고 책상으로 돌아간 니키 뒤에서 책상다리하고 앉아 잡지를 펼쳐 대충 넘기며 생각했다.

가령 꺼릴 게 없더라도 다른 사람이 내 집을 마음대로 뒤지면 누구나 불쾌할 것이다. 그러나 니키는 이미 사적인 영역을 지긋지긋할 정도로 침범당했으므로 새삼 그런 일에 성질을 낸다는 건 좀 뒤늦은 감이 있다.

물론 건들면 싫은 부분이란 게 있다는 것도 안다. 아마도 신체가 그럴 텐데, 니키의 방금 반응은 좀 다른 의미인 듯하다. 예컨대, 나는 사람이 내 머리를 만지는 게 싫다. 어릴 때부터 왠지 누가 머리를 만지면 개운치 않은 감정이 극단까지 치솟는 느낌이 들어 아주 예민해진다. 정기적으로 역 앞 미용실에 머리를 자르러 가는데, 머리카락을 다듬는 동안 고통스러워 죽을 지경이다. 내 손으로 만지는 건 아무렇지 않은데, 다른 사람의 손 움직임은 읽을 수 없어서 싫다. 매번 상당한 정신력을 동원해 참고 있다.

싫은 이유는 신체적 불쾌감만이 아니다.

다른 사람의 손이 머리를 더듬으면 찌릿찌릿 두피 아래에서 그 옛날 생일 파티 날에 반장 아버지가 내 머리에 손을 얹은 순간이 떠오른다.

그 손은 따뜻하고 강력했다. 그야말로 아버지라는 감촉을 지니고 있었음에도 내 본질을 1밀리미터도 인정해 주지 않았다. 그 아버지, 라기보다는 그 손을 내치지 못했던 자신을 용서할 수 없는 느낌이 든다. 조금 전의 니키처럼 만지지 마, 라고 똑똑하게 말했다면 이렇게 응어리로 남지 않았겠지.

고이치는 두 달 전 잡지로 시선을 떨어뜨렸다.

'가지조'가 발표한 만화의 표지 그림이다. 갈색 긴 머리—흑백에 스크린 톤을 붙인 머리카락을 고이치는 갈색으로 인식했다—의 여자아이가 손으로 하트 모양을 만들며 웃고 있다. 무대 의상 같은 옷을 입고 있으므로 틀림없이 이 여자아이는 아이돌일 것이다. 책상에 앉은 니키의 뒷모습을 바라보면서 어쩌면 시모기타에서 라이브를 열었던 아이돌을 투영한 여주인공일지 모르겠다고 생각하니, 니키가 이전에 읽을 거면 다른 데서 읽으라고 했던 마음도 알 것 같다. 정작 본인은 그 부분을 완전히 포기한 모양이지만.

표지 그림을 넘겨도 조금 전 일이 아직 머릿속에 남아선지 내용에 전혀 집중할 수 없었다. 니키는 원고에 몰입하고 있다. 그가 그런 표정을 짓고 바로 태도를 바꾼 일은 내가 저지른 실수의 정체를 아무도 알려주지 않을 때와 같은 소소한 불안감을 일으켰다. 개운치 않은 심정으로 페이지를 넘기고 있는데 니키가 의자에서 일어섰다.

고이치는 원고를 들고 부엌으로 가는 니키의 모습을 침실 입구에서 두 팔과 두 무릎을 대고 살폈다. 니키는 담배를 피우면서 원고의 첫 페이지부터 쭉 훑어본다. 아무래도 다 읽은 모양이다. 할 말을 머릿속으로 정리하는 중일지도 모른다. 니키가 내 작품을 다 읽었다. 실감이 든 순간 머릿속에 끼어있던 안개가 단숨에 걷히고 대신 심장이 뛰기 시작했다.

니키는 여러 번 페이지를 다시 넘기며 바로 두 번째 담배에 불을 붙였다. 담배에 머리 회전을 빠르게 하는 효과라도 있나. 환기팬이 미처 빨아들이지 못한 담배 연기가 고이치가 있는 곳까지 온다. 냄새에 얼굴을 찌푸리면서도 니키의 모습을 살필 수밖에 없었는데, 그가 원고를 닫았다.

"다 읽었어."

그렇게 말하며 담배를 끄고 침실로 돌아온다.

"……어땠어요?"

역학 관계에서는 분명 내가 우위에 있을 텐데, 이 순간만은 니키가 절대적인 존재다. 니키의 방에는 쿠션이 하나밖에 없다. 니키가 의자에 앉는 바람에 묘하게 고이치를 내려다보는 구도가 되었다.

고이치는 바닥에서 무릎을 안고 니키의 이야기를 기다렸다. 쓰기 시작한 순간부터 지금까지 기대는 서서히 낮아졌다. 숨은 재능에 혀를 내두르길 바라는 마음에서 조금이라고 빛나는 부분을 찾아주길 바라는 마음으로, 적어도 완성한 노력만큼은 인정해 달라는 마음으로 변했다. 그리고 지금은 그저 진심을 이야기해 달라고 매달리고 싶은 심정이다.

니키와 눈이 마주쳤다. 니키는 고이치의 얼굴을 보고 살짝 웃더니 눈길을 돌렸다. 틀림없이 절실함이 가득한 얼굴이었을 것이다.

"솔직히 놀랐어."

"아, 네."

고이치의 맥 빠진 대답에 니키가 진지하게 말했다.

"너, 진짜 잘 쓰네."

고이치는 짧게 숨을 들이켰다. 용암 열 같은 끈적이는 무언
가가 천천히 몸의 중심에서 배 언저리에 떨어지더니 확 피어
났다.

"진짜 네가 썼어?"

고이치는 잠자코 고개만 여러 번 끄덕였다. 의심하면 안 되
겠지만 칭찬이 분명했다.

그래? 아, 정말, 놀랐어. 정말 놀랐어. 니키가 그렇게 말하면
서 원고를 펼쳤다.

"일단 문장력이 아주 훌륭해서 놀랐어. 하나의 이야기로 제
대로 완성했어. 2차 창작이라고 들었을 때는 솔직히 원작을 모
르는 사람은 전혀 이해할 수 없을 줄 알았는데, 설명을 늘어놓
지 않는데도 배경을 알겠어. 예를 들어, 처음 여기."

니키가 첫 부분 문장을 손가락으로 가리킨다. 문장 첫머리에
빨간 펜으로 두 줄의 동그라미가 그려져 있다.

"자는 데 전화가 걸려 오잖아? 이상한 시간에 울리는 전화를
남보다 훨씬 싫어한다는 묘사로 주인공이 과거에 소중한 사람
을 잃었음을 독자에게 전해주고 있어. 직장에서 나누는 대화를
통해 지금 일어난 사건의 내용을 자연스럽게 설명하고, 대사와
내면 묘사에 차이를 두어서 얼핏 가볍게 보이는 사람이나 실은
의외로 진중한 캐릭터임을 표현하고 있어. 동료 사이의 관계에
서 서열이 낮다는 점도 알 수 있고…… 자연스러운 흐름 안에
필요한 정보가 있고 이야기도 쏙 넣어놨고."

방금 벌어졌던 일을 전혀 신경 쓰지 않는 듯 경쾌하게 말하는 니키를 보며 고이치의 감정은 점점 고양되었다. 손바닥에 밴 땀을 바지에 닦는다.

"줄거리 구성도 좋아. 초반부에 슬쩍 던진 아버지에 관한 수수께끼가 독자의 관심을 일으켜."

니키가 중반부의 접어놓은 페이지를 펼친다.

"여기서 과거를 밝혀, 그 이후로 독자도 그의 동기를 알게 한 상태에서 마지막까지 읽게 한 스타일이 효과적이었고 감동적이었어. 기교 쪽만 말하자면 그래. 그리고 다른 의미에서도, 이거 정말 네가 썼어? 믿을 수 없어."

배에 떨어진 덩어리가 훨훨 타올라, 배는 지금 쾌감 물질을 발생시키는 용광로가 되어있었다. 어지럽다. 바닥이 붕 떠오른다. 고이치는 그 감각에 취해 말했다.

"다른 의미에서 믿을 수 없다니, 그게 무슨 소리예요?"

"아니, 이 얘기. 아주 다정해."

"……결국 주인공은 죽는데요?"

"그게 이 작품 세계에서 그가 맡은 역할이었겠지. 원작에서는 어떻게 취급되었는지 모르겠으나 이렇게 깊이 탐구하고 썼으니 도드라질 수밖에 없겠지. 적어도 난 이 소설을 읽고 그가 이 작품에 나오는 동료의 평가처럼 단순한 광대로는 보이지 않아. 캐릭터를 매력적으로 썼어."

그 말에 지금까지 맛보았던 기쁨의 상한을 가볍게 돌파했다.

어릴 때 어머니에게 칭찬받았을 때의 기쁨과는 차원이 다르다. 니키의 말에는 팔이 안으로 굽는 친족의 마음을 뺀 진실한 느낌이 있고, 무엇보다 '존'을 빛나게 하겠다는 원래 의도가 성공한 게 참을 수 없이 기뻤다.

"다만."

니키가 원고를 얼굴에서 멀리 뗐다.

"단점도 있어."

칭찬으로 마음이 열린 만큼 그 대사는 마음의 보드라운 부분을 바로 파고들었다. 고이치는 절로 들려있던 엉덩이를 쿠션에 내리고 니키를 올려다봤다.

"문장, 기본적으로는 훌륭한데 가끔 비문이 있어. 술어가 어떤 주어를 꾸미는지 모르겠는 부분이 있어. 오탈자와 몇 페이지 단위로 중복된 단어가 하나도 없는 걸 보면 교정도 상당히 많이 한 것 같은데, 그런데도 비문을 그대로 뒀다는 건 국어에 아직 부족한 점이 있다는 거겠지. 그리고 두 사람 이상이 대화하는 장면에서 누구 대사인지 잘 모르겠을 때가 있어. 읽다 보면 나중에는 누구 대사인지 알게 되는데 독자로서는 시간 차가 생겨. 읽은 사람이 정경을 실시간으로 떠올릴 수 있게, 나중에야 아는 것들을 전부 앞에서 얘기하는 게 좋겠어. 누가 이렇게 말했다고 미리 쓰거나 그 사람의 얘기라고 알 수 있는 문맥을 만들거나."

니키가 헛기침한다.

"문장력과 관련된 건 아마 사소한 문제일 거야. 그보다 신경 쓰이는 점은 네 버릇 같은 부분이야."

페이지를 넘긴다.

"무의미한 비유가 너무 많아. 표현이란 전해야 하는 걸 전하기 위해 가장 적합한 방법을 고르는 거잖아? 네 글쓰기는 원래 목적에서 벗어나 늘 자기가 얼마나 표현을 잘하는지를 보여주려고 해서 촌스러워. 분위기를 만들려는 거라면 중요한데 단순한 고집이라면 필요 없어."

고이치의 얼굴이 뜨거워졌다.

"그리고 묘하게 거슬리는 표현으로 정리하는 경향이 있어. 특히, 마지막 문장이 크게 작품의 가치를 훼손하고 있어. '그리고 그것은, 모든 사람에게 이야기할 수 있을 것이다'라니."

잠자코 들을 생각이었다. 칭찬만 아니라 단점을 확실히 짚는 점은 니키가 진지하게 비평하고 있다는 증거이기 때문이다. 그래도 지금 이야기에는 반론하고 싶었다.

"……그래요? 주제를 그 문장에 담으려 했는데."

"주제는 이야기에서 독자가 스스로 찾아내야지."

맞는 말이라고 이해하면서도 순수하게 받아들이지 못하는 마음이 있다. 비판받았기 때문이 아니다. 그 정도 각오는 하고 이 방에 왔다. 반감을 느낀 이유는 니키의 단어 선택에 상당히 가학적인 분위기가 느껴졌기 때문이다. 얼마나 표현을 잘하는지를 보여주려고 한다거나, 거슬린다거나 하는 표현을 굳이 쓰지 않아도 될 텐데.

"소설에 관해 상당히 많이 아네요. 선생님은 만화를 그리면서."

"나도 일단은 네임을 시작할 때 생각을 많이 하니까. 아, 네임이란 만화의 설계도 같은 거야."

"성인만화를 그리는데 생각할 게 있어요?"

"있지."

단언이었다.

"성인물은 의외로 터프해."

내가 알 바야? 글과 만화는 다르다. 고이치는 니키의 책장을 봤다. 소설책이 잔뜩 꽂혀있다. 어차피 소설이나 좀 읽은 인간이 글쓴이의 마음도 모르고 떠드는 잡소리에 불과하다. 원래 구경꾼이 더 냉정한 법이라는 말도 있다. 이런 말을 하려다가 관뒀다. 더는 쪼잔해지고 싶지 않다. 어쨌든 칭찬받아 처음으로 지키고 싶은 긍지가 생겼다.

"……감사합니다."

빈정대는 말투였음을 부정할 수 없으나 고맙다고는 했다. 내 의지였다. 개들이 서로 마운트를 하려는 것과 똑같은 이유로 인간은 상대에게 고개를 숙이기도 한다. 그래서 인간은 복잡하다.

니키는 정말 다른 사람에게 미묘한 감정을 품게 하는 데 특출난 재능이 있다. 칭찬했다가 떨어뜨리는 방식으로 비평한 이유는, 일단 칭찬해 상대방의 경계를 풀게 한 다음 열린 몸을 그대로 공격하는 전법일 것이다. 처음에 따끔한 충고를 듣고 마음을 닫은 것보다 충격이 그대로 전해진다. 평소에 이따위로 행동했다면 한 방 먹여줘도 될 텐데, 비평이라는 틀을 이용해 더 화가 났다. 그래도 내용 자체는 내 바람대로 솔직했다.

고이치는 고개를 들고 니키의 무릎에 놓인 원고를 잡았다. 가져오려는데 니키가 원고를 놓지 않는다. 아직 할 말이 남았나? 얼굴을 찌푸리며 니키를 본다. 니키는 원고를 가슴에서 흔들며 말했다.

"이거 어떻게 할 거야?"

고이치는 굳은 표정을 유지한 채 고개를 기울였다.

"별생각 없는데요."

니키에게 보여주려고 쓴 소설이다. 폄훼당하기도 했으나 놀랐다는 소리도 들었다. 결과적으로 목적을 충분히 달성했다.

"고쳐봐."

"네?"

"나름대로 조언을 써놨으니까."

니키가 원고 표지를 손가락으로 두드린다.

"싫어요. 그럴 의미도 없고."

"수준이 이렇게 높은데 아깝잖아. 좋은 작품이 될 텐데."

니키의 말에 눈썹을 찌푸린다. 아무래도 앞뒤가 안 맞는다.

"아니, 딱히 고칠 의미가 없다고요. 난 만족했다고요."

"고치면 공부가 많이 될 텐데."

"그러니까요."

공부할 의미란 게, 라고 말하려다가 고이치는 입을 다물었다. 니키가 갑자기 차가운 눈빛을 던졌기 때문이다.

"그래."

니키는 시선을 돌리면서 말한다.

"하고 싶지 않다면 어쩔 수 없지. 인간은 적성이 있으면 저절로 마음이 동하니까."

"……난 그래도 완성했잖아요? 엉터리였을지는 모르지만, 적성이 없다고는 생각하지 않아요."

"반대야. 넌 아주 훌륭해. 그러나 초고 상태로 방치한다면 아주 핵심적인 부분에서 적성이 없는 거지. 내 조언대로 다 고치라는 건 아냐. 다른 사람의 의견을 본인만의 감각으로 살피고 장점만 채용하면 돼."

"뭐예요? 갑자기 열혈 교사처럼 지도에 열을 올리고."

"정말 아까워서 그런다."

니키가 진지하게 말한다.

"너 같은 녀석은 얼마든지 있어. 그럭저럭 잘 그리는데 변하려고 하지 않고 늘 자기가 잘하는 그림만 그리는 녀석들. 분명히 말하는데, 이대로라면 나는 널 인정 못 해. 고치지 않는 녀석은 끝이야."

단언하고 함구한다. 니키와는 의식의 차이가 있다. 고이치는 무릎 위에 놓인 주먹을 바라봤다. 완성해 칭찬받는다. 그다음은 어떻게 할지 생각하지 않았다.

아무래도 내가 괜찮은 걸 들고 온 모양이네. 늘 갈망한 일이다. 이를 악문 순간 따뜻한 열기가 얼른 숨을 되찾았다.

"고치면 지금보다 좋아질까요?"

"응. 분명히 좋아져."

또렷한 목소리였다.

"……나, 재능이 있어요?"

"욕심쟁이네."

놀리는 듯해 짜증이 나 입을 다물고 있자니 니키가 웃었다.

"100명 중 하나 정도의 재능이야. 소설을 쓰는 사람 중이라는 의미는 아니고 세상 전체를 분모로 했을 때의 비율이야. 그러나 그중 몇 명이 정말 행동에 옮길까? 여기까지 오면 이제는 쓸지 안 쓸지의 문제일 뿐이야."

"딱히 목표하는 것도 없는데."

"그렇지만 쓸 때 열중하지 않았어?"

"네. 그렇긴 했어요."

"인간은 자기 능력을 발휘할 때 그래. 인간은 그렇게 만들어져 있어."

"그런데."

니키가 말한다.

"왜 제목이 '그린'이야?"

고이치가 소설에 붙인 제목이다.

"아무리 읽어도 이 제목의 이유를 모르겠어. 그래서 의문이 들었어. 원작을 읽으면 이해되나?"

"아뇨. 원작을 읽어도 모를 거예요. 그냥 원작 제목을 본 순간 초록이라는 생각이 들어서 붙였어요."

니키는 영 이해가 되지 않는 듯하다. 당연하다. '초록색 소설'의 진짜 제목에는 일반적으로 생각했을 때 초록색을 연상할 단어가 없다.

"원래 제목에는 '피'가 들어있잖아. 연상한다면 오히려 붉은색 아닐까?"

"사람들이 나뭇잎이나 도마뱀이라는 단어를 듣고 초록색을 떠올리는 것과 달리, 난 특별히 관련성이 없는 색깔이 느껴져요. 글자나 숫자를 보고 느끼는 색이 늘 의미 불명이죠. 자판기에서 파는 캔 밑에 표시된 'HOT'도 프랑스 국기처럼 여러 색깔로 보여요. 보인다기보다, 그 표시가 빨강 배경에 하얀 글자가 있다는 건 알고 있기는 한데. 어쨌든 그 제목을 붙인 방식은 자기만족이에요."

처음 말해봤는데 너무나 이상해서 지금까지 어머니에게도 말하지 못한 게 정답이었던 듯하다. 어딘가 어색한 분위기를 느껴 니키의 표정을 살핀다.

니키는 이상한 표정을 짓고 있다.

"왜 그래요?"

"아니……. 별거 아냐."

니키는 그렇게 말하고 눈을 내리깔았다.

니키가 원고를 내민다. 고이치가 받았을 때 니키는 끽, 공원 놀이기구와 비슷한 소리를 내며 의자에서 책상다리했다.

"제대로 고쳐 와. 고친 다음에 한동안 놔뒀다가 다시 고쳐야 해. 더는 고칠 게 없다고 생각되면 가져와. 내가 봐줄 테니까."

솔직히 당황했다. 둘의 관계와는 너무나도 어울리지 않는 대화여서 불안해진다. 애당초 쓴소리였을지언정 제대로 비평한 자체가 불가사의하다. 미술을 한 사람은 내면에 열정을 품고 있어서 누군가의 마음이 담긴 작품을 보면 성실하게 대하게 되나. 설사 상대가 자기를 협박하는 사람일지라도. 그렇다면 니키는 바보다. 마지막으로 만났을 때 화장실에서 구토했을 정도로 궁지에 몰렸으면서. 고이치는 원고를 무릎에 올려놓고 바닥을 바라봤다. 니키와 서로를 부정하며 보낸 나날의 열기는 시커먼 것에서 종류가 조금 다른 무언가로 변했다. 지난 한 달 동안 소설에 몰두했기 때문이라고 생각하며 원고 표지를 어루만졌다.

그 순간, 뇌리에서 어떤 생각이 번뜩였다.

고이치는 손의 움직임을 멈췄다.

종이에 얹은 손가락이 미동도 없이 급속히 감각을 잃어갔다.

번뜩임을 기점으로 뻗어나가는 생각의 선이 잘못 쓴 글자를 지울 때처럼 좌우로 달려 마음을 더럽힌다.

그것은 오늘 느낀 모든 기쁨을 비웃는 깨달음이었다.

"왜? 아직 할 말 있어?"

고이치는 잠자코 원고 끝을 손톱으로 몇 번 긁었다. 더 이상 검게 칠할 마음의 여백이 사라진 순간, 고이치는 입을 열었다.

"나, 초등학교 때 듣고 싶지도 않은 유행가를 죽어라 들었어요."

나온 목소리는 자기도 놀랄 정도로 어떤 감정도 담겨있지 않았다. 화제가 갑자기 내면으로 튀어서인지 니키가 "응?"이라며 어리둥절함과 익숙함이 반반 섞인 목소리를 냈다.

"모두가 좋아하는 노래가 좋아지면 나도 평범해질 것 같아서요."

니키는 바로 맞장구치지 않고 침묵을 지킨 다음 조그맣게 "응"이라고 답했다.

"친구가 없는 건 괜찮았는데 이상하다는 말은 싫었어요. 그 이유를 몰라 정말 불안했죠."

니키는 말없이 귀를 기울였다.

"어머니는 늘 너는 독특하다, 그대로 살라고 했어요. 그것도 싫었어요. 부모라면 좀 더 주위와 잘 지내는 방법을 알려줘야 하지 않나요? 다른 애들은 틀림없이 그 방법을 부모가 알려줬을 거예요. 그런데 나도 어느새 어머니와 똑같이 생각하게 되었어요. 난 이상하지만 특별한 걸 갖고 있다고. 아인슈타인이 말했다잖아요. '나무타기 능력으로 물고기를 평가하면 물고기는 평생 무능하다고 생각하며 일생을 끝낼 거다.' 물고기의 수영이 내게는 뭘까. 정말 그런 게 있는지도 모르겠지만요."

원고로 시선을 떨군다. 삼각으로 접힌 왼쪽 모퉁이가 원고 부피를 늘리고 있다.

"그래서 오늘 칭찬받아 기뻤어요."

니키가 입을 열었다.

"별것도 아닌 내 말 한마디에 소설 한 편을 완성할 정도로 분발할 줄은 몰랐어. 네게 정말 지독하게 당했지만, 생각해 보면 너도 갈 길 잃은 에너지를 풀어야 했겠지. 올바른 방향을 찾아서 다행이야."

"맞아요. 그러나 소설에 몰두한다고 해서 뭐가 되겠어요?"

"문장력을 활용할 일은 많아. 오히려 소설가를 목표로 해보면 어때? 정말 어려운 길이니까 본업을 갖는 게 좋을 거야."

"선생님처럼 교사나?"

"뭐지? 지금 얘기? 훨씬 전에도 비슷한 말이 나온 듯한데." 니키가 쓸쓸하게 웃는다. "이번에는 시비 아니지?"

"선생님이야말로 내게 재능이 있다는 말 진심이에요?"

"진심이야. 하긴 내가 아니더라도 곧 스스로 깨닫겠지."

"그럴까요?"

고이치는 대답하고 일어나 작업 책상 앞에 섰다. 그림 그릴 때 사용하는 듯한 커다란 사각형 기계 주위에 음료수 캔과 펜이 놓여있다. 어질러져 있다. 니키가 이쪽으로 몸을 돌리려는데 고이치가 의자 등을 잡아 제지했다.

"뭐예요?"

고이치는 사각형 기계의 표면을 만졌다.

"이 기계는 뭐예요?"

"액정 태블릿. 컴퓨터로 그림을 그리는 기구야."

"얼마나 해요?"

고이치는 그렇게 말하며 기계에 연결된 케이블을 난폭하게 잡아빼고 의자를 반대편 옷장으로 힘껏 밀었다. 바퀴가 달린 의자째 짧은 거리를 이동한 니키가 얼굴을 찡그리며 돌아봤다. 그대로 가만히 이쪽을 보고 있다. 얼굴에 떠오른 당혹감이 순식간에 사라지고 경계하는 표정으로 바뀌었다.

"싸구려야."

니키의 시선은 고이치가 높이 들어 올린 사각형 기계를 잡고 있다.

기계는 상당히 묵직했다.

"당신이 날 깔본 건 이번이 처음은 아니지만."

고이치는 조용히 말했다.

"내가 소설을 완성하느라 필사적일 때 당신은 평화로웠죠? 그래서 생각했겠지. 선동해 그렇게 만들었으니까 다시 써오라는 숙제를 주면 또 한동안 평화를 얻겠구나."

방안이 조용해진다. 서로 무표정을 유지한 채 서로를 노려보고 있다.

마침내 니키가 입을 뗐다.

"들켰나?"

고이치는 그 말을 듣자마자 눈꺼풀에 가는 경련을 일으키며 기계를 크게 휘둘렀다. 니키가 한 손을 앞으로 내민다.

"잠깐만! 그렇게 바닥에 때려 부수면 이웃에 폐가 돼. 지금 이 몇 시인 줄 알아?"

"얼굴이 나을까요?"

"그래. 지나치게 칭찬한 건 인정해. 하지만 생각해 보라고. 구체적인 의견이었잖아? 과장하기는 했어도 기본적으로 거짓 말은 안 해. 너는 잘 썼어. 특기를 키워야지. 내가 조언해 네 작품을 더 낫게 고친다. 네가 몰두한 사이 나는 평화로운 나날로 돌아간다. 원윈이잖아."

"누굴 바보로 아나? 재능 같은 거 느끼지도 않았으면서."

"재능? 재능이라고 떠드는 건 지나치게 타고난 것에 집착하는 짓이야. 네가 오늘 칭찬받고 기뻤던 게 어떤 건지 잘 생각해 봐. 어머니의 근거 없는 칭찬과 달리 정말 처음으로 노력해서 받은 칭찬이었기 때문이겠지. 앞으로도 그렇게 조금씩 자신감을 키워야 한다는 생각은 안 해?"

고이치는 니키를 내려다봤다. 참 옳은 말만 하네. 이 녀석은 늘 이런다.

유치원 아이 정도 무게의 물건을 들어 올리고 있음에도 팔은 철봉이라도 되는 양 곧게 뻗어있다.

"해봐."

니키는 곧 때려 부서질 기계를 힐끗 보고 고이치를 쳐다보며 말했다.

"그 가격에 상응하는 보복을 할 테니까."

"싸구려라면서요?"

니키는 고이치에게서 시선을 돌리지 않았다. 마치 그러고 있으면 눈동자의 마법으로 상대가 돌로 변하기라도 할 듯한 눈빛이다. 고이치는 절박한 상황처럼 보이는 어질러진 실내를 둘러봤다. 마감 전에 도구가 망가지다니, 유감이다.

숨을 쉰다. 해삼처럼 내장을 몰래 토해 내는 기분이다. 빈 껍데기가 되어 시들고 있다.

고이치는 허리에 힘을 주고 몸을 젖혀 기계를 옆으로 내던졌다.

원반처럼 회전할 줄 알았던 기계는 상상과 달리 컴퓨터 화면 위 아이콘을 드래그했을 때처럼 그대로 침대 위에 툭 떨어졌다.

공중에 퍼진 먼지가 전등 아래를 천천히 가로지른다.

고이치는 그 조그만 부유물을 바라보고 있다.

허무하다.

니키가 의자를 회전해 등을 돌렸다.

고이치가 말한다.

"다시 쓰기는 안 할 거예요."

의자가 삐걱대는 소리가 난다. 니키는 이쪽을 보려고도 하지 않는다.

“그렇지만…… 어쩌면, 할지도 몰라요. 마음이 동하면 다른 걸 쓸지도.”

“그래.”

“어쨌든 당신 의견은 필요 없어요.”

뒷모습을 보인 채 니키는 고개를 기울였다.

“그렇다면 나도 더는 필요 없겠네.”

그건 너무 당신에게 유리하잖아. 고이치는 눈을 흘겼다. 악의를 담아, 아뇨, 내일부터 또 잘 부탁한다고 말해야 하나 생각했으나 그럴 기분도 나지 않았다. 바닥에 놓인 토트백으로 손을 뻗는다. 백은 입을 크게 벌린 채 의기소침한 듯 손잡이를 축 떨구고 있다. 토트백을 들고 방을 떠나려는데 뒤에서 니키가 말했다.

“있잖아. 이런 얘기할 기회가 앞으로 또 있을지 몰라서 하는데.”

니키가 고이치의 행위에 화낼 가치조차 느끼지 못하고 한심해한다는 건 명백하다. 고이치는 그 자리에 서서 이야기가 계속되기를 기다렸다. 니키는 의자에 깊이 몸을 기댔다. 영화 감상을 하는 사람 같은 자세로 옷장 문 앞에 있다.

“너 말이야…….”

그렇게 말하고는 침묵이 찾아왔다.

기껏 불러놓고 장고하는 답답함에 짜증이 난다. 재촉하려고 입을 여는 순간, 니키가 말했다.

"어릴 때 부모님이 나쁜 짓을 하면 괴물이 온다고 놀린 적 없어?"

고이치는 대답하지 않았다. 우롱하는 듯 말을 꺼내는 방식이 마음에 들지 않는다. 떠들 테면 맘껏 떠들라고. 니키는 특별히 신경 쓰지 않는다는 듯 계속했다.

"전 세계 대부분의 나라에서 부모들은 비슷한 말을 애들한 테 해."

일본에서는 귀신이지, 니키가 말한다.

"우리 부모님은 그림책을 이용했어. 내가 그림 그리기를 좋아하는 아이였기 때문일지 몰라. 아니면 내가 그림을 좋아한 게 그런 교육 때문일 수도 있고. 부모님은 그림책을 펼치고 정직함이니 자기희생이니, 온갖 미덕을 어린 내게 읽게 했어. 잔뜩 받은 그림책 가운데 외국 괴물이 나오는 게 있었어. 그 괴물은 옷장 안에 살아. 내용은 잘 기억 안 나는데, 어머니가 내게 이렇게 말한 건 기억나. '이 괴물은 아이를 잡아먹는 무서운 괴물이야. 그렇지만 괜찮아. 네가 착하게 지내면 괴물은 절대 옷장에서 안 나와.'"

니키는 더듬더듬 이야기하며 의자를 좌우로 흔들었다.

"벽장 속에 어린아이에게 나쁜 짓을 하는 괴물이 산다는 동화가 내게는 특별한 우화였던 건, 조금 더 커서 스스로에게 찜찜함을 느끼기 시작할 때부터였어. 언제부터인가 어떻게 살지의 이미지 자체가 되었어. 어린아이에게 나쁜 짓을 하는 괴물인 나는 벽장 속에 갇혀있어. 내가 제대로 된 인간으로 사는 한 놈은 절대 안 나와.”

묘한 논리였다. 니키가 자기 작품만 옷장 안에 보관한 사실이 떠올랐다. 그러자 니키는 고이치의 생각을 다 알고 있다는 듯 말했다.

“바보 같지? 그렇게 해야 갇힌 느낌이 든다니. 그러나 난, 이 이미지 덕분에 지금까지 살아왔어.”

“도대체 무슨 말을 하고 싶은데요?”

니키는 침묵하고 고개를 숙이더니 다시 문으로 고개를 돌렸다.

“내 생각에 넌, 정말 극단적이야.”

“극단적?”

“유행가를 듣고 다른 사람과 같아지려 하다가 자기 감성을 대놓고 밝히고. 자신을 죽일지, 아니면 그대로 드러낼지, 양자택일밖에 없어.”

니키의 의자가 다시 공원 놀이기구 같은 소리를 낸다. 결코 좋은 추억만 있지 않은 어린 시절의 기억이 따라와 무기력한 기분에 사로잡힌다.

“자신의 소중한 부분을 옷장 속에 숨기고 사는 방법도 있는데.”

정신을 차리니 고이치는 니키 앞에 있는 문을 보고 있다.

니키는 지금, 핵심을 건드리려 하고 있다.

그런 예감이 들었다.

"너, 줄곧 나처럼 되고 싶었던 거잖아?"

처음에는 실실 웃음이 나왔다.

다음에는 분노가 찾아왔다.

"뭐라고요?"

"내 말은 이상. 정신 차리고 얼른 돌아가. 사고라도 쳐서 우리 집에 왔다는 게 알려지면 귀찮아져."

니키는 자리에서 일어나 침대에 던져진 기계를 양손으로 들고 앞뒤를 확인했다.

나를 포기했구나.

이상하게도 이 방에서 자기만이 이물질처럼 느껴진 건 처음이었다. 니키가 고이치를 거절하고 있다기보다 내 안에서 지금 눈앞에 있는 그가 다른 사람이고, 완전히 다른 한 인간이라는 점이 또렷하게 도드라져 보였다.

같은 인간이라고, 저렇게 살고 싶다고 생각한 적도 없었는데.

집 주차 공간에 자전거를 세우고 현관문을 열었을 때 고이치는 퍼뜩 정신을 차렸다.

현관에 어머니가 늘 신는 신발이 있었기 때문이다.

자살 명소로 유명한 절벽 위의 유류품이 연상될 정도로 가지런하게 놓여있다.

거실 문에서 버라이어티 프로그램의 명랑한 목소리가 흘러
나오는 게 더 두려웠다. 아무리 물리적인 피신처가 배후에 펼
쳐져 있더라도 지금은 선택지가 없다. 고이치는 암담한 심정으
로 거실에 들어갔다.

작은 형광등만 켜진 부엌의 어두컴컴한 식탁에 어머니가 앉
아있다.

"……편의점에 갔었어."

나, 왔어. 일은? 이런 말에 앞서 변명부터 늘어놓았다. 어머
니는 테이블 위에서 손깍지를 끼고 평소 고이치가 앉는 건너편
을 응시한 채 담담하게 말했다.

"그래?"

침묵이 이어진다. 공백 공포증 같은 기분이 되어 무슨 말이
든 해야 할 듯해 아무 생각 없이 입을 열려는데 어머니가 거의
동시에 말을 꺼냈다.

"옆집 야노 씨에게 들었어. 아드님이 요즘 자주 늦던데 학
원에라도 다니나요? 너, 아주 공부 열심히 하는 애처럼 보였나
봐. 이렇게 늦게 올 정도로 할머니가 좋아?"

"아니, 할머니 집에서 나와 편의점에 갔었다고."

"어디?"

"……국도로 나오면 중간에 있는 패밀리마트."

"찾아봤어. 없던데."

고이치는 입을 다물었고 어머니가 말했다.

"찾았다는 건 거짓말이야."

덫에 걸렸다는 사실에 혀를 차기보다 어쩐지 남의 일 같은 온도로 말하는 어머니의 말투에 혈연임을 실감했다.

오늘 밤은 '야간'이라고 한 말은 거짓이었나. 어쩌면 어머니는 그냥 교대 시간을 잘못 말했을 수도 있겠으나, 거짓말하고 집에서 기다리고 있었다면 비겁하다. 그러나 그 점을 나무랄 자격이 자신에게는 없음이 명백하다.

"얘, 있잖아."

어머니는 그렇게 말하고 잠시 뜸을 들이더니 한숨을 쉬고 고개를 저었다.

"내가 일할 수 있는 이유는 너에 대한 신뢰 때문이야. 부모가 밤에 집을 비우면 마음대로 행동해도 된다고 생각했니? 그건 아니지."

어머니가 머리카락을 쓸어 올린다.

"나도 밤에는 집에 있으려고 노력해. 그러나 야근 없는 병원은 없어. 있어도 야근 수당이 없으면 널 진학시킬 수 없고. 할머니도 언제까지 건강할지 몰라. 그러니 요양 비용도 필요해. 너한테 이렇게 심각한 사정까지 말할 마음은 없었는데, 우리 집 상황이 그래."

"……그럼, 나 대학 안 가고 일할게."

어머니는 천천히 머리를 헝클더니 일어섰다. 고이치의 눈앞까지 다가와 한 손을 휙 움직였다. 고이치의 몸이 굳어졌으나 그 손이 자신을 향해 날아오는 일은 없었다. 어머니는 조용히 말했다.

"쉽게 말하지 마라."

"미안해."

"두 번 다시는 그런 말 하지 마. 넌 하고 싶은 일을 찾아서 가고 싶은 길을 가. 편모 가정이라 포기했다는 소리는 절대 듣고 싶지 않아. 고등학생 아들이 밤에 어슬렁거리며 나다니는 걸 방치하는 멍청한 부모가 될 생각도 없어."

고이치는 고개를 숙이고 어머니의 벨트가 통과하는 바지의 고리를 바라보고 있다. TV에서 들리는 웃음소리가 한없이 어색하다.

"실제로 어디 있었니?"

"생각할 게 있어서 자전거를 타고 돌아다녔어."

"진짜?"

"응. ……이제 그만해."

어머니는 탐색하는 눈으로 고이치를 뚫어져라 바라보다가 다시 깊은 한숨을 내쉬고 어깨를 늘어뜨렸다.

그 직후 얼굴을 찡그리고 콧방귀를 꼈다.

평소에는 동글동글한 눈매가 점점 날카로워진다.

"너, 담배 피우지?"

깜짝 놀랐다. 니키의 방에 있었던 탓이다.

"안 피워."

“그렇다면 가방을 보여줘.”

어머니가 어깨에 걸린 토트백을 당긴다. 안에는 원고가 들어 있다. 손잡이를 잡고 저항했으나 어머니를 상대로 진짜 힘 대결을 벌일 수는 없는 노릇이라 백을 빼앗기고 말았다. 어머니는 손을 넣어 안을 뒤졌다. 담배 같은 게 잡히지 않아 초조해졌는지 테이블 위에 가방의 내용물을 쏟았다.

“이게 뭐니?”

어머니가 클리어 파일에 든 원고를 보고 말했다.

“소설? ……네가 썼어?”

“아냐…….”

“이 빨간 글씨는 어른 글씨네.”

어머니가 니키의 첨삭을 손가락으로 가리킨다.

“어른과 만났니?”

표정이 전보다 더 험악해졌다.

“상대가 누구야? 말해! 이렇게 늦은 시간에 애를 불러내다니…….”

어머니는 원고 표지를 두들기며 따진다. 머릿속에 온갖 변명이 난립했으나 핵심인 상대가 떠오르지 않는다. 서글플 정도로 아는 사람의 수가 적다.

“아니라고! 아…… 그 글을 적어넣은 사람은 니키 선생님이야.”

기어이 니키의 이름이 나오고 말았다. 고이치의 가슴속에서 무릎이 꺾였다.

"니키 선생님? 담임선생님?"

어머니의 험악한 표정에 의아심이 섞인다.

"응. 아…… 부끄러워서 알리고 싶지 않았는데, 소설 아이디어를 짰어……. 다른 사람의 평가를 받고 싶어서 니키 선생님에게 보여줬어. 그랬더니 다시 쓰면 좋아질 거라며 조언을 써준 거라고. 전부 학교에서 한 일이야. 늦어진 건 선생님 탓이 아냐. 지금까지 조언을 참고로 다시 쓰느라고 역 앞 패밀리레스토랑에 있었어. 집보다 집중이 잘되어서."

진실과 거짓이 반반이다. 이 변명이라면 니키에게 잘못은 없다. 니키까지 비난받는 일은 피하고 싶다. 괜히 그를 끌어들였다가 이제까지의 일이 들통나면 따귀 한 대로 끝나지 않는다. 어머니가 원고로 시선을 떨궜다. 눈동자가 가늘게 흔들린다. 문장을 읽는 게 아니라 지금 이야기를 음미하는 중일 것이다.

"그랬던 거야? 요즘 늦게까지 키보드 소리가 나더니 이걸 쓰고 있었어?"

"거짓말해서 미안해. 밤에 패밀리레스토랑에 가는 일도 관둘게."

"드디어 공부를 시작했나 했더니. 고2 2학기야. 공부하라고 잔소리할 생각은 없어. 그러나 이렇게 중요한 시기에 있는 학생에게 엉뚱한 흥미를 일으키다니, 니키 선생님도 무슨 생각인지 모르겠다."

고이치는 말문이 막혔다. 어째 이야기가 묘하게 흘러간다.

"이 시간까지 레스토랑에 있을 정도로 애를 부추기고……."

자기 발언으로 인해 어머니의 화가 더 커진 모양이다.

"어머니, 그 말은 좀 이상해."

니키를 비난하는 건 맞지 않다. 게다가 어머니는 공부하면 칭찬하기는 해도 그다지 공부하라고 재촉하는 타입은 아니다. 어머니의 성격이라면 소설 쓰는 걸 좋아할 스타일이다. 어머니는 지금 원래 어머니가 아니라 학부모의 논리로 움직이고 있다. 자기 이외의 악당을 만들지 않으면 성에 차지 않을 만큼 자식에게 속았다는 충격이 컸을까.

어머니가 부엌 앞에 있는 테이블에서 휴대폰을 들었다. 말없이 키를 조작해 화면을 내려다보며 잠시 생각한 후 휴대폰을 귀에 댔다.

"뭐 해? 어디다 걸어?"

"니키 선생님."

고이치는 펄쩍 뛰었다.

"하지 마! 그보다 어떻게 번호를 알아?"

왜 그런 엉뚱한 행동을 하냐는 놀라움을 제치고 번호를 아는 이유에 대한 의문이 먼저 튀어나왔다. 무엇에 더 소리 높여 "왜?"라고 외쳐야 할지 몰라 혼란스럽다.

"학년 초에 연락망을 돌렸으니까."

아무리 학생을 맡는 처지라고 해도 개인 휴대폰 번호를 학부

모에게 공개하는 일은 문제다 싶다. 니키가 나서서 할 사람은
아니므로 강요는 아니더라도 틀림없이 거부할 수 없는 동조 압
력 같은 게 있었을 것이다. 악습, 이라는 단어가 뇌리를 스친다.
정확한 표현이다. 이런 식으로 늦은 시간에 온갖 이유를 들어
전화하는 부모도 있을 테니까.

"잠깐 물어나 보게."

이 행위에 정당성이 있음을 자신에게 설명하듯 어머니가 중
얼거린다. 그 직후 나온, 살짝 톤이 다른 어머니의 "아!"라는
목소리를 듣는 순간, 고이치는 질끈 눈을 감았다. 받지 마. 니키
가 이미 잠의 세계에 빠졌거나 목욕 중이기를 바랐다.

"밤늦게 정말 죄송해요. 2학년 A반의 다이나카 고이치의 엄
마예요."

당장 휴대폰을 빼앗아 통화를 끝내고 싶다. 그러나 전화 너
머에 있는 니키의 반응을 상상하며 조바심을 낼 수밖에 없었
다. 초조함과 수치심이 동시에 밀려온다.

"이런 시간에 정말 죄송해요. 큰 실례인 줄 아는데, 아들 문
제로 드릴 말씀이 있어서요."

어머니가 등을 돌린다. 전투태세다.

"아뇨, 아니에요. 옆에 있어요. 그런데 조금 전에 들어왔어요.
이런 시간에 전화한 이유도 이거예요. 제가 밤 근무가 많아 알
아차리지 못한 탓이기는 한데, 요즘 자주 밤에 돌아다녔더라고
요. 본인은 심야 영업하는 패밀리레스토랑에 있었다는데……

소설을 쓴다고 하고."

소설을 썼다가 아니라 아이디어를 짜고 있다고 했는데. 지금 상황에서는 굳이 언급할 필요도 없는 사소한 문제를 지적하고 싶은 마음은 현실 도피일까.

"……네. 그렇게 들었어요. 아뇨. 여자도 아니고 벌써 고등학생이라. 그 점은 어느 정도……. 문제는 애가 정신 줄을 놓고 빠져있다는 거죠."

어머니는 그렇게 말하고 고개를 돌려 이쪽을 봤다. 그 표정을 통해 아들이 이 자리에 있는 걸 바라지 않음을 알았으나 눈치껏 자리를 피할 마음은 없다. 어머니는 고집스럽게 그 자리에 버티고 있는 아들을 보고 결의에 찬 표정을 짓더니 고개를 돌리고 이야기를 시작했다.

"고등학교 2학년 2학기예요. 사실은 다른 노력을 해야 할 때죠. 아들이 쓴 글에 조언까지 해주시다니 정말 좋은 선생님이구나, 감격했어요. 그렇지만…… 이건 선생님이 모르셨던 부분이라……. 뭐라는 게 아니에요. 그저 앞으로 지도하실 때 유의해 주십사 해서요."

말을 찾고 있다. 그 망설이는 말투에, 종잡을 수 없는 상황에, 어이없는 기분이 되었을 때 어머니가 말했다.

"우리 애는 뭐랄까요, 과도하게 집중하는 타입이에요. 평범하지 않은 수준으로요."

가벼운, 충격을 받았다. '평범하지 않다'라는 말은 내게는 정말 지뢰 같다. 너무 많이 들어 자각하고 있으나 어머니가 그 말을 부정적인 문맥으로 쓴 것은 처음이다.

"일반적으로 말하는 집중력과 달라요. 한번 불이 붙으면 오랫동안 그것만 해요. 밥도 안 먹을 정도로요. ……어릴 때부터 그랬어요. 옛날에 직접 쓴 이야기를 칭찬했더니 노트에 수십 권이나 계속 썼어요. 2년에 걸쳐. 그 2년은 정말 힘들었어요. 체중도 점점 줄고 말을 걸어도 흘려듣고. 구내염도 심해 병원에 다니며 영양제를 맞혀도 나아지지 않았어요. 자기가 입안의 살을 씹어서 그랬답니다. 씹어서 생긴 상처로 인한 염증이란 걸 발견하지 못한 의사와 저도 한심했지만요. 결식의 보상 행동이거나 스트레스로 인한 자상이었어요. 아무리 좋아서 한다고 해도 뇌가 계속 긴장한 상태니까요. 결국은 노트를 다 빼앗았어요. 옳은 일이었는지는 모르겠는데 다른 방법이 없었어요. 그랬더니 사라진 이야기를 다른 종이에 처음부터 다시 쓰기 시작했어요. 다 기억하고 있더라고요. 한 단어 한 구절까지. 전부는 아니었지만."

어머니가 손가락으로 머리카락을 빗는다.

"혼내기도 하고 만족할 때까지 칭찬하기도 했는데 멈추질 않았어요. 어쩔 줄 몰랐는데 어느 날 갑자기 딱 멈췄어요. 제가 앉아있는데 옆에 와서 2년 만에 보는 평온한 표정으로 배가 고프다고 하더라고요. 준 음식을 다 먹어 치우고는 그대로 욕실에 가서 토했고요. 다음 날부터는 평범하게 식사하고 글쓰기도 그만뒀어요. ……크면서 그런 일은 사라졌지만 지금도 그런 경향은 있어요. ……또 이야기를 쓸 줄은 몰랐어요. 밤늦게까지 자지 않고 있어서 공부하는 줄 알았죠. 본인도 그렇게 말했고. 그래도 지금은 밥도 잘 먹으니까, 어떤 의미에서는 어릴 때와는 달라졌죠. 그래도…….”

목소리가 가라앉는다.

“또 그때처럼 될까 봐 무서워요. 그때는 제 칭찬이 계기였어요. 그러니까…… 글쓰기를 도와주는 일은 하지 말아주세요. 장점이라고 생각해서 하셨다는 건 알아요. 솔직히 아들의 그런 점이 장점인지 단점인지 모르겠어요. 장점이 될 수도 있다고 생각해요. 그래서 저는, 아이가 좋아하는 길을 택하길 바라요. 그러려면 가능한 많은 가능성을 주고 싶어요. 모순되는 말 같겠으나 언젠가 장점으로 활용할 수 있게 지금은 못 하게 했으면 해요.”

어머니는 등을 돌린 채 지금까지 나와 얼굴을 맞대고 이야기하지 못한 마음을 말하고 있다.

당시 기억은 물론 있다. 그러나 어머니가 그토록 속을 끓였는지 몰랐던 터라 놀랐다. 밥을 남겼다고 화를 냈던 이미지 정도였기 때문이다.

“……아뇨. 그런 거와는 달라요. ……역시 아이가 있어야 알 수 있어요. 정확하게는, 다르다고 단언할 수는 없는데. 뭉뚱그려 그렇게 말하지만, 다른 요소가 조합된 복합형 아이도 있는 듯해요. 진단도 받으러 갔는데 이렇다 할 병명은 없었어요. 비유와 완곡한 표현을 충분히 이해하니까 이상이 있는 건 아니래요. 글을 읽으셨다니 이해하시겠죠? 병명이라도 있었으면 오히려 고칠 수 있다는 마음에 매달려 볼 수라도 있었겠죠. 이제는 다 포기했어요. 이 아이는 그냥 이런 아이인 거예요. 인간이 만든 카테고리 이전에 이 아이가 있어요."

그게, 그래요. 등을 돌리고 새삼 말을 흐리지 않아도 이쪽은 이미 어린아이가 아니라고 생각했다. 병명이라도 있으면 고칠 수 있다는 생각을 이미 버린 어머니에게 어쩐지 따돌림당한 기분이다.

"네. 그러니까요. ……그래요? 고맙습니다. ……아, ……네?"

그 순간, 완벽하게 살기등등한 분위기로 변했다.

"잠깐만요. 왜 그렇게 되는 거죠? ……네? 그야 그럴 수도 있는데……."

어머니는 허리에 손을 얹고 이리저리 걷기 시작한다.

"네……?"

어머니는 조금 전까지 니키와 대화하며 내게도 내용을 알려주려 했는데 지금은 확실히 아들의 존재를 잊고 있다. 오랜 침묵이다. 고이치는 무슨 이야기를 하는지 알지 못하는 불안함에 입술을 만지작거리고 있다가 불안에 떠밀려 참견하고 말았다.

"무슨 얘기야?"

어머니가 이쪽을 힐끔 봤다. 그뿐이었다. 고이치는 자신이 완전히 무시당했다고 느끼고 입을 다물었다.

"그래요……? 그쪽은 솔직히 저도 잘 모르는 세계라…… 그 정도로 자식 바보도 아니고……."

자식 바보라는 말이 나와서 이해가 바로 되었다.

녀석, 회유하고 있다.

"잠깐, 전화 좀 바꿔줘."

원만하게 해결되는 상황은 고이치 역시 바라는 바였으나, 서서히 들뜨는 어머니의 목소리를 들으니 어마어마하게 화가 났다. 휴대폰에 뺨을 댄 어머니의 눈앞에 손을 내민다.

어머니는 자신을 향해 날아드는 벌레를 피하 듯 고이치의 손을 피했다.

"그렇군요."

뭐가 그렇다는 말이야! 소리라도 지르고 싶다.

"죄송해요. 저는 한번도 생각해 본 적 없는 아이디어라 놀라서……."

쉴 새 없이 머리카락을 귀에 걸고 있다.

"좀 더 빨리 선생님에게 상의했어야만 했을까요……."

고이치가 그 발언에 숨을 삼킨 직후 어머니가 깊은 한숨을 내쉬었다.

"지금까지 줄곧 혼자만 품고 있어서……."

그런 일이. 어머니는 눈물을 머금은 목소리를 낸다. 어이없어하는 고이치를 두고 통화가 이어졌다. 어머니가 드디어 결말을 암시하는 말을 했을 무렵에는 고이치도, 어머니도 의자에 앉아있었다.

"네…… 네…… 맞아요. 정말 내 일처럼 들어주셔서 감사합니다. 이런 시간에, 게다가 오랫 동안 정말 죄송했어요. 아, 네. 앞으로도 부족한 제 아들이지만 잘 부탁드려요. 네……. 그럼, 실례했습니다."

어머니는 싱크대를 향해 고개를 숙인 자세로 정지한 후, 턱으로 휴대폰을 닫았다. 그대로 휴대폰을 입에 갖다 댔다.

틀어놓은 TV는 이미 버라이어티 프로그램에서 심야 뉴스로 바뀌어 있었다.

코를 훌쩍이는 소리가 났다. 어머니가 본격적으로 우는가 싶어 놀랐는데 고개를 든 눈에는 눈물이 없다. 니키에게 전화를 걸기 시작했을 때와는 다른 사람처럼 온화한 표정이다. 고이치는 경직된 목소리로 말했다.

"괜찮아?"

어머니는 대답 대신 계속 헝클어서 엉망으로 늘어진 앞머리를 후, 바람을 불어 올리고 고이치를 봤다.

"너……."

"……응."

침을 삼킨다. 아무리 생각해도 입을 맞추지 않고 어머니와 니키가 대화하게 한 일은 좋지 않았다. 니키가 곤란한 일까지 떠들었을까? 내 변명과 모순되는 말을 했을까?

어머니는 눈을 깜빡인다. 고이치는 양말 안의 발가락을 힘껏 모았다.

"너, 소설 신인상에 응모해?"

생각한 적 있다. 내가 발언한 순간, 주위 사람들이 어색한 반응을 하는 이유는 늘 비약이 심한 발언을 해서일지 모른다고. 그런데 다른 사람들에게는 이상하게 여겨지는 발상이라도 내게는 버젓한 논리가 있다. 어떤 단계를 거쳐 그 발언이 나왔는지만 알면 얼핏 우주인 같은 발언도 이해할 수 있지 않을까. 그렇게 생각하며 남몰래 결의했다. 만약 누군가가 뚱딴지같은 소리를 하거나 그런 행동을 하면 나는 최대한 그 내면에 있는 상대만의 논리를 상상하겠다고.

그렇게 생각했다.

그런데…….

왜, 저러지?

9

"말해버렸으니 어쩔 수 없지."

니키는 종이 팩에 꽂힌 빨대에서 입을 떼고 말했다.

그는 콘크리트 위에 주저앉아 도시락에 젓가락도 대지 않고 있는 고이치를 거들떠보지도 않고 "아!"라며 앞으로 걸어간다.

"담배꽁초 발견. 나도 학교에서는 참는데. 나 참."

니키는 그렇게 말하고 담배꽁초를 주워 체육창고 뒤편에 방치된, 누가 갖다 놨는지 모르는 빈 캔에 버렸다.

흡연자는 죄다 죽었으면 좋겠어. 어제에서 하루가 지난 지금, 강력하게 생각한다.

고이치의 소설을 읽었을 때 놀랐습니다.

그는 굉장합니다. 재능이 있어요.

저는 문외한이기는 하나 어엿한 자리에서도 통하리라는 생각에 문학상 응모를 권했습니다. 본인도 할 맘이 있어서 바로 신인상을 찾아봤습니다.

분명히 3월에 마감하는 신인상에 출품하겠다고 했는데.

어머님이 걱정하시는 사정은 몰랐습니다만, 알게 된 지금 그 심정은 너무나 이해합니다. 학생을 직접 대하면서 그런 경향이 있는지 몰랐다는 게 교육자로서 너무나 부끄럽습니다.

그러나 못 하게 하는 게 정말 옳을까요?

고이치는 한번도 동아리에서 활동한 적이 없습니다.

고등학교 2학년은 확실히 중요한 시기입니다. 그러나 동아리에서 활동하는 친구들은 여전히 공부와 병행하며 청춘을 만끽하고 있습니다.

물론, 대체로 3학년이 되면 수험을 준비하러 은퇴합니다.

저는 고이치가 상에 응모하는 게 하나의 마침표가 되리라 생각합니다.

그는 지금, 목표를 향해 열심히 노력하고 있습니다. 진부한 표현일 수 있겠으나 그 경험은 앞으로의 인생에 큰 자산이 될 겁니다.

무엇보다 본인은, 이미 불이 붙은 상태입니다.

어머님은 오히려 그 점이 불안하시겠죠.

그러나 상에 응모한다는 명확한 골인 지점을 정한 게 질질 끄는 것보다 더 낫지 않을까요?

본인과도 약속했습니다.

3월까지는 최선을 다해 소설을 쓴다. 대신 응모가 끝나면 공부에 전념하기로요.

고이치는 꼭 그러겠다고 약속했습니다.

어정쩡하게 지금 못 하게 하면 오히려 마침표를 찍지 못해 마음만 들떠 수험에도 집중하지 못할 겁니다.

어디까지나 제 생각입니다.

어머니의 생각을 존중하겠습니다.

그러나 무엇보다 우리는 고이치가 좋은 의미에서 '평범한 아이'가 아니라는 점을 고려해야 합니다.

부디 실력을 시험할 기회를 주시길 바랍니다.

말주변이 좋다는 게 바로 이런 것이다.

"일단 공유할게"라며 니키의 입으로 들은, 어젯밤 전화 내용은 대강 이러했다.

이 녀석이 평범치 않은 부분은 성정체성뿐이라고 생각했는데, 달리 파탄이 난 부분이 또 있는 듯하다. '좋은 의미에서 평범하지 않다'니. 어머니를 완벽하게 사로잡을 문구다. 대화하는 상대의 핵심을 바로 완벽하게 간파한 부분이 공포스럽다. 몬스터 페어런트를 마음대로 부려 자기는 편하게 지내고, 나는 다시 소설에 묶어둘 거짓말을 구축한 것이다.

"3월에 마감하는 상이라니……?"

고이치는 잔뜩 어깨를 늘어뜨리며 말했다.

"몰라. 그냥 막 얘기했어. 뭔가 있겠지."

머릿속으로 낮은 온도의 액체가 쓱 흘러든다. 분노라는 감정의 성분이 차갑다는 사실을 처음 알았다.

"상 같은 데 응모 안 해요."

고이치가 말했다.

"어차피 그거, 2차 창작이라 내지도 못해요."

"새로 쓰면? 아직 10월이잖아."

남의 말이라고 참 쉽게도 한다고 되받아치고 싶었으나 그조차 무의미하다.

오늘 아침, 어머니에게서는 화사한 분위기마저 감돌았다. 니키의 말이 마음을 꽤 들뜨게 한 모양이다. 고이치는 달걀말이를 조금 건드렸을 뿐인 도시락을 곁눈질로 봤다. 소시지가 예쁘게 장식되어 있다.

어머니의 기대를 배신하는 건 일도 아니다. 아무래도 응모 안 하는 게 좋겠다고 하면 조금 실망하고 말 것이다. 니키가 말하기 전까지는 오히려 어머니가 그러길 바랐으니까.

응모하는 척하고 결과 발표 날에 "떨어졌어"라고 하면, 일단 애를 썼으니까 아예 응모하지 않는 것보다는 어머니의 실망은 적겠으나, 그러면 자존심 문제가 생겨서, 싫다.

"마감이 다가왔을 때 아무래도 안 되겠다고 할 거예요. 지금 말하면 잔소리할 것 같아요."

"아! 그래? 맘대로 해."

니키는 그렇게 내뱉고 담배꽁초를 버린 빈 캔을 들고 등을 돌렸다.

"아!"

니키가 등을 돌린 채 말했다. 이번에는 담배꽁초가 아니라 뭔데?

"고양이."

익숙한 갈색과 검정 털 뭉치가 조금의 경계심도 드러내지 않고 이쪽으로 걸어온다. 애교냥이다. 아오오옹, 언제나 알파벳 하나가 빠진 듯한 울음소리를 내며 머리를 박을 기세로 니키의 다리에 몸을 비빈다. 올 거면 도시락을 든 내게 오지. 별일도 아닌데 친하게 지내는 자신을 무시하고 니키에게 애교를 부리는 모습을 보니 영 마뜩잖다.

"전부터 생각했는데 얘, 진짜 고양이일까? 사람 따르는 걸 보면 개야."

8자를 그리며 두 발 사이를 도는 애교냥이를 보며 니키가 중얼거렸다. 밟히겠다, 그만해. 니키는 애교냥이를 뿌리치며 걸어간다. 어딘가 거칠어 보이는 태도를 보며 니키의 연락처 프로필이 개 사진이었음을 떠올린다.

책상에 엎드려 있어도 잠이 오지 않는다.

고이치는 한숨도 못 자고 쉬는 시간의 소란을 듣고 있다. 자는 척 중이다. 쉬는 시간은 언제나 할 일이 없어서 가끔 이렇게 지낸다. 뒤에서 남학생 그룹이 떠들고 있다. 그중 누군가가 갑자기 마음이 동해 자신을 괴롭히러 오지 않기를 기도하면서 이마 놓기에 딱 좋은 팔 위치를 탐색하고 있다.

시끄러워! 교실이 아니라 내 머릿속에서 나는 소리다. 한꺼번에 너무 많은 일이 생겨 어디서부터 기분을 정리해야 할지 우선순위를 정하지 못하고 있다.

그래도 어젯밤 깨어있을 때는 무엇이 내게 제일 중요한지 분명했다.

'너, 줄곧 나처럼 되고 싶었던 거잖아?'

A.

B.

A와 B.

어젯밤 하굣길에, 이전 미술 시간 칠판에 붙어있던 ○가 늘어선 두 장의 그림을 떠올렸다.

감정에 저항하는 것도 공허해 니키의 말을 받아들이고 말았다.

A의 인간이 되려는 건 아니다.

B라고 나를 드러내며 살려는 것도 아니다.

니키라는 인간의 모습은 고이치에게 제3의 대안을 제시했다.

A의 가죽을 쓴다.

너무나 단순한, 지구에 사는 우주인을 위한 생존 기술이다.

이토록, 아마 인간 대부분이 당연하게 하는 일을 니키를 보고서야 깨달았다는 점에서 역시 나는 뭔가 부족한 듯하다. 진심과 표면적인 태도, 외면과 내면, 의태, 그런 말은 수없이 듣고 봤는데.

니키는 평범한 남자가 어떤 식으로 그 나이에 어울리는 상대에게 흥미를 드러내는지를 관찰해 익혔다고 했다.

비슷한 일을 나도 할 수 있지 않을까.

문득, 교실이 정적에 휩싸였다.

모두가 일제히 입을 다물었다기보다 대화의 빈틈이 우연히 겹친 듯하다. 가끔 일어나는 현상이다. 소설에서 천사가 내려왔다고 표현할 때처럼 순간의 정적을 목격한 적 있다.

"야마모토, 재미있는 얘기 좀 해봐."

뒤에 있던 남학생 그룹 중 한 명이 정적을 깼다. 주위에서 풋, 하고 참다가 웃음을 터뜨리는 소리가 들렸다.

그 대상이 내가 아니라도 간담이 서늘해지는 말이다. 나라면 어떻게 넘겼을까. 틀림없이 몸이 굳고 말았겠지. 그러나 그러면 안 된다. 만약 나라면 어떤 이야기를 했을까. 재미있는 이야기라. 얼마 전 책에서 본 '테르밋 반응'을 이야기할까? 탄화철과 알루미늄 분말을 섞어 불을 붙이면 엄청난 고열이 발생한다. 용기가 철 냄비라면 불기둥을 일으키며 냄비째 지글지글 녹을 것이다. 그런 위험한 화학반응인데도 탄화철과 알루미늄 분말은 인터넷에서 아주 쉽게 살 수 있다. 과학은 이렇게 편리

한데 어째서 아직 산이나 도쿄만에서 타살 사체가 나오지 않을까. 재미있다.

지목당한 본인인 듯한 남학생이 말했다.

"……라고 요시다가 말했어. 니시노."

"풋!"

니시노가 마지못해 입을 연다.

"아, 어제, 야마모토가……."

"더, 종례 때 하는 반성의 시간처럼 말해!"

그 말에 따라 니시노가 목소리를 높인다.

"어제~ 야마모토가 말입니다~, 청소 시간에 말이죠~."

교실에 웃음이 쏟아졌다.

"사과해!"

초등학교 종례 시간에 매번 이뤄지는 고발을 충실하게 재현한 연기력에 감탄한 고이치를 제외하고 모두가 폭소했다.

고이치는 감탄하면서도 울음이 터질 듯 한심했다. 아아, 재미란 저런 건가? interesting이 아니라 funny였구나. 자신의 해맑음이 서글펐다.

평범한 사람을 의태한다는 방법에 무릎을 쳤으나 평범한 행동 자체를 모른다. 주위 사람을 열등감과 우월감이 뒤섞인 시선이 아니라, 내게 '평범함'을 가르쳐 주는 샘플로 보면 대인 관계는 패턴으로 가득하다. 방금 처음 지목당한 아이가 했던, 다른 사람에게 패스하는 방법은 앞날을 위해 머릿속 파일에 넣어두자.

이렇게 상황별 매뉴얼을 만드는 방법이라면 나도 할 수 있겠다. 감각 부분이 잘못되어 있으므로 응용은 쉽지 않겠으나 그것도 좀 더 관찰하면, 언젠가는…….

웃음의 여운이 서서히 대화로 바뀌더니 다시 원래 그룹의 대화로 돌아가는 상황을 귀가 포착했다.

잡다한 소리 가운데 고이치는 소리 하나를 집어냈다. 반장의 목소리다. 대화 내용까지는 들리지 않는데 말의 리듬이 그녀 것만 모스부호처럼 흘러 들어온다.

수런수런, 뚜뚜뚜, 수런수런, 뚜뚜. 어?

너무 짧다. 화려해진 외모와 달리 말수가 줄어든 느낌이다.

만약 내가 평범하게 행동하게 되면 여자랑 사귈 수 있을까.

그런 생각이 머리를 스친 순간, 이상하잖아! 라고 소리쳐 지워버렸다.

누군가와 사귀고 싶다고 생각해 본 적도 없고 그런 이유로 평범함을 익히고 싶은 것도 아니다. 더 중요한 문제다.

평범한 인간으로 가장하고 싶다.

그렇게 되면 나는 내 모습 그대로 있으면서도 듣기 싫은 소리에서 마음을 지킬 수 있다.

지금 환경에서 당장 새로 시작하는 것은 아무래도 무리일 것이다. 내일부터 의식적으로 평범하게 행동하려 해도 이미 모두 내가 우주인임을 알고 있고, 그렇게 바로 평범함을 익힐 수 있을 것 같지도 않다.

졸업까지는 앞으로 딱 1년 남았다. 그동안을 준비 기간으로 생각하면 된다. 주위를 자세히 관찰해 패턴을 익히고 연습한다. 특훈을 하면 새로운 환경에 갔을 때 비로소 평범한 인간으로 다시 시작할 수 있을지 모른다.

특훈. 정겨운 울림이다. 이번에는 노력의 방향성을 잘못 잡지 않았기를 바랄 뿐이다.

일단 어머니에게 해놓은 말이 있으므로 집에 가면 컴퓨터를 켰다.

니키가 마음대로 지껄인 허풍이었으나 찾아보니 정말 3월 마감 신인상이 몇 개 있었다. 한 해 동안 이렇게 많은 상이 있을 줄은 몰랐다. 기껏해야 아쿠타가와상과 나오키상 그리고 거리의 등불 문학상이라는 비주류 상 정도만 알고 있었다. 마지막 상은 지금 우리 반 국어를 담당하는 선생님이 과거에 응모해 가작을 받았다고 해서 안다.

내가 응모할 만한 상을 정한다. 물론, 그냥 설정이다.

한 출판사 이름이 붙은 상이 눈에 들어왔다. 낯선 출판사 이름치고는 의외로 기억에 남아있어서 책장을 훑어보자 '초록색 소설'을 낸 출판사의 상이다. 응모 요강에 있는 규정 매수, 원고지 100장에서 300장이라는 숫자를 바로 문자로 환산해 본다. 원고지는 어느 정도인지 영 감이 오지 않는다.

아주 간단하게, 지정된 400자 원고지로 계산하면 최소로 잡아 100장은 4만 자다. 얼마 전에 쓴 소설이 3만 자. 노력하면 가능한 범위다. 정말 노력할 필요는 없더라도 설정은 최대한 현실적으로 잡아두고 싶다. 나는 니키처럼 얼렁뚱땅 이야기를 지어내는 건 서툴다.

그건 그렇고, 4만 자라. 한 달에 3만 자를 썼으므로 마감까지 앞으로 다섯 달이면 못 쓸 것도 없다.

소재로 삼을 아이디어가 어디 없을까.

응모할 생각도 없으면서 어느새 소설을 구상하며 방안을 돌아다니는 자신을 발견하고, 고이치는 다시금 얌전히 컴퓨터 앞에 앉았다. 마우스를 움직여 자동으로 대기 상태에 들어간 화면을 다시 켠다.

응모 작품을 쓸 생각은 없다. 니키의 생각대로 움직이는 일만은 정말 하기 싫다.

게다가 상을 탈 수도 없을 것이다. 고이치는 모집 요강에 있는 '상금 30만 엔, 서적 간행'이라는 글자를 감동 없이 바라봤다. 원하면 도전할 가치는 있겠으나 니키의 칭찬에는 속내가 있다. 틀림없이 내게 상을 노릴만한 역량은 없을 것이다.

지금은 미래를 위해 의태하는 기술을 익히는 데 전념하고 앞으로 언젠가 또 쓰고 싶은 충동이 생기면 그때는 아무도 모르게 쓰면 된다.

고이치는 문학상 사이트를 닫고 의자째 몸을 뺐다. 벽장을 본다. 안에는 어릴 때 쓴 이야기들을 담은 골판지 상자가 있다.

진짜 중요한 것은, 현실과 동떨어진 장소에 격리해 둬야 하는 법이다. 그편이 상처 입지 않고 자유로울 수 있다. 무엇보다 니키가 그렇게 하고 있다.

내일과 모레는 휴일이다. 다음 주 학교에서는 어떤 패턴을 배울 수 있을까. 휴일이 있어서 안타까운 심정이 든 것은 처음이다. 어쨌든 하기로 했으므로 휴일에도 할 일이 있다. 새로운 환경을 얻으려면 진학할 학력이 필요하다. 일단은 낭비 없이 공부하려면 붙을만한 대학과 학부를 정하자.

의자를 돌려 책상을 보고 진학 관련 정보를 조사하기 시작했다.

이제 인정할 수밖에 없다.

나는 니키에게서, 지구에서 질식하지 않고 사는 방법을 찾아낸 것이다.

10

말도 안 되는 일이 일어났다.

11월 들어 감기가 유행하기 시작했다는 말을 꺼낸 니키가 다음에 내뱉은 말이 미열로 부어있던 고이치의 머리를 후려쳤다.

"다이나카가 신인상에 낼 소설을 쓰고 있어. 다들 응원해 줘."

아침인데도 어두컴컴한 날씨 탓에 실내조명이 유난히 밝았다.

썰렁한 농담이 나왔을 때와 같은 침묵이 교실에 흘렀다.

시선을 느끼면서 감정과 함께 침을 삼키려 했으나 부어있는 목을 통과하지 못했다. 대신 감기에 걸린 사람 특유의 걸걸대는 기침이 나왔다.

니키가 썰렁한 분위기를 나 몰라라 하고 웃었다.

"다이나카, 너무 열심히 해서 컨디션이 나빠진 거 아냐? 마음은 3월이지? 열심히 하는 건 좋은데 무리하지는 말아라.”

그렇게 말하고 검지로 자기 얼굴 전체를 빙 감싸는 손짓을 한다. 기침만이 아니라 얼굴도 빨갛다고 말하고 싶은가.

“라이트 노벨이야?”

교실 구석에서 목소리가 나고, 그 말에 몇 명이 키득키득 웃었다. 니키가 무시하고 말한다.

“처음에는 비밀로 하자고 약속했는데 다이나카가 확실히 밝히고 싶다고 해서. 스스로 물러날 길을 없애려는 모양이다.”

“우리야 상관없죠!”

평소에도 솔선해 훼방을 놓는 학생이 말하자, 이어서 “그렇지”라며 찬성하는 목소리가 터졌다. 니키의 미소가 쓴웃음으로 바뀐다.

“목표를 밝히는 건 좋은 일이야.” 말을 잇는다.

“참고로 잠깐 읽어봤는데 다이나카는 글을 아주 잘 써. 어쩌면 잘될지도 모르겠다는 생각이 들어. 다들 얼른 사인을 받아두는 게 좋을걸? 우리 반에서 작가가 나올지도 모르니까.”

냉소 후에 필요 없다는 말이 나왔다. 니키는 모두의 반응을 흘려들으며 종례를 마감하고, 교실 문에 손을 댔다가 생각난 듯 고개를 돌리고 진지한 얼굴로 고이치를 가리킨다. 고이치는 돌아가지 않는 머리로 자신에게 향한 손가락을 바라봤다. 자연스럽게 그 손가락에 초점이 맞춰지는 바람에 다른 건 다 흐려졌다.

니키의 손가락만 오롯이 떠오른 시야 끝에서 그의 입이 움직였다.

니키가 말했다.

너무나 친근한 목소리였다.

'딱히 부담을 주려는 건 아니란다.'

하교할 시간이 되어서야 분노가 솟구쳤다.

목적은 안다. 따질 것도 없다. 오히려 꼴 보기도 싫다. 안 그래도 감기 기운에 머리가 아픈데 통증이 장난 아니게 심해졌다.

보통 그렇게까지 하나. 아니, 애당초 평범하지 않았다.

고이치는 분노와 나른함이 뒤엉킨 상태로 거칠게 가방에 교과서를 쓸어 담았다.

내가 선언한 대로 응모 작품을 쓰지 않을 걸 간파하고 다시 집필에 몰두할 수밖에 없는 상황으로 몰아넣으려는 수작이다. 자존심만은 센 성격을 이용한 것이다. 니키 자신만의 평화를 지키기 위한 악랄한 방법이다. 니키는 증거 사진의 존재를 믿고 있을 것이다. 선동당해 스스로 좋아서 쓰면 모를까 궁지에 몰려 화가 난 내가 죄다 까발리면 어쩔 셈인가. 그러나 생각해 보면 지금 시작된 일이 아니다. 협박당하는 처지임에도 니키는 늘 주도권을 쥐어왔다.

"야, 다이나카."

뒤에서 부르는 남학생 목소리에 고이치의 온몸이 굳는다. 자기가 뭐라도 되는지 하인을 부리듯 거만하게 다른 사람의 이름을 부르는 상대에게 덜컹 마음이 닫힌다. 고이치는 우울함을 드러내지 않겠다는 마음 하나로 평온한 표정을 짓고 돌아봤다. 책상에 걸터앉아 긴 앞머리를 여자처럼 클립으로 올린 남학생이 이쪽을 보고 있다. 요시다다.

같은 자리 의자에는 널빤지처럼 쭉 뻗어있고 반짝반짝 윤이 나는 머리카락의 여학생이 앉아있다. 비스듬히 앉아 다리를 꼬고 이쪽에는 관심 없다는 듯 스마트폰을 만지고 있다.

요시다가 말했다.

"어떤 소설을 써?"

"그냥."

"무슨 대답이 그 모양이냐?"

이 녀석이 정말 궁금해서 질문한 게 아님은 물론 안다. 이 녀석은 나를, 건드리면 재미있는 춤을 추는 장난감이라고 생각한다.

"아쿠타가와상에 내냐?"

"아쿠타가와상은 출품하는 게 아니라서."

"우와! 기분 나빠! 보통은 그런 거 잘 모르거든? 네가 소설을 쓰니까 아는 거지. 대단한 듯 말하지 마라. 재수 없어."

의외로 맞는 말이라 수긍하고 만다. 너무 분해서 점점 머리가 아파진다.

"아, 넌 안 돼."

"뭐?"

고이치는 손가락으로 관자놀이를 눌러 심장 박동과 연동하는 두통을 완화하며 되물었다. 요시다에게 안 된다는 소리를 들을 이유가 없다.

"아니, 이유는 몰라. 어쨌든 넌 안 돼. 뭘 쓰는지 대답도 못하잖아."

학교 사람에게 화가 치민다는 솔직한 감정을 느낀 건 처음이다. 지금까지는 더 비뚤어진 심리로 상대를 봤던 모양이다.

"그야 너에게 설명할 필요가 없으니까."

상대를 너, 라고 부른 사실에 요시다보다, 내가 더 놀랐다. 게다가 지금 도대체 무슨 소리를 하고 있나. 설명할 필요가 없다기보다 설명할 수 없는 거지. 상 때문에 쓰는 소설이 애당초 존재하지 않으니까. 그러나 요시다가 잘난 척하는 게 참을 수 없을 만큼 화가 났다.

"야. 쟤 좀 봐. 이 녀석, 화가 머리끝까지 났어."

요시다가 말하며 뒤에 앉은 여자를 팔꿈치로 찌른다. 여학생이 심드렁하게 스마트폰을 보며 하하하, 하고 웃었다. 다 싫어진다. 앞으로 정상인인 척하며 살자고 마음먹자마자 이 꼴이다.

'다이나카 스위치'의 다이나카가 험악해진 사태를 알아차린 듯 교실에 남은 학생 몇 명이 다가와 "왜?"라는 소리를 즐겁게 던진다. 요시다가 설명했다.

"뭘 쓰냐고 물었더니 괜히 화를 내네."

"그건 아니잖아?"

입을 연 순간 나중에 온 학생들이 요란하게 웃어댔다.

"목소리! 다스 베이더처럼 됐어!"

요시다와 나눈 두세 마디에 감기로 부어올라 눌려있던 성대가 그만 한계에 도달했다. 큰 목소리로 야유하는 소리에 멀리 있던 학생들까지 웃기 시작한다. 무리 안에 혼자 내던져진 채 창을 맞고 있는 심정이다.

"아, 맞다."

요시다가 말하며 손뼉을 짝 쳤다.

"〈달러의 호랑이〉를 하자."

뭔지는 모르지만 좋은 게 아님은 알겠다. 고이치는 불길한 예감에 뒷걸음치는데 남학생 두 명이 어깨를 잡았다.

"다이나카 알지? 〈달러의 호랑이〉. TV 프로그램처럼 너는 이제부터 네 비즈니스…… 여기서는 소설이겠지. 그 소설을 프레젠테이션하는 거야. 재미있어 보이면 다들 생각한 금액을 말해. 네 희망 출자금에 도달하면 성공이고, 모인 돈은 다이나카다 네 거야. 달성하지 못하면……, 그렇지! 너 '30퍼센트 덤'이랑 섹스해라. 이른바 성병 형벌이지."

놀림당한 적은 있어도 심각한 괴롭힘을 받은 경험은 없다. 요시다는 '너'라고 불린 게 상당히 마음에 들지 않았던 모양이다. 뒤에 곱상한 여학생이 앉아있었던 게 분노를 조장한 원인일 수도 있겠다. '30퍼센트 덤'이라 불리는 옆 반 여학생은 알고 있다. 이상할 정도로 짧은 치마 아래로 굵은 다리를 드러내고 다니는 여학생이다. 별명의 유래는 체형이겠지. '다이나마 스위치'라는 별명이 붙은 몸으로써 동정하는 바이나, 요시다의 제안을 받아들일 마음은 전혀 없다.

이상하게도 벌칙 게임으로 섹스를 꺼낸 순간부터 여유가 생겼다. 조금 전까지는 요시다의 발언을 흘려 넘기지 못한 자신이 싫었다. 상대가 알아서 허접한 존재로 내려가 준 덕에 상대적으로 자기애가 회복되었다.

요시다가 말했다.

"희망 출자금은 얼마야? 하나, 둘…… 열두 명이니까 12만 엔이면 될까? 자, 12만 엔으로."

맘대로 정해졌다. 도대체 희망 출자금이란 게 뭐지? 1인당 만 엔이라면 상당히 뼈아픈 액수인데 아무도 불만이 없는 걸 보면 실제로 낼 생각은 없겠지. 어깨를 잡고 있던 두 남학생이 다 안다는 듯 고이치를 교탁으로 끌고 간다. 저항해도 소용없음을 알기에 떠밀리면서도 순순히 걸었다. 등 뒤에서 웃음이 여기저기 터졌다.

바닥보다 조금 높은 교탁에 세워져 낙심했으나 고개를 든다. 자신을 바라보는 얼굴의 수에 현기증이 날 듯하다. 두 남학생은 고이치를 놓고 앞문 근처에 자리를 잡아 그가 교실에서 도망치지 못하도록 문을 봉쇄했다.

교실 전체를 둘러본다. 아, 정말 싫다.

지금 당장 신의 가호가 내려와 평소 능력으로는 있을 수 없는 퍼포먼스를 보이더라도 아무도 지지해 주지 않을 것이다. 그렇게 확신할 만한 분위기였다.

이토록 뻔하고 악랄한 수단을 취해서 오히려 마음이 편하다. 평소와 같은 비참함은 없었는데 무슨 말을 하든 거부당할 것이라 입을 여는 게 두려웠다. 한껏 위축된 마음으로 한동안 마음속을 방황하고 있는데 애당초 발단을 만든 인물이 떠오른 순간 그를 향해 온갖 구멍에서 고압의 짜증이 분출했다.

고이치는 피가 지글지글 끓는 게 느껴졌다. 다시금 교실의 얼굴들을 재빨리 둘러봤다. 반장은 없다. 고이치는 확인과 동시에 발언을 시작했다.

"소설 내용을 말하면 돼?"

요시다가 뒷자리에서 목소리를 높인다.

"모두가 관심을 지니도록 말해야지! 재미없으면 땡이야. 작가라면 할 수 있겠지?"

도대체 누가 작가란 거야! 마음속으로 그렇게 말하며 요시다의 머리에 둔기를 몇 번 휘둘렀다.

"알았어."

대답하고 교실 뒤의 게시판에 시선을 고정했다.

"일단…… 판타지는 아냐. 현실 얘기지. 시골이야. 여기 같은."

눈을 깜빡인다. 셔터를 누른 듯 초점이 나간 교실이 뇌에 박힌다.

"주인공은 학교 선생이야."

정신이 점점 이 자리를 떠난다.

"그 녀석에게는 비밀이 있어. 누구도 알아서는 안 되는 본성이 있지. 그러나 아주 잘 숨기고 있어. 다들 속고 있지. 거짓말을 아주 잘하거든. 그야 어려서부터 내내 거짓말쟁이였으니까."

엉뚱한 데를 보며 이야기하는 고이치가 이상했는지 학생 하나가 고개를 돌려 뒤를 봤다.

"다들 그 녀석을 좋은 사람이라고 생각해. 학생도, 다른 교사도, ……학부모까지. 그러나 사실은 위험한 녀석이야. 비밀이 알려지면 끝이지. 다들 배신당했다고 생각할걸. 실제로 배신자이기도 해. 사실은 교사를 해서는 절대 안 되는 놈이거든."

"비밀이 뭔데? 사실은 살인마라는 거야?"

누군가가 끼어들었다. 고이치는 교실 중심을 향해 또렷하게 말을 던졌다.

"변태야."

교실에 정적이 찾아든다.

왜지? 평소에는 구역질 나는 성적 농담을 아무렇지 않게 하면서. 모두의 분위기는 명백하게 썰렁했다.

"어째, 너 같은 녀석이 변태라고 하니까 이상하게 무섭네."

책상 위에서 책상다리하고 있던 요시다가 말했다.

너 같은 녀석이 뭔지는 수수께끼였으나 자신이 그런 종류의 이야기를 꺼내면 상대는 썰렁해진다는 점은 마음에 담았다. 모두의 상태를 본다. 미묘한 분위기로 전혀 반응이 없다. 고이치는 한동안 우두커니 서있었는데, 아무리 시간이 흘러도 판단이 서지 않아 일단 고개를 가볍게 숙였다. 여기저기서 동시다발적으로 에이! 소리가 터졌다.

"그게 다야?"

남학생의 질문에 고개를 끄덕이니 그는 괴고 있던 턱을 떨어뜨리는 시늉을 했다.

"자, 그러면 다들 차례대로 출자금."

요시다가 모두에게 못을 박듯 대놓고 관심 없다는 목소리로 출입구 옆에 선 남학생을 가리켰다. 지명된 남학생은 상황을 살피는 표정을 짓고 주의 깊게 입을 열었다.

"100엔."

조금 어미가 올라간 그 발언을 시작으로 속속 100엔, 100엔, 100엔이 이어졌다. 자연스레 골인 지점으로 인정되고 있는지 요시다의 차례가 왔을 때 그는 손가락을 바라보며 심드렁하게 말했다.

"돈이 채워지지 않았네."

자기가 얼마나 낼지조차 말하지 않았으나 그건 상관없다. 요시다는 고개를 들어 고이치를 봤다.

"12만 엔에서 1,100엔을 빼면 얼마지?"

"11만 8,900엔."

"그럼, 그 액수는 오늘 네가 가져와. 반올림해서 12만 엔이야. 내일 12만 엔이다."

"30퍼센트 덤과 어떻게 하라는 얘기 아니었어?"

"그 요금이야."

제멋대로 지껄이고 있다. 이런 식으로 소설도 술술 쓸 수 있으면 좋겠다.

"요금은 30퍼센트 덤에게 줘야 하는 거 아냐?"

고이치의 말에 한 남학생이 저도 모르게 웃고 말았으나 웃은 사람이 자기 혼자라는 사실을 깨닫고는 바로 침묵했다.

"역시 넌, 영 아니야."

요시다가 말했다. 이 녀석은 도대체 뭐지? 아까부터 통 모를 표정으로 안 된다는 말만 연발하고 있다.

"야, 누가 30퍼센트 덤한테 연락해. 장소를 바꾸자."

비정한 말투에 드디어 본격적으로 위기감을 느꼈다. 관련자 전원이 정학 처분을 받을 수도 있는 벌칙 게임은 어차피 대충 끝날 거라고 마음속으로 우습게 여기고 있었다. 요시다의 발언에 학생들은 저마다 얼굴을 마주 본다.

"나 연락처 몰라. 지웠어."

"나도."

요시다가 혀를 찼다.

"여학생 중에 아는 사람 없어?"

고개를 젓거나 어깨를 움츠리며 아무 말도 안 하는 여학생들의 반응을 보고 요시다는 "뭐야!"라며 책상에 앉은 채 몸을 돌려 의자에 앉은 여학생의 몸을 두 다리에 꼈다.

"야. 유리페. 너는 알지? 친했잖아?"

꼼짝없이 붙들린 여학생은 아무 말 없이 여전히 스마트폰을 만지작거리고 있다.

"불러봐. 유리페! 내 말 듣고 있어?"

요시다가 다리를 흔든다. 몸이 흔들림에도 묵묵히 들고 있는 스마트폰만 만진다. 요시다가 유리페에게 손을 뻗어 윤기 나는 머리카락을 만진 순간, 짝 큰 소리가 났다.

유리페가 요시다의 손을 뿌리친 것이다.

"시끄러워, 이 새끼야!"

유리페의 입에서 터져 나온 느닷없는 호통에 고이치의 어깨가 흠칫했다.

"누구한테 명령이야! 조막만 한 게. 30퍼센트 덤은 네가 불러. 너한테 성병 옮긴 게 개잖아?"

의자 등받이에 팔꿈치를 대고 요시다를 노려보는 그 얼굴은 단정한 만큼 엄청난 박력이 있었다. 그녀는 다시 스마트폰으로 시선을 떨어뜨리고 일그러진 입가를 머리카락 사이로 보이면서 말했다.

"그보다 유미코 늦는데!"

짜증 나, 이럴 순 없어, 집에 갈래. 중얼대며 무서운 속도로 스마트폰을 조작한다. 유리페를 요시다가 달래고 있다.

다른 학생들은 그리 놀라지 않고 저마다 비굴한 웃음을 지으며 그 광경을 바라보고 있다. 아무도 이쪽을 보지 않는다. 고이치는 최대한 자기 존재를 지우고 얼른 출입구로 가 조용히 문을 밀었다. 문을 지키고 있던 남학생이 돌아보며 "어!"라는 소리를 낸 순간 힘껏 달리기 시작했다.

고이치는 체육창고 벽에 도착해 손을 대고 숨을 골랐다.
귀소본능에 가까운 무의식 속에 달리며 자연스럽게 갈 곳을 정했다. 학교 안에서 여기가 가장 편안하다. 팽팽했던 신경이 느슨해진다.
바로 조금 전 일을 떠올리며 신음했다.
어째서 그런 말을 했을까. 퇴로를 완전히 잃고 말았다. 이는 곧 수상 결과 발표와 함께 창피를 당한다는 소리다. 발표할 때쯤에는 내가 응모했다는 사실을 아무도 모를 수도 있으나, 문제는 니키다. 어차피 이 화제를 또 끌어낼 게 분명하다. 이 학교는 반이 바뀌지 않는다. 게다가 학년이 바뀌어 니키가 담임이 아니더라도 미술 수업이 있는 한 그를 피할 도리는 없다.
아니, 그보다 지금은 내일부터 학교에서 무슨 일을 당할지를 걱정해야 한다.
혼란스럽다.
땀이 밴 목덜미를 닦는데, 아침부터 미열이 계속된 몸에 그리 강하지 않은 12월의 햇살과 운동장에서 동아리 활동을 하는 운동부 학생들의 목소리가 달려든다.
요시다 일당이 교실에서 사라질 때까지 기다려야 한다. 지갑과 스마트폰, 버스 정기권이 든 가방을 교실에 두고 뛰쳐나왔다. 온몸이 무겁다. 컨디션이 나쁜데 전력 질주라는 행동이 일으킨 고단함이 단숨에 밀려드는 기분이다.

손으로 벽을 짚으며 모퉁이를 돈다.

설핏 눈을 떴을 때 고이치의 온몸을 긴장감이 다시금 관통했다.

시선 끝, 조금 떨어진 장소에 여학생 하나가 앉아있다.

피차, 그 자리에 굳어버렸다.

고이치는 화장실에 들어갈 때처럼 모든 신경을 풀고 모퉁이를 돌았고, 상대는 이쪽이 모습을 드러낸 순간 들고 있는 걸 배수구에 버렸다. 그녀 주위에 맴돌고 있는 연기로 방금 버린 게 담배임을 알 수 있었다.

긴 갈색 머리가 옆얼굴을 덮고 있다.

반장이었다.

고이치는 잠시 서있다가 곧장 앞으로 걸었다.

여기를 지나쳐야 갈 수 있는 데가 있는 듯 행동해 봤으나 발걸음이 어색하다. 반장이 가까워짐에 따라 왜 아까 거기서 뒤돌아가지 않았는지 후회했다. 대놓고 피하기보다 직진하는 편이 자연스럽다고 생각했는데, 실제로 해보니 이게 훨씬 이상하다.

반장은 한쪽 무릎을 세우고 말없이 가만히 앉아있다.

이 부담감을 뭐라고 표현하면 좋을까. 사슬에 묶인 맹견 앞을 지나가야 할 때? 편의점 앞에 모여있는 양아치를 곁눈질하

머 자동문을 통과할 때? 떠오르는 이미지를 염불처럼 외우며 반장 앞을 지나간다. 그녀의 모습이 시야에서 사라지자, 한숨을 내쉬고 얼굴 근육을 풀었다.

"아니, 아니야."

뒤에서 들린 목소리에 고이치의 위가 훅 다른 장소로 날아갔다.

"그쪽, 강당밖에 없어."

"알아."

조그만 목소리로 대답하고 걸음을 재촉했다.

"있잖아."

조금 커진 반장의 목소리에 걸음을 멈춘다. 이 자리에서 도망치고 싶다는 감정을 감추지도 못한 채 돌아봤다.

반장이 이쪽을 보고 있다.

그녀와 눈이 마주친 것은, 정말 오랜만이었다.

긴 머리카락 중앙에 하얗고 조그만 얼굴이 있는 외모가 인형 같아서 겁이 났다. 이런 가냘픈 여학생을 두려워하는 자신이 이상하면서도, 반장이 여성스러울수록 무서웠다.

반장은 잠자코 손짓했다.

고이치는 움직이지 못했다. 반장이 또 손짓한다. 용건이 있으면 네가 와. 속으로는 그렇게 생각하면서도 어쩔 수 없이 따랐다.

"담배라면 안 일러."

“그게 아니라.”

큰 눈동자가 이쪽을 올려다봤다가 다시 떨군다. 허둥지둥한 시선에서 어색함을 느끼는 게 자기만은 아니라고 생각하는데 반장이 말했다.

“이렇게 얘기하는 거 오랜만이네.”

“응, 그렇지.”

고이치는 이 말이 더 진행되지 않도록 최대한 단답식으로 말했다. 반장은 고개를 돌리고 자기 무릎을 만졌다. 고이치는 대화가 끊어져 주먹을 쥐었다. 목구멍까지 올라간 ‘그래서 뭐?’라는 말을 아주 자연스러운 톤으로 조절해 말하려는 순간 반장이 말했다.

“오늘 아침, 조회 시간에 니키 선생님이 말한 거.”

“……아!”

애매하게 말을 흐리는 수밖에 없었다.

“그보다 좀 앉을래? 말하기가 힘드네. 급한 일 없으면 앉아.”

반장이 고개를 들고 말한다. 고이치는 망설이다가 반장에서 두 사람 정도 떨어진 콘크리트 바닥에 앉았다. 급하다며 도망칠 수 있었는데, 그냥 흘려버린 게 내심 후회됐다.

반장이 조용히 말했다.

“그거, 좀 심술궂은 짓이라고 생각했어.”

그 말에 반장의 옆얼굴을 봤는데 그녀가 덧붙였다.

“니키 선생님의 말투.”

"아, 그래……."

고이치는 니키의 악의를 알아챈 사람이 있다는 데 놀라면서 다시 얼버무렸다. 사실은 '좀 심술궂음'을 뛰어넘는 증오였을 텐데, 남의 험담에 좋다고 달려드는 건 꼴불견인 듯했다.

"그렇지만 나, 그 얘기 듣고 제일 먼저 굉장하다고 생각했어. 소설 신인상에 응모하다니."

"굉장할 거 하나도 없어. 응모는 누구나 할 수 있어."

"소설을 쓴다는 자체가 굉장해. 난 작문 자체가 무리야. 독후감도 너무 싫어."

"독후감은 나도 싫어."

"왜? 소설과는 달라?"

그렇다고 대답하자, 반장은 딱히 이유도 없는 호불호에 멋대로 어떤 깊이를 느낀 듯 말했다.

"역시 그쪽으로 재능이 있었구나. 예전부터 특이하다고 생각했어."

괴짜와 재능을 아주 자연스럽게 연결하는 발언에 실망했다. 이 사람도 과거의 나나 어머니와 똑같은 환상을 갖고 있구나.

"미안해." 반장이 말했다. "나 지금 바보 같은 소리 했지?"

고이치는 손톱 끝을 바라봤다.

"맞아."

"그렇지? 잊어."

"글을 썼을 뿐인데 재능이 있다고 하는 건 이상해."

"그래?"

반장이 웃었다. 힐끗 표정을 훔쳐보는데 열린 입으로 위쪽 앞니에 붙은 교정기가 보여 흠칫 놀랐다.

저렇게 딱딱한 기구를 끼고 있는지 몰랐다. 몰랐던 건 그것만이 아니다. 담배를 피운다는 사실도, 이렇게 대화하면 의외로 옛날과 다름없이 수다스러워진다는 사실도 처음 알았다. 상대의 현재를 잘 모르는 건 반장도 마찬가지겠지. 이런 식으로 대화하는 게 신기했다.

"무엇보다 상에 응모한다고 모두에게 발표한 게 제일 굉장해."

"그래?"

건성으로 대답한다.

"그야 결과가 좋지 않을 때를 생각하면 무섭잖아. 나라면 아무한테도 말 안 하고 응모할 텐데."

"그게 더 현명하다고 생각해."

"응. 그렇지만."

반장이 주머니에서 파란 담뱃갑을 꺼냈다.

"비밀로 하면 내 안에서 점점 마음이 약해져. 어차피 안 될 일이야, 달리 할 일이 있을 거야, 포기할 이유만 수없이 생각하지."

반장이 담뱃갑에 손가락을 넣었다. 꺼내는 게 영 익숙하지 않다.

"도전하지 않으면 후회할 것 같아서 이미 결심해 놓고, 정신을 차리면 늘 기회를 미루고 있어. 그럴 때마다 내 약한 의지가 너무 싫어. 그러면서도 정말 기가 막히게 회피를 정당화해. 그런 내가 또 싫어. 결국은 도망친 자신과 자기혐오 자체가 신경 안정제가 되고 말아.”

반장은 불도 안 붙인 담배를 만지작거리고만 있다.

“그런데 오늘 아침, 다이나카가 신인상 응모 사실을 모두에게 공개하기로 했다는 말을 듣고 그렇구나, 하고 생각했어. 인간의 의지는 약한 게 일반적이라고 느꼈어. 그래서 다이나카는 자기 의지력에 대한 기대를 일찌감치 버리고 이렇게 외부에서 압력을 가하다니. 내가 이제까지 싫어한 약한 마음이 당연한 거였어. 그러니까 왠지 나도 뭘 해야 할지 알 것 같더라.”

반장은 담배를 입에 물더니 몸을 돌려 고이치를 봤다. 눈동자가 갈색이다. 밝게 염색한 갈색 머리와 하얀 얼굴이 맞물려 전체적으로 색의 대비가 약해 인상이 흐리다. 고이치는 반발하는 자석처럼 몸을 뺐다.

“잘됐네.”

그렇게 대답할 수밖에 없었다. 반장은 한참 진지한 표정으로 고이치의 얼굴을 응시하고는 웃었다.

“다른 사람한테는 관심 없지?”

“응?”

“목표가 뭐냐고 나한테 안 물었으니까.”

고이치는 그 말에 몇 초쯤 망설인 다음 퍼뜩 정신을 차렸다.

"아! 네 말이었구나?"

"에이! 그러면 누구 얘긴 줄 알고 들었어?"

"아니, 그냥."

"눈치가 너무 없는 거 아냐? 그건 더는 우주인이라는 종류의 문제가 아니야."

이야기를 듣고 돌이켜 보니 그녀가 자기 이야기를 했음을 깨달았어야 함을 알았다. 고이치는 어이없으면서도 그녀가 그리운 별명을 여전히 기억하고 있다는 사실에서 고통과 함께 기묘한 감개를 느꼈다.

"그래서 목표가 뭐야?"

순수한 흥미가 조금 생겨 물었더니 반장은 원래 위치로 돌아갔다.

"말 안 해."

고이치의 머리가 혼란으로 정신이 없다.

"꿈을 공언해서 자신을 몰아붙이겠다는 얘기 아니었어?"

"맞아. 그런데 아직 용기가 없어. 혹시 지금 말했다가 다이나카의 얼굴에 너는 무리라는 반응이 조금이라도 보이면 그것만으로 내 정신이 바사삭 무너질 것 같아. 특히 내 꿈은."

반장은 말을 마친 후, 입술을 안으로 밀어 넣었다. 고이치는 그 안에 있는 교정기의 존재를 떠올리고 이번에는 그녀의 꿈을 대강이나마 어느 정도 알 수 있었다. 아마도 외모와 관련 있는 쪽일 것이다.

고이치가 말했다.

"무슨 소린지는 모르겠는데 안 물어볼게."

"고마워."

거짓말을 꿰뚫어 보는 목소리라 왠지 겸연쩍었다.

너라면 뭐든 잘할 거야, 그런 대사가 입에서 나올 뻔했는데, 참았다. 무책임한 발언이었고 그녀를 너무 상냥하게 대하면 나중에 불리해질 듯했다. 이렇게 대화한 건 둘만 있는 장소이기 때문이다. 주위에 다른 학생이 있었다면 나를 친근하게 대하지 않았을 게 빤하다.

그러나 반장의 그런 부분을 특별히 비겁하다고 생각하지 않는 내가 지금 여기 있다. 사람들과 잘 지내려고 상황에 맞서지 않는 일은 누구나 다 한다.

고이치의 왼편에서, 반장 쪽으로 바람이 불었다. 아까 달리느라 흘린 땀이 식어 오한이 들었는데 그보다 그녀에게 땀 냄새가 가지 않을지 걱정되었다. 반장이 손으로 만지작거리던 담배에 드디어 불을 붙였다.

"나 이제 갈게."

"아, 미안. 연기 갔지?"

반장이 땅에 담배를 껐다.

"내가 다른 데로 갈게. 여기 이용하고 싶어서 왔잖아."

반장은 그렇게 말하고 휴대용 은색 재떨이를 꺼내 담배꽁초를 버렸다. 아까 고이치의 모습을 본 순간 담배를 던진 배수구를 들여다보며 "그냥 안 버리려고 했는데"라고 중얼거리는 그녀에게 고이치는 소박한 의문을 던졌다.

"있잖아. 너 기본적으로 성실하잖아. 왜 담배를 피워?"

반장은 배수구 덮개를 당기며 말한다.

"성실한 애일수록 스트레스가 많지 않겠어?"

"흠."

"젓가락 있어?"

덮개는 못 들겠는 모양이다. 고이치가 고개를 저으니 반장은 그러냐고 중얼거리고는 한동안 같은 자세로 있다가 갑자기 말했다.

"나, 결정했어. 다이나카가 상을 받으면 나도 내 꿈을 모두에게 말할게. 그리고 도전해 볼래."

고이치는 경악해 입을 쩍 벌렸다.

"너무 비겁해!"

"걸어봐도 괜찮잖아? 소설 같은 데서 여행자가 갈림길에서 고민하다가 길가에 놓인 나뭇가지를 보고 그쪽으로 가는 거나 마찬가지야. 내가 어떤 도박을 하는지는 자유지."

"그 말을 들은 내 압박감은?"

반장이 어리둥절한 표정을 지었다.

"어차피 진심으로 할 거 아냐?"

뺨이 굳는다. 거짓말 하나가 이렇게 성가신 일이 된단 말인가.

"아픈 어린이에게 홈런을 약속하는 야구 선수가 아니라고."

"맞아. 그렇지만 비슷할 수도 있어."

반장이 일어나 먼지가 묻은 치마 뒤를 털었다.

"다이나카 너, 늘 애들이 깔보잖아. 그런 애가 주위를 한 방 먹이는 결과를 내면 그야말로 역전 홈런이지. 그런 드라마틱한 전개가 되길 바라서 너한테 걸어보고 싶은가 봐."

"……그건 좋지 않아. 결국은 자기 결단을 엉뚱한 데 맡기는 거잖아. 그 사람이 실패하면 내 책임을 묻지 않아도 되니까."

대놓고 자신을 깔본다는 말의 앙갚음으로 심한 말을 해봤으나 반장은 태평했다.

"우리 아빠 대사 같네. 가난뱅이는 도박이나 점처럼 다른 힘에 의지하는 걸 좋아해서 가난한 거야! 늘 그렇게 말해."

반장 아버지 말은 그다지 듣고 싶지 않다. 굳이 간사이 사투리까지 재현한 덕분에 나쁜 기억이 선명하게 떠올랐다.

"어쨌든 내게 걸지 말고 나뭇가지가 부러진 방향이든 뭐든 다른 데 거는 게 승률이 더 높을 거야. 포기할 명분을 만들기 위해 일부러 지는 쪽을 선택하는 게 아니라면."

"그래? 난 다이나카에게 꽤 희망이 있다고 생각하는데."

"아니, 내 글을 읽어본 적도 없으면서 어떻게 판단해? 이상하잖아?"

"근거 없이 말하는 게 아니야."

"근거라니?"

어차피 적당히 말할 테고 진지하다면 틀린 소리다. 작가만 보고 창작물의 내용을 추측할 수는 없다. 니키를 봐도 알 수 있다. 부루퉁한 표정으로 반장을 보고 있는데, 그녀는 고이치를 내려다보며 묘하게 강인한 표정을 짓고 있다.

"감이야."

고이치는 그녀의 얼굴에서 천천히 시선을 들고 한 군데만 올이 풀린 공을 막는 그물 구멍을 보며 "감?"이라고 앵무새처럼 중얼거렸다. 예상대로 너무 엉터리라 어이없으면서도 마음이 복잡했다. 고이치의 반응을 어떻게 이해했는지 반장이 말한다.

"감은 오컬트가 아니야. 눈과 귀로 들어온 정보로 확실히 깨닫고는 있었는데 아직 언어로 표현하지 못한 게 감이지."

알고 있다. 생각해 보면 자신은 늘 그렇게 판단 당했다. 뭔가 이상해. 뭔가 달라. 병명조차 붙여지지 못했다. 니키도 전에 직감이라는 말을 사용해 내가 그에게 집착하는 이유를 의분이나 단순한 화풀이가 아님을 간파했다. 감은 충분히 쓸만하다. 그래서 인간의 감이, 무섭다.

"고마워."

진정한 감사 표현이라기보다는 더는 말하고 싶지 않다는 의미였다.

"너도 어렴풋하게 느끼고 있었지? 할 수 있을 것 같아서 쓰기 시작한 거지?"

반장을 본다. 확실히 고이치의 마음에도 감이라는 게 있다.

니키에게 소설을 보여주려고 쓰기 시작할 때의 묘한 확신. 굳이 더 과거로 올라가 보자면 뭔가 빼어난 점이 있으리라는 막연한 예감. 그러나 그것은 자존심에서 생긴 망상이라고, 조금 떨어진 곳에서 지켜보는 자신이 건네는 충고가 마음 어딘가에 늘 따라다녔다.

"다른 사람의 감은 믿어도 자기 감은 믿을 수 없지."

"왜?"

"이렇게 되면 좋겠다는 희망이 들어가니까."

말한 순간 확정될 것만 같다.

아무래도 돌아가야겠다고 생각한 순간 반장이 말했다.

"다이나카라면 할 수 있어. 이건 내 감이야. 다른 사람의 감은 믿는다고 했지?"

그 말을 듣자마자 배 속 깊은 곳에서 조용히 솟아오르는 게 있었다.

웃음이었다.

조금 전 자신이 내뱉으려다가 그만둔, 할 수 있다는 말을 너무나 쉽게 하는 반장을 솔직히 얄팍하다고 생각했고, 말하지 않아도 좋았을 심정을 토로해 적당한 위로를 끌어낸 자신이 싫었다. 눈썹을 찌푸리고 상대와 자신을 동시에 한심하게 여기는 일그러진 미소를 짓는데, 찌푸린 미간 언저리가 흠칫 당겨졌다.

안 돼! 당황한 고이치는 순간적으로 자기 마음의 셔터를 내렸다.

“시마자키.”

“응.”

“고마워.”

아까와 마찬가지로 대화를 중단하고 싶은 마음에 한 말이다. 지금 끝내지 않으면 어쩐지 꼴불견이 될 듯하다. 반장은 그 ‘고마워’라는 말이 대화 종료 신호임과 동시에 본래 의미도 제대로 담고 있다고 생각했는지 고개를 끄덕였다.

사실은 감사 인사는 하고 싶지 않다. 제멋대로 꿈을 의탁하고 적당한 말로 독려하고 또 적당히 과거 일까지 꺼내다니. 초등학생 때 그녀가 꾸민 계획대로 희망을 품고 신나서 갔던 자신이 도대체 무슨 일을 당했는지 잊었단 말인가.

물론, 그 일이 그녀 탓이라고 하기에는 무리가 있다. 언제나 제멋대로 희망을 품은 사람은 자신이었다.

고이치는 밑을 봤다. 마음을 재빨리 닫은 덕분에 다시 울 듯도 우는 듯도 한 표정으로 일그러지는 일은 없었다. 한 걸음 물러나며 지금 무슨 일이 일어났는지 깨달았다.

아마도 그녀는 내가 고맙다고 한 진짜 이유를 이해하지 못할 것이다. 보낸 응원의 감사라고 생각하겠지. 아니다. 그녀의 말은 어떤 것에 대한 인상을 조금은 바꿨다는 점에서 가치가 있었다.

감이라는 무시무시한 존재를 좋은 의미로 사용한 타인은 그녀가 처음이었기 때문이다.

11

고이치는 벽장에서 골판지 상자를 끌어내 안에 든 자유 수첩을 펼쳤다.

아이의 글씨로 쓴 이야기의 요점을 파악하며 창을 닦는 청소부의 손놀림처럼 눈동자를 재빨리 아래로 내린다. 페이지를 넘길 때마다 같은 동작을 되풀이했다.

이건 안 되겠어.

수첩을 옆에 놓으면서 반대 손으로 다음 수첩을 꺼낸다.

이것도 안 돼. 현대 프로 레슬러가 고대 로마로 시간 여행을 가 검투사가 된다고? 어린아이가 쓴 이야기치고는 괜찮으나 프로 레슬링도 로마와 그리스의 차이도 이해하지 못하는 내게는 벅찬 소재이고, 지금부터 그쪽 지식을 공부할 만큼 이 소재에 열의도 없다.

다음.

도주하던 테러리스트가 초등학교에 침입한다. 주인공인 어린아이가 그 남자를 격퇴하고 마지막에는 헹가래를 받는다.

으악, 이라고 표현할 수밖에 없는 감정이 엄습했다. 얼굴이 뜨거워진다.

다음.

역 플랫폼의 상행선과 하행선에 설치된 작은 거울을 합치면 큰 거울이 되고, 그 두 장 사이를 전차가 통과할 때마다 반드시 차 안의 승객 한 명이 "다 죽어버려!"라고 소리치는 기이한 현상이 일어난다.

무슨 의미인지 모르겠다. 중간까지 읽다가 포기했다. 무슨 생각으로 이런 걸 썼을까. 당시의 기억을 반추한다. 아직 도내에 살았을 때 전차 안에서 갑자기 난동을 부리는 어른을 봤고, 그 사람에게 강한 공포심을 느꼈던 기억이 어렴풋하게 생각났다. 공포의 대상이 창작의 모티프가 되었구나.

전체적인 경향으로 '세상의 기묘한 일' 같은 이야기가 많다. 그런 종류를 싫어하지는 않으나 이야기의 이미지가 부푸는 소재는 없다. 고이치는 계속 페이지를 넘긴다.

3월 말 마감, 당일 소인까지 유효.

응모 규정 매수, 400자 원고지 100장에서 300장. 넓은 의미의 엔터테인먼트 작품을 모집.

이것이 상의 개요다.

오늘이 11월 10일이므로 약 4개월 반이 남았다. 해야 할 일은 간단히 나누면 네 가지다. 소재를 결정한다. 플롯을 작성한다. 실제로 쓴다. 퇴고한다.

지난번, 2차 창작을 썼을 때는 두 번째 플롯 작성 단계 없이 대충 흘러가는 대로 썼다. 그때는 얼른 니키에게 원고를 보여 줘야 한다는 마음에 안달이 났으나 정해진 기일은 존재하지 않았다. 이번에는 다르다. 해도(海圖) 없이 바다에 나갔다가 좌초하면 말짱 도루묵이다.

어린 내가 쓴 이야기를 쭉 훑어보고 있자니 한심하면서도 살짝 부럽기도 하다. 참 아이디어가 많기도 하다. 불과 얼마 전 패러디 소설을 썼던 자신마저 부러울 지경이다. 지금은 그때처럼 쓰자고 마음먹자마자 아이디어가 술술 나오는 상태가 아니다.

아무것도 생각나지 않는다.

최악은 이제까지의 인생에서 지금이 가장 '평범'하다는 것이다. 마감일에서 역산해 언제까지 어떤 작업을 끝내야 한다는 생각밖에 없다. 그래서 이렇게 과거의 아이디어를 발굴하고 있다. 매달릴 상대가 초등학교 때의 나라니, 한심하다.

그래도 하는 수밖에 없다.

있는지 없는지 모르겠지만, 하느님 죄송해요.

저는 틀림없이 100퍼센트 순수한 창작 욕구가 아니라 같은 반의 싫은 녀석들과 한 여학생에게 잘 보이려는 마음을 상당히 많이 품고 소설을 쓰려고 합니다. 그러나 당신을 존경합니다.

제로에서 뭔가를 만들어 낸 존재는 당신뿐이기 때문입니다. 그러니 일개 인간일 뿐인 제게 부디 아이디어를 주세요.

그런 생각을 하며 수첩을 계속 본다. 정말 신이 있다면 이런 한심한 인간에게는 벌을 주겠지. 그러나 벌받을 거란 생각 자체가 자의식 과잉이다. 이런 하찮은 인간은 처음부터 거들떠보지도 않을 것이다.

고이치의 손이 멈췄다.

저마다 다른 색깔의 글자들이 갑자기 눈에 들어왔다.

문장이 아니다.

이이이이이는 자자자작고 자자작은 이야기.

이이이 마을 가가테레레레무레레레.

아! 느낌이 왔다. 고이치는 글자를 쭉 훑어봤다. 다 보고 글자를 어느 정도 파악한 다음 수첩을 멀리 떨어뜨려 전체를 바라본다. 이 일을 반복하다 보니 전모가 보이기 시작했다.

이것은 동물이다.

'회색으로 보이는 글자'로 뒤덮인 둥근 배경 한가운데 '노랑으로 보이는 글자'로 그린 삼각 귀를 지닌 동물 그림이 있고 '검정으로 보이는 글자'로 눈, 코, 수염 같은 얼굴 부분이 덧붙여 있다.

아무래도 이야기를 쓰다 지루해진 초등학생이었던 내가 낙서한 듯하다.

수첩을 일단 옆에 두고 가방에서 국어 노트를 꺼낸다. 앞 장을 뒤지니 몇 개월 전 수업 시간에 국어 교사의 얼굴을 낙서한 페이지가 보였다.

의의의의가을에묘하하하게묘하하하한.

검정에 속한 글자로 얼굴과 머리카락을 그리고 피부 부분은 하양, 배경은 회색을 썼다. 다른 사람이 보면 말도 안 되는 글자들의 집합일 뿐이나, 옛날 게임의 도트 그래픽처럼 단순한 얼굴 그림이 그려져 있다.

히라가나와 가타카나에 비해 한자가 적은 이유는 획수가 많아 귀찮기 때문이다. 그래도 한 색으로 같은 글자만 사용하면 그저 같은 글자를 덧칠한 그림이 나오므로 재미없다. 암호 같은 재미를 즐기는 놀이다. 한 가지 색 안에 같은 색의 카테고리에 들어가는 다른 글자를 적당히 흩어놓는다.

그러나 어떤 문자가 어떤 색에 해당하는지는 나도 완벽하게 파악하고 있지 못하다. 단어로서의 배열에 영향을 받지 않고 문자마다 정해진 색이 있는 건 분명한데, 한자까지 포함하면 문자는 너무 방대한 수가 된다.

초기 〈드래곤 퀘스트〉에 나왔을 법한 도트 그림 스타일의 국어 교사 초상화를 바라본다. 이 색에 대응한 글자는 이것과 이

것이란 식으로 역산해 판단할 구조는 내 안에 없다. 이때는 칠판에 적힌 수업 내용에서 글자를 따와 그림을 그리는 데 썼을 것이다. 다시 수첩을 본다. 초등학생 때의 나는 무엇을 팔레트로 이 동물을 그렸을까.

회색 배경 한가운데 있는 동물은 귀가 뾰쪽하게 서있고 꼬리가 두툼하다.

여우. 초등학생. 거기까지 생각했을 때 답이 떠올랐다.

교과서에 실려있던 《장난꾸러기 여우 곤》(니이미 난키치 작가가 쓴 여우와 소년의 우정과 오해를 다룬 동화)이다.

'곤'의 배경을 메우고 있는 글자 안에 등장하는 '시게(茂)'는, 이야기를 전하는 백성 시게히라에서 따온 게 분명하다. 그 한자를 처음 썼는지 '풀 초' 아래 있어야 할 점도 빠져있다. 마침내 기억해 냈더니 후련해져 만족스러운 한숨을 내쉬었다. 기억나야 할 일이 생각나지 않을 때마다 뇌세포가 팔딱대며 죽어간다는 소리를 어디선가 들은 바 있다. 당연히 거짓말이겠으나 사실이라면 곤란하다. 앞으로 소설을 쓰는데 뇌를 혹사할 계획이기 때문이다.

"그게 아니라."

고이치는 혼잣말을 내뱉었다. 이런 생각이나 하고 있을 때가 아니다. 소설의 소재를 찾아야 한다. 또 페이지를 넘기는데 삐걱삐걱 계단 밟는 소리 다음에 노크 소리가 들렸다.

"고이치."

어머니가 복도에서 말을 건다.

"얼른 목욕해. 물 빼야 해."

알았다고 하고 문을 여니 계단을 내려가려던 어머니가 의외라는 표정을 지었다.

"말을 잘 듣네."

원래는 하던 일을 방해받는 걸 정말 싫어한다. 그러나 지금은 마음이 동하지 않았다.

막다른 길에 부딪혔다는 증거다.

욕조에 몸을 담그고 젖은 손으로 눈을 주물렀다.

지금까지 살펴본 소재를 점검한다. 잠정적으로 쓸만한 소재를 꼽자면 '킬러와 사체 처리업자' 이야기다. 화장장 직원이 돈을 받고 화장로를 이용해 범죄 증거를 인멸한다는 아이디어다. 초등학생 꼬마가 이런 아이디어를 냈다고 감탄해야 할지, 자신이지만 기분 나쁜 아이라고 생각해야 할지 모르겠다. 아마도 돌아가신 할아버지의 시신을 태운 화장터에서 착상했을 것이다. 너무 슬펐는데, 그 와중에 이런 생각을 한 것이다. 역시 기분 나쁜 아이다.

킬러를 주인공으로 하고 사체 처리업자 캐릭터도 세우고. 아니, 사체 처리업자를 주인공으로 삼는 게 더 재미있을까. 과거의 내가 쓴 엉성한 이야기를 손본다. 주인공은 어느 날 갑자기 화장장을 상속받는데, 사실은 이 화장장이 비밀리에 사체 처리업무를 해왔음을 알게 된다. 전임자와 킬러가 이미 구축해 놓은 강고한 시스템. 고액의 사례금과 손을 더럽히지 않고 도망치면 죽이겠다는 협박. 킬러가 속속 가져오는 사연 많은 사체에 주인공은 어쩔 수 없이 불법적인 일에 가담한다.

고이치는 목욕물에 얼굴을 담근다. 일렁이는 머리카락이 다시마처럼 얼굴을 간지럽힌다. 잘하면 이야기가 될 듯도 하다.

그건 그렇고 킬러라. 엔터테인먼트 작품에 등장하는 직업 가운데 많은 순서대로 순위를 정하면 1위는 무조건 형사이고, 킬러도 5위 안에는 들지 않을까.

목욕물 안에서 숨을 쉰다. 기포가 뺨을 타고 올라간다.

심사위원은 킬러가 등장하는 순간 "또!"라며 내던질 듯하다. 아니면 너무 빤한 이야기라도 오히려 일단 장르로 성립된 분야라 괜찮을까. 모르겠다. 생각이 또 막혀 미간에 깊은 주름이 잡힌다. 뭔가 중요한 걸 빼먹은 느낌이다. 귓속에서 징징 소리가 울리기 시작한 순간, 고이치는 황급히 목욕물에서 고개를 내밀고 숨을 들이켰다. 호흡을 잊고 있었다. 헐떡이고 있자니 숨이 차분해진다. 좀 더 독창적인 아이디어를 생각해야 해. 우주인이라는 소리를 들었으면서 중요할 때 평범한 발상밖에 못 하는구나.

물에서 나와 샤워는 건너뛰고 그냥 샴푸로 머리를 감는다. 실컷 산소를 들이켰는데도 여전히 뇌가 답답하다. 얼굴을 찡그리며 머리를 힘껏 비비고 있는데 아까 본 여우 곤 그림이 떠올랐다.

글자로 색을 이뤄 보이게 한다는 아이디어, 상당히 독특하고 흥미롭지 않을까.

바로 그 생각을 일축한다. 그리 특별하지 않다. 학교 시간표도 수학은 파란색으로 칠해져 있고 새된 소리라고 할 때 노란 소리라고 표현하기도 하는 것처럼, 세상에는 이런 스타일이 이미 많다. 틀림없이 정도의 차이나 법칙성의 유무는 있어도 다들 가진 감각일 것이다. 그 감각에 효과가 있을 것 같지는 않다. 이점은 놀리고 싶은 마음에 그린 초상화를 아무도 몰라봐서 혼나지 않는다는 정도다.

고이치는 머리 위에서 멀거니 손을 움직였다.

그림이라.

반대면 어떨까?

머리에 떠오른 질문에 맞춰 의미를 생각한다. 반대? 얼핏 엉터리 글자처럼 보이는 글씨를 이용해 그림을 그리는 일의 반대라면, 자기 눈을 통해 의미 있는 문장을 볼 때 어떤 식으로 보일지의 이야기가 될까.

그렇다면 답은 단순하다. 한마디로 말해 곰팡이다. 책을 펼치면 종이 위에 여러 색의 곰팡이가 핀 듯 보인다. 그냥 읽을 때는 그렇게 보이지 않는다, 글자를 분명히 인식해야 비로소 색이 보이므로 아직 안 읽은 부분은 그렇게 보이지 않는 게 핵심이다. 생리적으로 불쾌하게 보이므로 절대 아름답지는 않다.

지금까지 어느 정도의 긴 문장이 그림이나 아름다운 배색으로 그려진 일은 한번도 없다. 언제였더라, TV에서 음이 색으로 보이는 소녀가 기적 소리를 듣고 그린 그림을 본 기억이 있다. 환상적이고 아름다운 그림이었으나, 그 소녀는 내 감각과는 다름을 바로 깨달았다. 강력함이 느껴지는 어두운 갈색과 대조적으로 차가운 색으로 그려진 그 그림은 굳이 말하자면 음과 색을 이미지로 결부하려는 인상이 강했다. 그녀와 나를 비교해 이러쿵저러쿵 평가했다는 게 아니라, 그저 다르다고 생각했다.

내 감각으로 문장을 그림으로 만든다고 해도 보기 좋은 작품이 되지는 않을 것이다. 전위적인 추상화로 받아들여지면 그나마 다행이다.

언어를 사용한 추상화.

샤워기 물을 머리에 댄다. 생각 없이도 수행되는 샤워장에서의 작업은 수첩 앞에서 끙끙대고만 있던 때보다 조금은 더 뭔가를 하고 있다는 변명이 되어 갑갑했던 머리를 가볍게 했다.

어느새 고이치는 머릿속으로 뜨개질하고 있다.

여러 색의 털실로 적당히 한 줄을 떠본다. 바늘을 걸 코를 찾아 잡고 다음 줄을 짠다. 몇 줄쯤 떴을 때 코가 사라졌다. 다시 풀고 새로 뜬다. 이대로 가면 단색의 머플러나 스웨터, 어쩌면 냄비 받침일 수도 있겠다. 어쨌든 뭔가가 나올 것이다. 다시 풀고 두 번째 줄에서 다른 색 털실을 넣는다. 어떤 문양으로 할지는 아직 정하지 않았다. 뜨개질하며 딱 하나 튀어나온 코를 발견했다. 이런 코를 만들 생각은 없었으나 과감하게 바늘을 넣어본다. 베이지색 털실이 아니라 두 번째 줄부터 들어간 다른 색 털실을 통과시킨다.

그러자 갑자기 문양의 이미지가 확 펼쳐졌다.

샤워타월에 비누 거품을 내 목을 닦으면서 머릿속으로 뜬 털실을 과감하게 풀어버린 게 시작이었다.

조금 전까지의 느슨한 뜨개질과 달리 이번에는 처음부터 촘촘하게 뜬다. 떠오른 이미지 그대로다. 뜨개바늘이 멈추지 않는다. 이미 러프한 문장이 되었다. 당연히 그 문장은 좋다. 빌기도 하고 이루어지기도 한다. 두려운 점은 그 내용이 무서운 속도로 도망친다는 사실을 알았기 때문이다. 지금 당장이라도 어딘가로 사라질 것 같다. 꿈의 기억이 잠에서 깬 순간부터 다시는 찾지 못할 곳으로 떨어져 나가는 것과 마찬가지다.

거품 묻은 샤워타월을 수도꼭지에 건다. 목욕탕 문을 열었을 때 뒤에서 철썩, 타월이 바닥에 떨어지는 소리가 났다. 몸 전체를 후딱 닦고 목욕수건을 허리에 감은 채 거실로 걸음을 서둘렀다. 전화기 옆에 있는 메모장과 펜을 들고 선 상태로 테이블에 놓고 플롯을 휘갈겨 적는다. 목욕수건이 떨어지는 느낌이 들었으나 신경 쓸 정신이 없다. 앞머리에서 물이 뚝뚝 떨어진다.

"얘!"

부엌에서 작은 외침이 날아왔으나 고이치는 잠시 눈길을 주었을 뿐 다시 시선을 돌렸다. 물이 든 잔과 수면 유도제를 든 어머니가 화난 목소리로 말했다.

"바……."

"바닥은 나중에 내가 닦을게."

"팬티 정도는 입어라."

"미안."

쓱쓱 적어 나간다. 흥분했다. 빨리 이 이야기를 쓰고 싶다. 이미 몸이 기억하는 흥분 상태였다.

그러나 모든 게 뜨거워도 가슴 한가운데만은 차가운 채 주위의 열을 조금씩 내리고 있다. 차갑고 무거운 돌 같은 게 있다.

이거, 어떻게 될까.

전혀 쓸모없을 수도 있겠다.

그 돌이 하늘로 날아오를 듯한 기분을 누른다. 돌의 무게 때문에 높이 날지 못한다.

고이치는 반신반의라는 이름의 저공비행으로 남은 4개월의 여정을 비틀대며 시작했다.

12

눈 깜짝할 사이에 시간이 흘렀다.

순식간에 시간이 흘렀다.
세월이 쏜살같이 지나갔다.

고이치는 복도 창문으로 보이는 헐벗은 나무와 학년말 시험이 끝난 해방감으로 가득한 학교 분위기에 그런 문장 몇 개를 떠올렸다. 어느 것이나 흔하디흔한 표현으로 소설에는 쓸 수 없다.

문손잡이에 손을 댔을 때 교실 안에 여러 사람이 있는 기척이 나 잠시 망설였으나, 문을 옆으로 밀었다.

세 쌍의 눈동자, 라기보다 렌즈가 일제히 이쪽을 돌아본다.

안쪽 자리에 있는 여학생은 왠지 셋 다 안경을 쓰고 있다. 가장 앞쪽의 은테 안경을 쓴 여학생은 같은 반이었으나 뒤의 두 명은 다른 반이거나 학년인데, 다 얌전한 분위기라 그나마 마음이 편해졌다.

고이치는 그녀들에게서 떨어진 앞자리에 앉는다. 할 일이 없어 스마트폰을 꺼냈다. 잠시 후 인터넷 브라우저만 켜놓은 채 아무것도 보지 않고 있음을 깨닫고는 창밖을 봤다. 흐린 하늘보다 교실이 더 밝다. 유리창에 자기 얼굴이 비친다. 얼굴이 심각하다. 수면 부족 때문이다. 마지막 장면을 쓴 것과 기말시험 기간이 제대로 겹쳤다. 마감까지 남은 약 한 달, 퇴고할 시간을 고려하면 우선순위는 시험보다 소설이었으나 시험에 낙제하면 귀중한 시간을 보충에 써야 한다. 여유를 갖고 수정할 시간을 얻으려면 시험공부도 어떤 의미에서 소설을 쓰는 작업의 일환이었다.

뒷자리에서 웃음이 일어 고개를 숙였다. 자기 얼굴을 물끄러미 보는 모습을 비웃는 듯하다. 피해망상일 수 있으나 웃음소리에 민감해졌다. 보고 싶은 것도 없는데 다시 스마트폰을 보며 기다리는 사람이 오기를 바랐다.

2월 중반까지 소설을 완결시키기로 했다.

그렇게 설정한 덕분에 부지런히 쓴 건지, 아니면 원래는 더 빨리 쓸 수 있었는데 날짜를 넉넉하게 잡는 바람에 시간을 낭

비하며 썼는지는 모르겠으나, 일단 2월 10일에 소설을 완결했다. 예상보다 빠른 진척은 뜻밖이었다. 이번에 처음 해본 플롯이란 놈이 생각보다 까다로워 수없이 벽에 부딪혔기 때문이다.

처음부터 끝까지의 이야기 전개를 간단하게 정리함으로써 소설다운 문체로 본문을 쓰게 하는 게 플롯인데, 막상 해보니 앞뒤가 잘 맞지 않았다. 자연스러운 흐름에 맡기면 애써 끌고 온 전개에서 캐릭터가 툭 탈선해 버린다. 과거 읽은 미스터리에 등장한 과학자가 어쨌든 실험이 중요하다고 주장한 이유를 알겠다. 본문 집필이 실험이라면 플롯은 가설이다. 플롯이 아무리 정교해도 정도는 있겠으나, 결과에는 차이가 나기 마련이다.

그러나 고이치는 그렇게 느끼면서도 플롯에 고집을 부렸다.

인터넷의 창작론 기사를 읽어보면 캐릭터가 제멋대로 움직이는 게 이상적이라는 의견이 많았다. 그러나 마감이 있다. 캐릭터에 맡겨놓았다가 수습이 안 되는 위험부담을 짊어질 수는 없다. 고민 끝에 역시 플롯에 따라 캐릭터를 행동하게 한다는 방침을 선택했다.

그런데 그게 정말 옳은 방법인지 자신이 없었다.

줄거리는 깔끔하게 정리했다. 괜찮은 이야기라고 생각한다. 그러나 석 달 전부터 내내, 배 속에는 문제의 차갑고 무거운 돌이 있고, 그 무게가 자아도취를 억압하고 있다.

어쩌면 말도 안 되는 실수를 저지르고 있지 않을까. 플롯을 관철하는 바람에 부자연스러운 전개가 이루어진 게 아닐까. 무엇보다 이 이야기, 전혀 재미없는 게 아닐까.

일단 어머니의 의견을 들어볼까, 수없이 생각했다.

생각만 했을 뿐 실행에 옮기지는 못했다. 니키 탓에 어머니는 아들의 문학적 재능을 믿고 있다. 여기서 또 배 속의 돌이 막고 나섰다. 어머니가 실망할 정도의 완성도는 절대 아니라고 생각하는데, 막상 읽게 하자고 생각하면 배 속의 돌이 무거워졌다. 의견을 줄 다른 사람을 찾다가 반장의 얼굴을 떠올렸으나 바로 포기했다. 아무리 그녀가 자신에게 걸었다고 해도 석 달 전, 몇 년 만에 잠깐 대화했을 뿐인 상대에게 의지하다니, 한심하다. 무엇보다 그녀가 소설을 읽는다고 상상하면, 어머니를 상정했을 때의 돌이 바위가 되었다.

시간이나 때울 겸 스마트폰으로 스팸 메일을 지우고 있는데 입구 문이 열렸다.

니키가 원통 모양의 난로를 안고 있어서 얼굴의 반만 내밀고 서있다. 난로 위에 파일을 올려놓았다. 손을 뒤로 돌려 문을 닫고 뒷자리에 대고 뭐라고 말했다.

"동아리 활동은 동아리 방에서! 지금부터 여기는 내가 써야 하거든."

아, 네. 알겠습니다! 세 여학생은 돌림노래라도 하듯 대답하고 책상에 늘어놓은 펜과 종이를 정리해 뒷문으로 나갔다.

니키가 고이치 근처에 난로를 내려놓았다.

“고장 나서 조무원님에게 수리를 부탁해 가져왔어.”

“그래요…….”

묻지도 않았는데 떠들어서 그렇게 대답할 수밖에 없다. 동시에 그런 식으로 슬쩍 친근하게 나오는 태도에는 넘어가지 않겠다고 생각했다. 만나면 좀 더 팽팽한 긴장감을 느낄 줄 알았다. 니키는 옆 미술 준비실에서 플라스틱 통과 펌프를 가져와 난로에 불붙일 준비를 시작했다. 고이치는 일단 니키에 보조를 맞추기로 했다.

“방금 재들 뭐예요?”

“미술 동호회. 그러니까 정확하게 동아리 활동은 아니야. 우리끼리 얘기인데, 이대로 동아리로 승격시켜 주고 싶지 않아. 지금 내가 고문이야. 동호회 고문은 아무것도 안 해도 되는데, 동아리가 되면 그럴 순 없지.”

익숙하게 등유를 난로로 옮긴다.

“미술부는 축제만 되면 죽을 만큼 부림을 당한다고. 도대체 어떻게 된 일인지 반쯤 만화 연구회처럼 되었는데 저 애들, 남학생이 들어오고부터 동아리실을 거의 쓰지 않아. 아마도 남자가 없는 게 더 재밌나 봐.”

니키가 난로 스위치를 돌렸다. 연소통 부분이 오렌지색으로 바뀌기를 지켜보며 학생용 책상을 옮겨 고이치와 마주 보는 형태로 놓았다.

고이치가 말했다.

"정말 당당해지셨네요."

니키는 다른 학생들이 있었는데도 자신과 단둘이 미술실에 남은 것이다. 니키는 교탁에 놓은 파일을 들어 휘리릭 넘겼다.

"대의명분이 생겼잖아?"

니키가 의자를 움직여 고이치 앞에 앉았다.

"자, 시작해 볼까?"

시험 전에 원고를 넘겼을 때, 니키는 잠자코 받았다.

아무 설명이 없더라도 그는 자신이 어떤 요구를 받고 있는지 이해한 듯했다. 자신을 협박하는 인간의 편리를 봐줄 의리는 니키에게 없다. 그러나 니키는 요구받은 역할을 순순히 받아들였다. 그의 생각은 잘 모르겠으나 어쩌면 양심의 가책일 수도 있겠다.

반 애들의 괴롭힘이 심해졌기 때문이다.

그것은 불가사의한 형태로 시작되었다.

일단, 쉬는 시간에 고이치 자리 주위로 남학생들이 몰려들었다.

가운데 고이치를 앉혀놓고 대화를 나누거나, 때로는 자연스레 고이치에게 화제를 돌렸다. 이제까지 없던 자연스러운 분위기였다. 처음에는 의아했는데 점차 어쩌면 아이들에게 '소설가'라는 카테고리로 받아들여져 나만의 장소가 생겼나 싶었다. 사이가 좋아져서 기쁘다고 생각하지는 않았으나 나름 괜찮다고는 느꼈다. 사람과 교류하면 '평범함'을 배울 기회가 늘어날 테니까.

그런데 상황이 조금씩 이상해졌다.

툭툭 건든다. 고이치가 싫은 내색을 비치면 이런 게 흐름이라면 웃는다. 어이, 라는 구호와 함께 주먹을 내민다. 그 주먹에 내 주먹을 대는 걸로 응하면 살랑살랑 손을 M자 모양으로 흔들어 피하고 반대 손으로 뺨을 때렸다. 그리 아프지는 않았다. 그러나 굴욕적이었다. 그날 요시다의 반감을 산 게 원인임을 깨달았을 때는 이미 친구인 척하며 웃는 얼굴들에 둘러싸여 도망칠 곳이 없었다. 이전과는 확연히 다른 집요함이었다.

"너, 그거지? 아스퍼(자폐 스펙트럼 장애의 한 유형인 아스퍼거 증후군의 줄임말)라는 거."

언젠가 쉬는 시간에 그중 하나가 말했다.

"아닌데."

"아니면 뭔데? 병원에서 진단이라도 받았어?"

"응."

"진짜!"

그 자리에 있던 모두가 폭소를 터뜨렸다.

얼굴을 잔뜩 구긴 채 녀석이 말했다.

"네 부모, '큰일 났다! 우리 애가 버그네.' 그렇게 생각했구나?"

그 말에 다시 웃음이 일었다. 그중에는 숨이 넘어가듯 웃는 녀석도 있다. 너무 기분이 나빠 자리를 뜨려고 했는데 남학생들이 내 어깨를 붙잡아 자리에 앉혔다.

"바로 이런 거야. 지금 얘기 중이잖아. 이래서 네가 아스퍼라는 거야."

아스퍼거증후군이 뭔지나 아는지 묻고 싶었으나 관뒀다. 그 세 글자 줄임말에는 상대에게 상처를 주겠다는 의도밖에 없다. 이런 장면에서 올바른 정보를 물어봤자 소용없다는 사실만은 익혀서 다행이다.

요시다가 멀리서 말했다.

"소설 쓴다며? 농담도 알아야지."

역시 소설이 화제로 등장할 때가 제일 화가 난다. 고이치는 그 무렵에 이미 요시다라는 인간의 어떤 부분을 이해하기 시작했다. 처음에는 유독 소설로 괴롭히는 요시다를 보며 그쪽에 무슨 원한이라도 있는가 했다. 그게 아니라 이 녀석은 상대가 가장 싫어하는 부분을 간파하는 데 누구보다 특화되어 있다. 언젠가 니키도 인간은 장점을 발휘하고 싶어 하는 법이라고 말했다. 요시다의 가학성도 그게 원인일지 모른다. 요시다 역시 자기 능력의 방향성을 잘못 잡은 사람일지 모른다. 요시다가 어떤 방향으로 가야 할지는 잘 모르겠지만.

일이 이렇게 된 이유는 니키 때문이다.

물론 나 같은 성격은 언제 이렇게 되었어도 이상할 건 없다. 그러나 상황이 누군가의 기분 하나로 변한다는 사실을 안 지금은 어떤 순간에도 의연하게 있고 싶다고 생각하기 시작했다.

자신감이 필요해.

상에 대한 욕심이 더 강해졌다.

니키는 어머니에게 엉터리 논리로 상황을 수습하고 자기 평화를 지키려고 나를 소설에 묶어두려 했을 뿐이다. 그사이 만화도 몇 작품 그렸겠지. 니키는 결단코 괴롭힘이 심해지는 상황까지 바라지는 않았을 것이다. 그러나 그렇게까지 나쁜 사람은 아니라고 미화할 마음은 없다. 그저 그는 내 행동을 자기 생활 밖에 두려고 했을 뿐이다.

소설을 완결하자마자 니키에게 건넨 이유는 달리 의지할 만한 사람이 없었기 때문이다. 가령 그런 이유가 없었더라도 그에게 평가를 부탁했을 것 같다. 이전에는 자기 속셈을 감추고 소설을 평가했는데, 과장은 있었어도 새빨간 거짓말은 아니었다. 꼼꼼히 읽고 구체적인 의견을 주었다. 처음 들었을 때는 화가 났던 비판도 이번 소설을 쓰면서 요소요소 생각이 나 충분히 이해했다. 니키를 원망하면서도 이상하게 그에 대한 신뢰도 조금씩 자라났다. 그 사람 자체에 대한 신뢰가 아니다. 의견의 정확함에 대한 것이다.

앞으로 한 달밖에는 안 남았으나 지금이라면 어느 정도는 고칠 수 있다. 건물이라는 기초 부분에 결함이 없기만을 바랄 뿐이다.

"이번에도 오탈자와 단어 중복은 없네."

니키는 책상에 원고를 놓고 입을 열자마자 사소한 부분을 짚었다.

"이게 글자가 색으로 보이는 것과 관계가 있어?"

"글쎄요."

"어쩌면 교정이 더 어울릴 수 있겠다. 글자만 수정하는 일이지만."

"완성도가 나쁘다는 말을 돌려 하는 건가요?"

"아냐. 좋았어."

단언이었으나 그냥 그렇다는 말로 들려 기분이 어두워진다. 얼굴에는 드러내지 않았으나 니키에게 전해진 모양이다.

"좋은 작품이야."

"진짜요?"

질문이 아니라 순간적인 반응이었다.

"퇴고할 때 참고하려고 감상을 들으려는 거니까 신경 쓰인 부분만 말할게. 장점도 알려주는 게 수정할 때 참고가 될 텐데, 지금부터 말하는 점 빼고는 다 좋았어. 정말로."

니키의 말투는 어딘가 냉랭했다. 그러나 마음에도 없는 싹싹한 분위기는 아니다. 어떻게 태도를 부드럽게 해야 할지 몰라 벽을 만든 느낌이다.

"사소한 것보다 큰 부분부터 말하는 게 좋겠지?"

"부탁할게요."

니키가 원고 표지로 시선을 떨어뜨렸다.

“마지막에 갈등하던 둘이 화해하잖아?”

“네.”

“부자연스러워.”

단두대 같은 말이다. 살인적이라는 의미가 아니다. 직감적으로 지금, 최대한 빨리, 가장 적은 고통으로 인도되었다고 느꼈다.

“역시.”

거의 마지막이라면 비교적 수정이 쉬운 곳이기는 하다. 그러나 생각한 결말에 문제가 있다는 점은 상당히 곤란한 일인데도 이상하게 안심이 된다. 다른 사람의 의견을 들을 때 나타나는 내 마음의 반응으로 본심을 알 수 있는 듯하다. 나도 마음에 들지 않았던 모양이다.

“정말, 마지막 장면 쓰느라 많은 시간을 들였는데.”

“나도 네임을 올릴 때 막히는 경우가 있어. 그럴 때는 대체로 인물의 심리에 무리가 있더라고.”

“맞아요. 확실히 무리였죠.”

“왜 화해에 집착했어?”

“그편이 대비가 되어 결말에 어울릴 듯해서. 형식미랄까. 시시한가요?”

“아냐.”

니키가 시선을 옆으로 돌린다.

“난 형식미 좋아해. 성인만화 작가이고.”

니키의 말에 고이치가 살짝 당황하자 니키가 의아한 표정을
지었다.

"왜?"

"아니, 평소에 수업하는 미술실에서 그런 말이 나와서 놀랐
달까."

"전에는 옆방에서 롤리콘이니 실컷 떠들어 놓고."

그러기는 했다. 그러나 그때는 니키의 입에서 그쪽 용어가
튀어나올 때마다 오히려 나는 득의양양했었다. 그때와 지금이
다른 점은……. 고이치는 저도 모르게 책상 오른편에 놓아둔
스마트폰을 만졌다.

"큰 부분은 이게 다야. 자, 지금부터는 사소한 부분을 짚어
볼게."

니키가 원고를 펼쳤다. 얼핏 보기에 메모지가 열 장 정도 붙
어있다. 펼친 페이지에 붙은 정사각형 메모지에는 특징적인 글
씨가 빼곡하게 적혀있다.

"이번 이야기는 회화가 소재여서 걸리는 부분은 다 적었어.
다시 읽어봐."

본문 옆에 붙은 메모지에는 '드리핑 기법을 처음 쓴 사람은
플록(미국 추상표현주의 대표 화가 잭슨 플록)이 아니다. 정확하게
는 자넷 소벨이라고 하는데 이 밖에도 여러 설이 있다. 적어도
단언은 피할 것'이라고 적혀있다.

"일단 너도 찾아봐. 이렇게 자세한 내용까지는 필요 없을지

모르지만. 그러나 이미 썼으니까 할 수 있는 데까지 알아봐도 손해 볼 건 없잖아."

고이치는 메모지가 붙은 페이지를 차례로 넘겨 주의 사항을 읽었다.

"그러고 보니 미술 선생님이었구나."

"그럼 뭔 줄 알았어?"

"국어 선생님이나?"

"아, 그래?"

니키는 얄미운 소리를 흘려 넘기며 눈길을 피한다.

다른 페이지에는 캔버스를 붙이는 순서와 유화물감 특유의 테라핀 냄새 등과 관련된 지적이 있었다. 이후는 거의 이해가 어렵거나 장황한 문장을 고친, 간단한 첨삭이었다.

틀림없이 니키도 나름대로 자신이 해버린 거짓말을 사실로 만들려 노력하고 있다. 부자연스럽다고 알릴 때 최대한 내게 상처를 주지 않으려 한 것도, 그 한마디에 작가의 마음이 꺾여 응모를 단념할까 봐 걱정했기 때문일 것이다. 보호자에게 말한 허풍대로 학생이 행동하는 게 거짓말이라도 끝이 좋다.

"대체로 이 정도야."

그 말에 시계를 보니 니키가 오고 시간이 얼마 지나지 않았다. 오히려 기다린 시간이 더 길었다.

"질문 있어?"

기어이 수상할 수 있겠냐고 물으려 했다. 명백히 어리석은 질문이다.

"뒤는 쉽게 고칠 수 있는 점들이라 다행이에요. 전개에서 거슬린 점은 또 없나요?"

"없어."

"다행이다."

니키는 그 말을 듣고 자리에서 일어나 난로 옆에 앉았다. 무엇을 보는지 한참을 가만히 있다가 말했다.

"이제 곧 봄방학이네."

나이를 먹으면서 시간이 빠르게 흐르는 느낌이라고 한다. 봄방학은 마감과 거의 같은 시기로 3월 말에 시작된다. 그러나 앞으로 한 달 가까이 남은 시간에 '이제 곧'이라는 감각이 든 것은 이때만큼은 고이치도 마찬가지였다.

니키가 난로의 불을 줄인다. 등유 냄새가 났다.

"그 사진 말이야, 언제 지워줄 거야?"

갑작스러운 질문이다. 그러나 이렇게 니키의 도움을 받은 이상, 언젠가는 이 화제가 나오리라고 예감하고 있었다.

그런데도 말이 나오지 않는다.

"왜 그래?"

니키가 말했다.

"없는 걸 있는 척할 때는, 늘 태도만은 자신만만했어. 아니면 설마, 정말 있어?"

순간, 머리가 따라가지 못했다.

어떻게 나갈지 결정하지 못해 생긴 침묵이 이미 너무 길었다.

"어…… 무슨 뜻인지 잘."

한심한 짓임을 알면서도 까다로운 표현이라 무슨 말인지 모르겠다는 시늉을 하는데, 니키가 설핏 미소를 짓고 이쪽을 보는 모습에 갑자기 모든 게 바보처럼 여겨졌다.

"언제부터?"

"중간쯤부터 대충."

"알면서 왜?"

"글쎄, 난 소설가가 아니라 말로 표현하기가 힘드네. 그렇지만, 음."

니키가 등을 돌렸다.

"아마도, 롤리콘인 나를 얄팍한 상식으로 공격하는 넌, 내게 세상 그 자체이지 않았을까?"

"세상?"

"응."

니키는 이미 열이 식어 연소통이 본래의 색으로 돌아온 난로를 내려다보며 말을 이었다.

"난 내 성정체성으로 세상과 싸울 마음이 없어. 그래도 많이 쌓여있었나 봐. 직접 겪지는 않았더라도 세상에 넘치는 '롤리콘은 죽어'라는 말이 날 두들겨 팼고, 실제로 소아성애자가 일으킨 사건이 뉴스에 보도될 때마다 그 사실이 나를 때렸어. 어쩔 수 없다고 생각했어. 그래도 줄곧 세상에 하고 싶은 말이 몇

가지 있었어. 전에 내 종교 얘기, 했었지? 내가 그 계율을 지키는 한 세상을 향해 주장할 권리가 있다고 생각해. 옛날이나 지금이나. 물론 말하지 않겠지만."

니키가 주머니에 한 손을 넣었다.

"그때 네가 나타났고, 난 처음으로 내 언어로 되받아쳤어. 성가신 녀석 사진을 샌드백에 붙이고 때린 사람은 바로 나였어."

니키가 고개를 젓는다.

"근본이 어두워. 그런데 그런 일을 계속할 이유도 지금은 없어졌고."

사진 이야기겠지. 고이치는 스마트폰으로 손을 뻗으려는 자신을 발견하고 원래 자리로 손을 거뒀다. 자신이 앞으로도 이 관계를 유지하고 싶은지는 미지수다. 어떤 의미에서, 지극히 평범한 표현을 빌리자면 내가 니키를 동경하고 있음을 깨달은 순간부터 어떻게 하면 저 사람처럼 세상을 살 수 있을지에 마음이 갔다.

"도쿄의 대학에 진학하려고요."

고이치가 말했다.

"여기 있는 동안 '평범함'이란 무엇인지 관찰하고, 새로운 환경에서는 지구인 가죽을 뒤집어쓸 거예요. 선생님처럼 진짜 나를 유지한 채 평범한 척하려고요. 게다가 여기 시골은 조금만 이상해도 눈에 띄는데 다른 장소라면 의외로 이상한 사람도 드물지 않은 느낌이에요. 보세요. 이런 데 두 사람이나 있잖아요."

니키를 본다. 웃고 있다.

"왜요?"

"너무 생각이 짧아."

"뭐요? 그럼, 어떤 생각이 현명한데요?"

"아냐. 넌 그 맹렬하게 돌격하는 성격으로 의외로 잘 해낼 거야. 그 모습을 생각하면 웃겨서. 이렇게 매번 소설을 완성하는 걸 보면서 생각했어. 그렇지만 말이야."

니키가 말한다.

"그런 척하는 거 쉽지 않아."

"알아요."

고이치의 대답에 니키는 심각한 표정을 지었다.

"자신을 끊임없이 꾸며야 하는 일은 상당히 정신적인 부담이 커."

끈질기게 잔소리하는 니키가 갑자기 노인네처럼 보여 고이치는 시선을 돌리고 말았다.

"각오했어요."

"각오로는 어림없어. 그런 한심한 것에 기대 연기를 계속하면 사람은 망가져."

"그럼, 어떻게 해야 하는데요?"

"네게는 아직 부족한 게 있어."

정말 웃기는 소리다. 부족한 것투성이라는 점은 너무나 잘 알고 있다. 그런데 니키의 말은 마치 부족한 조각은 딱 하나라는 식으로 들린다.

"그래요? 좀 가르쳐 주실래요?"

"자신을 좋아하는 것."

고이치의 입이 벌어졌다. 말도 못 하고 입이 웃는 형태가 되었다가 불만스럽게 일그러졌다가 다시 소리도 없이 변형되었다.

니키는 그런 고이치에게 등을 돌리고 주머니에 꽂고 있던 한 손을 뺐다. 열쇠 다발이 쥐어져 있다. 이제 슬슬 가자는 뜻이었다.

미술실 밖으로 나오니 기온 차이에 뺨이 당겼다. 고이치는 문을 잠그는 니키의 뒷모습을 보면서 생각했다.

마지막으로 쓸데없는 말을 들었다. 애매한 정신론이다. 지금 내게 필요한 점은 분명 대인 관계를 좀 더 실용적이고 영리하게 꾸려가는 패턴이다.

복도의 딱 중간에 미술실이 있다. 두 방 앞 교실에서 남녀가 뒤섞인 웃음소리가 들렸다. 시험이 끝나 동아리 활동을 재개한 문화부일 것이다. 조금 전 미술 동호회 방일지도 모르겠다.

고이치는 중얼거렸다.

"소설 결말을 어떻게 하지?"

니키가 문단속하며 말한다.

"억지로 하지는 마."

열쇠 다발을 손가락에 건 채 양쪽 손바닥을 맞대는 시늉을
한다.

"마지막까지 에고와 에고가 부딪쳐도 괜찮지 않아?"

"그렇겠죠?"

고이치는 대답하며 2월의 복도 공기에 흩어지는 하얀 입김
의 행방을 눈으로 좇는다.

"소설, 정말 재밌었어. 실은 계속 즐기고 싶었어."

"내가 쓴 소설을?"

"누가 쓰든 재미있는 건 재미있지."

니키는 그럼 가겠다고 말하고 교무실과 가까운 출구로 향했
다. 고이치가 내려가는 계단과는 반대 방향이다. 고이치는 일
단 인사하고 그에게 등을 돌린 채 걷기 시작했다.

니키는 끝내 나를 이해하지 못했다고 느꼈다. 자신을 좋아하
라니, 어이가 없다. 그런 이야기를 들을 필요도 없이 나는 자기
애만은 강하기 때문이다. 내가 제일 소중하다. 위악을 떠는 게
아니라 다른 사람에게 뭔가를 해준다는 건 내가 확실히 선 다
음에야 비로소 가능하다고 생각하기 때문이다. 인생, 사는 게
힘들다면 스스로 철학을 해야 한다. 나의 철학은 그것이다. 즉,
지금은 자기중심주의다. 그게 옳다. 고이치는 주머니 속의 스
마트폰을 움켜쥐었다. 난로가 켜진 실내에 놓아뒀던 기계는 미
지근해서 마치 인간의 체온 같아 흠칫 손을 떼고 말았다.

13

"괜찮아. 나, 올해 첫날 신사에 가서 다이나카가 수상하게 해 달라고 빌었어."

반장이 드링크 바의 밍밍한 주스를 빨대로 저으면서 말한다.

생각해 보니 올해는 아직 한번도 신사에 가지 않았다. 그렇게 말하니 반장이 "뭐?"라며 눈을 동그랗게 떴다.

"벌써 5월인데?"

소설의 마지막 퇴고에 봄방학 대부분을 바쳐 응모하고, 새 학기가 시작되었나 싶었는데 벌써 중간고사 기간이 찾아왔다. 마라톤을 완주한 근육통이 가시지 않았는데 또 달려야 하는 심정이다.

공부하려고 들어간 저녁 시간대 패밀리레스토랑에서 아는

사람과 만나지 않으려고 화장실과 드링크 바의 동선까지 꼼꼼하게 점검하고 가장 안쪽 자리에 앉았음에도 잔을 든 그녀에게 발각되었다. 다른 그룹과 와서 떨어진 자리에 있었다고 한다. 다른 학교 친구와 함께 왔다는 이야기를 듣고 안심한다. 동시에 그녀가 다른 사람 눈을 의식하지 않고 건너편 자리에 앉은 것도 이해가 갔다.

"새해 첫날에도 안 가?"

"아냐. 철든 후로 늘 갔어. 올해 처음 안 갔지. 늘 할머니가 가자고 하거든."

"오히려 올해야말로 수상 기원하러 가야 하는 거 아냐?"

"응. 그렇지. 어쩌다."

고이치는 테이블에 펼쳐진 교재를 괜스레 만지고 있다. 진흙 묻은 새 발자국이 찍혀있는 페이지가 나타나 심장에 무거운 액체가 흘러드는 느낌이다. 아무 일 없는 척 교재를 덮는다. 반장이 보지 못하게.

"해야 할 일을 다 하지 않고 신에게 비는 일은 좀."

"그렇지만 이제 응모도 끝났잖아. 왜 아직 안 갔어?"

"가기는 갔어."

반장은 고개를 기울인다. 고이치는 말을 잇는다.

"원고를 출판사에 우편으로 부치자마자 T 신사에 갔어. 도리이 앞까지 갔는데 통과하지는 못했어."

"왜? 사람이 많았어? 새해여서?"

고이치는 암담한 마음으로 거짓말한다.

"갑자기 속이 안 좋아서 돌아왔어."

"에이……."

반장이 굳은 표정을 짓는다.

"왠지 겁났구나. 오지 말라는 소리를 들은 것처럼."

"그냥 기분이겠지. 만약에 신이 있다면 인간 하나에 그렇게 신경 쓸까."

"너, 의외로 영감이 있어?"

"아냐. 그런 식으로 먼저 말한 사람은 너야."

고이치는 얼굴을 찌푸리면서도 내심 편안해지는 걸 느낀다.

평소 대화할 기회는 거의 없으나 반장과 있으면 나쁜 일로 상처 입은 부분이 메워지는 기분이다.

좋아하는지도 모르겠다.

아니, 어쩌면 그녀는 내 볼품없던 과거를 아는 인물이라 그녀에게 잘 보임으로써 어떤 만족을 얻으려는 것일 뿐일지도 모른다. 고이치는 눈썹을 찌푸렸다. 그 설이 훨씬 설득력이 있다.

"어떤 소설을 썼어?"

반장의 이야기에 정신을 차린다.

"말 못 해."

"왜? 수상하면 책으로 나오고 잡지에도 실릴 텐데. 그때는 다 읽을 수 있잖아. 물론 그때도 읽을 거야. 그렇지만 궁금하단 말이야. 알려줘."

고이치는 눈을 내리깔고 묵비권을 지키겠다는 태도를 드러냈다. 시야 밖에서 반장이 안력을 힘껏 활용하고 있음을 알았으나 고이치는 말없이 필통에서 튀어나온 샤프만 만지작거렸다. 쥐기 편한 손잡이가 달려서 조금 비싼 샤프다. 고등학교 들어올 때부터 썼는데 얼마 전 새로 사서 지금 손에 있는 샤프는 두 자루째다. 이전 샤프는 요시다의 졸개들이 벽에 던져서 망가졌다. 쪼개진 잔해가 벽에 부딪혀 튀는 모습을 보고는 꽝이라며 웃는 그들의 얼굴이 떠오른다.

"……어떤 이야기인지 그렇게 궁금해?"

고이치의 물음에 반장은 웃으면서 그렇다고 대답했다. 대강의 줄거리를 정리해 이야기하기 시작했다.

"한 추상화가의 작품을 둘러싼 이야기야."

반장은 눈알을 한 바퀴 돌리고 이해하려는 태도를 보였다.

"추상화라면 피카소처럼 사람 얼굴을 이상하게 만드는 거나, 물감을 적당히 뿌리는, 이렇게 말하면 미안하지만 애들도 그릴만한 그림이지?"

고이치는 대충 인정한다. 추상화의 정의는 그냥 넘기고 이야기를 진행하는 게 낫겠다.

"그 화가는, 맞아. 정말로 물감을 함부로 쓴 듯한 더러운 그림……이랄까, 거의 모양에 가까운 그림을 그려. 오래된 목욕탕에 가면 크기도 색깔도 제각각인 돌을 깐 바닥이 있잖아? 살아있는 동안 계속 그런 느낌의 작품을 발표했어."

“안 팔릴 것 같은데.”

“잘 팔렸어. 엄청나게 고가로.”

그래? 반장이 흥미진진한 듯 목소리를 높였다.

“소설의 무대는 그 화가가 갑자기 죽은 20년 뒤야. 주인공은 화가의 손녀. 남긴 작품은 대부분 미술관이나 수집가의 소장품이 되었지만, 집에는 할아버지가 사용한 화실이 그대로 남아있어. 그리고 어느 날, 손녀가 화실을 청소하다가 이상한 책을 발견하면서 이야기가 시작돼. 책 자체는 별다를 게 없는 고전소설이었는데, 한 글자씩 위에 물감으로 색이 칠해져 있어. 기존 소설에 할아버지가 색을 칠한 거지.”

“재밌어지네.”

반응이 상당히 좋다. 고이치는 자연스레 말이 빨라졌다.

“손녀는 처음에는 의미를 몰라 방치했어. 그러다가 문득 그 책에 있는 색깔과 글자에 법칙이 있음을 알아내고, 법칙에 따라 할아버지 작품과 비교해 보니 문장이 된다는 사실을 알았어. 그리고 깨닫지. 이 책은 할아버지가 자신만을 위해 만든 색과 글자의 역순사전(Reverse dictionary, 단어의 순서가 일반 사전과 반대로 배열된 사전)임을.”

“어머나!”

“사전을 찾으며 그림에 숨겨진 문장을 해석하는데 그 내용이 상당히 위험한 거였어. 초기, 아직 작품이 주목받지 못한 시기를 기록한 글은 풍경이 아름답다거나 시적인 감정을 노래한 좋은 느낌의 글들이었는데, 잘 팔리기 시작한 때를 경계로 완전히 바뀌었어. 할아버지를 유명한 화가로 만든 작품은 한 부호의 아내가 의뢰해 그린 그림인데, 그 그림에 숨겨진 글은 부인이 상당히 에로틱한 눈빛으로……."

고이치는 입에 제동을 걸었다. 설명을 줄이기로 한다.

"……깜짝 놀랄 정도로 저속한 데다 모델의 특징을 조롱하는 악의에 찬 내용이었어. 그런데 그림을 아주 마음에 들어 한 그 부인은 아무것도 모르고 집에서 가장 잘 보이는 곳에 걸어놓았지. 할아버지는 점점 높은 평가를 받았고. 이상하게도 다른 사람들은 겉으로 봐선 알 수 없었을 텐데도 위험한 내용을 담은 작품일수록 평가가 좋았어. 숨겨진 내용의 문제성과 평가가 비례하는 기이한 법칙을 할아버지 본인도 이해했던 듯 새로운 작품을 발표할 때마다 내용은 점점 심각해졌어. 아이를 사고로 잃은 친구를 위해 아이의 이름을 넣어 '○○○의 추억'이라는 제목을 붙인 작품은, 사실 그 아이를 경멸하는 내용의 작품이었고, 할아버지가 작품을 위해 사람을 죽인 게 아닌지 의심할 정도의 내용도 있었어."

아이 대목에서 반장이 눈살을 찌푸렸다. 안색을 살피며 계속 이야기한다.

"손녀는 당연히 그 사실을 숨기려 해. 가족의 명예가 걸린 일이니까. 그런데 할아버지 작품을 소장한 아트 딜러가 비밀을 눈치채. 아까 말한 역순사전이 화실에서 나왔을 때 아직 그 의미를 몰랐던 손녀는 믿음직한 딜러에게 그 책을 보여줬거든."

"그랬구나!"

"남자는 그림에 숨겨진 비밀을 공표하려 해. 여전히 고가로 거래되고 있다고는 해도 이미 이 화가의 전성기는 끝났어. 충격적인 사실이 나오는 게 오히려 화제가 되어 가치가 오르리라 생각해서."

고이치는 대충 정리한 줄거리의 포장지 테이프를 손가락으로 눌러 뗐다. 똬리를 튼 뱀처럼 눌려있던 이야기가 힘껏 튀어나왔다.

"다음은 공방전이야."

"어떻게 되는데?"

"처음에는 비밀을 지키려는 쪽과 공표하려는 쪽을 번갈아 쓰면 재미있겠다고 생각했어. 그런데 응모 원고에는 매수 제한이 있어서 더 들어가는 건 포기했어. 결과적으로는 더 나은 구성이 되었어. 어떻게 되는지 궁금해?"

"엄청!"

"그럼, 수상해 잡지에 실리면 읽어."

에이! 반장의 목소리를 무시하고 고이치는 고개를 숙여 포장지를 찢었다.

반장이 말한다.

"이거 하나만 알려줘. 로맨틱한 요소도 있어?"

"없어. 연애도 없고 주인공 둘은 끝까지 갈등해. 이 정도로는 지루할까?”

“아니, 그렇진 않아. 정말 재밌어. 그런 이야기를 용케 생각했네.”

“고마워.”

“지금 그 태도는 뭐지? 나, 진심인데!”

“그래.”

반장은 능숙하게 한쪽 눈썹만 치켜세웠다. 반응을 의심하고 있다.

“나, 칭찬을 잘 못해. 어떻게 표현하면 좋을까? SNS라면 좋아요를 100만 번 눌렀을 거야.”

반장은 이것도 애매하다며 고개를 저었다. 고이치는 정신없이 손짓발짓하는 반장을 보며 충족감을 느꼈다. 새로 산 샤프를 테이블 구석으로 굴린다. 소설 이야기를 하는 건 즐겁다. 현실에서 벗어날 수 있고 유일한 특기를 칭찬받으면 힘이 솟는다.

반장이 갑자기 음식이 목에 걸린 시늉을 한다. 괴로운 듯 목 앞에서 손을 움직였다.

“아. 그거.”

“응?”

과장된 제스처에 웃고 만다.

“아, 단어가 나오지 않아. 뭐지? 영화였는데……. 다, 어쨌든 D로 시작했는데…….”

반장은 손바닥을 펼쳐 고이치에게 내밀고 반대 손으로 머리를 감쌌다. 한참 그 자세로 가만히 있다가 마침내 손가락을 튕기며 말했다.

"다빈치 코드!"

후련한 표정이다.

"와, 그립다! 옛날에 DVD로 봤어. 내용이나 자세한 건 다 잊었는데 네 이야기랑 비슷하네. 유명한 그림에 어떤 메시지가 숨겨져 있다는 게."

반장은 턱을 괴고 시선을 멀리 던졌다.

"재밌었어. 기억해. 지금까지 아무렇지도 않게 봐온 것에 실은 비밀이! 그런 부분이 좋았어. 그래서 더 다이나카의 소설이 기대되네. 분명히 내가 좋아할 내용이라."

고이치는 최대한 자연스럽게 입을 열었다.

"그렇게 비슷해?"

"안 봤어?"

"보지도 읽지도 않았어."

그 말에 반장은 "그 영화, 소설이 있었구나"라고 말했다.

고이치가 말했다.

"유명해서 대강은 알아."

그래도 베끼지 않았다는 말은 하지 않았다. 진심이었으나 그 말까지 하면 자신이 심각하게 동요하고 있음을 반장이 알아차릴 듯했다.

"발표가 기다려지네."

반장은 그렇게 말하고 깍지 낀 두 손을 앞으로 뻗었다.

"선생님이 심사는 몇 단계가 있다고 했어. 이제 곧 최종 결과 발표가 있을 텐데."

선생님이란, 새 담임이 된 국어 담당 교사를 가리킨다. 니키가 전에 말한 대로 수험을 치르는 학년은 필수과목 교사가 담당한다. 니키는 2학년 3학기부터 더는 고이치가 상에 응모한다고 주위에 떠벌리는 일은 중단했으나, 그 소문은 자연스럽게 새 담임에게도 전해졌다. 자신도 과거에 문학상 가작을 받았다는 새 담임은, 니키가 담임 자리를 떠난 지금도 요소요소에서 상에 대해 말해 모두가 상의 응모 과정을 잊지 않게 하고 있다.

"1차 심사겠지." 고이치가 말했다. "언제였는지 잊었어."

"찾아볼 의미는 없을지 모르지만 그래도 일단은 체크해 봐. 자기 이름을 보면 아무래도 기분 좋잖아. 기분 좋으면 공부 효율도 오르고."

반장은 테이블 옆에 쌓아둔 교재를 눈으로 가리켰다.

"그럴게. 그런데 친구들 저렇게 놔둬도 괜찮아? 나도 슬슬 공부하고 싶은데."

"아, 미안해. 오래 눌러앉아 있었네."

반장은 잔을 든 채, 또 만나자고 손을 흔들고는 다시 드링크 바로 향했다.

혼자가 되자 테이블에 있는 물건들을 정리한다. 기둥 너머로 보이는 드링크 바에서 반장이 음료수를 따라 원래 자리로 가는 모습을 지켜본 후 자리에서 일어섰다.

자전거를 밀면서 집까지 걷는다. 주위는 이미 캄캄했다.

머릿속에서 목소리가 울린다.

비슷하네.

너, 안 되겠어.

반장의 말에 요시다가 던진 말이 뒤섞인다.

쓰면서 그 유명한 작품이 전혀 머릿속에 떠오르지 않은 건 아니다. 그러나 내 작품이 베낀 게 아님은 누구보다 내가 잘 안다. 이번 아이디어는 완전히 다른 데서 얻었고 무엇보다 다빈치 어쩌고를 읽은 적도 없다. 줄거리를 대강 아는 정도다.

그런데도 반장이 비슷하다는 이야기를 했을 때, 오랫동안 두려워하던 말을 들은 느낌이 들었다.

읽은 사람은, 어떻게 생각할까.

반장처럼 '비슷해'라는 감상이 제일 먼저 떠오를까. 고이치는 고개를 저었다. 어떤 것과도 비슷하지 않은 작품은 없다. 그 작품의 내용을 미리 확인해 둘까도 생각했다. 그러나 일부러 읽지 않았다. 알고 나면 비슷해지는 걸 피하려고 너무 애쓰다가 쓰고 싶은 걸 쓰지 못할 듯했다.

어쩌면 그것은 태만이고 불성실함이었을지 모른다.

그런 사람의 작품은 1차 심사에서 떨어지겠지.

그렇게 생각한 순간 고이치의 발걸음이 빨라졌다. 점차 종종 걸음이 되더니 그대로 자전거에 올라타 달리려는데 몸의 힘이 빠졌다.

사실은, 1차 심사 결과 발표날을 알고 있다.

모레다.

반 친구 대부분이 잊더라도 담임이 괜한 소리를 지껄일 것이고, 안 그래도 틀림없이 요시다가 결과를 물으러 올 것이다. 3학년이 되어서인지 반 학생들은 고이치를 괴롭히는 일에 전처럼 관심이 없었는데, 요시다는 최근 들어 오히려 뱀처럼 끈질기게 굴었다. 요시다는 까불대면서도 상당히 공부를 잘한다. 소문으로는 A등급 대학을 친다고 들었다. 수험 공부의 스트레스를 입으로 푸는 건지도 모른다. 수상은커녕 1차 심사에서 떨어지면 요시다와 반장은 어떤 표정을 지을까.

상 받을 생각으로 시작한 일인데 지금은 상당히 한심한 생각이나 하고 있네.

모레, 학교에 테러리스트라도 쳐들어오면 좋을 텐데.

어린아이 같은 생각이 진지하게 떠올라 씁쓸하게 웃고 만다. 붙박이장 속 수첩에 그런 이야기가 적혀있었다. 아이디어가 초등학교 때에서 전혀 발전하지 않았네.

타이어가 지면을 스치는 소리가 나고 차가 옆을 지나갔다. 눈부신 라이트 불빛에 절로 눈이 감긴 직후 퍼뜩 자리에 멈췄다.

빛을 받아 모습을 드러낸 것은, 밭 가운데 선 눈알 모양의 새 쫓기용 풍선이었다. 평소에는 신경도 안 쓸 익숙한 물건이 왜 오늘은 나를 보고 있는 것 같을까. 고이치는 고개를 숙였다.

집에 도착하자마자 욕실에서 손을 씻었다.

흐르는 물에 손을 담그고 있자니 웬일로 외롭다는 생각이 들어 거실 TV를 켰다. 식탁에 앉아 테이블에 엎드린다. 비닐 식탁보에 오른뺨이 착 달라붙은 채 TV에서 나오는 소리를 듣고 있는데, 쉬는 시간에 자는 척하는 자신이 떠올라 기분이 나빠졌다. 리모컨을 가지러 가는 것도 귀찮아서 주머니에 있던 이어폰을 귀에 꽂았다. 귓구멍에 꼭 맞는 커널형 이어폰은 꼽기만 해도 귀마개 역할을 한다.

고이치는 거의 무음에 가까운 상황에서 생각했다.

1차에서 떨어지면 어떻게 하지? 이 고민부터 때려치우자.

좀 더 긍정적인 생각을 하자.

이제 어떻게 하면 스트레스 가득한 이 상황에서 벗어날지가 관건이다.

소설을 쓰기 시작하고 한 가지 지론을 얻었다. 이야기 속에서는 등장인물이 곤경에 처한다. 작가인 자신이 그런 상황으로 몰아넣는다. 그리고 거기서 빠져나오게 하는데 어떻게 상황을 타개할지가 상당히 고민이다. 뇌가 넷으로 갈라질 만큼 힘들었다.

이런 어려운 일을 해냈으므로 내 현상을 타개할 방책도 생각할 수 있을 것이다.

이야기를 쓰든 안 쓰든 앞으로 계속해야 하는 일이다. 앞으로 대학생이 되고 사회인이 되고 더 나아가 죽을 때까지 말이다.

드럼과 베이스 소리가 귀에 닿았다. TV에서 시끄러운 음악 소리가 나오고 있다. 이어폰 귀마개는 고음은 차단해도 골을 울리는 저음은 막지 못한다. 고이치는 스마트폰으로 지금 들리는 음악을 지울 곡을 찾았다. 적당한 곡을 골라 이어폰을 스마트폰에 꽂았을 때 갑자기 어떤 생각이 들었다.

쩍쩍 소리를 내며 식탁보에서 뺨을 떼어낸다.

웅모한 작품의 행보랄까, 지금의 나는 손써볼 수 없는 문제를 옆으로 미뤄둔 덕분인지 최근 몇 개월 만에 머리가 맑았다. 오히려 최근에는 생각하는 힘을 잃고 있었던 느낌이다. 이렇게 단순한 패턴의 발상조차 할 수 없었으니까.

마음이 가벼워졌다.

감정의 격차가 너무 크다는 사실을 깨닫는다. 올라갔다 내려갔다, 이는 곧 불안하다는 소리다. 결국, 수상은커녕 1차 심사도 통과하지 못할지 모르고, 이대로 가면 내일 또 요시다에게 당할 것이다. 이런 상황이 이어지면 정말로 마음이 망가질지 모른다. 그렇다고 학교에 안 간다는 선택지는 없다. 결론적으로 자신은 지금 있는 장소에서 할 일을 해야만 하고, 그것은 틀림없이 여기가 아닌 장소로 가기 위한 올바른 노력일 것이다.

14

4교시 수업 중, 고이치는 교사 몰래 스마트폰을 열었다.

어젯밤 날짜가 바뀐 순간부터 내내 열어놓은 신인상 홈페이지에는 아직 1차 심사 통과자를 발표하는 페이지 링크가 등장하지 않고 있다. 오늘 안으로는 발표할 것이다.

고이치는 결의를 다지고 오른쪽 위 새로고침 버튼을 터치한다.

로드 중임을 나타내는 파란색 바가 쭉쭉 늘어난다. 화면이 하얘진 순간, 심장이 졸아들었다.

나타난 화면에는 아까와 마찬가지로 링크는 없다.

고이치는 안도했다. 이런 일을 아침부터 수없이 되풀이하고 있다.

수업의 끝과 점심시간의 시작을 알리는 종이 울렸다. 고이치는 화면을 끈 후, 교과서를 책상 속에 넣고 사물함에서 꺼낸 도시락을 자리에 펼친다. 창고 뒤로는 쉽게 갈 수 없게 되었다. 만에 하나 누군가에게 들키면 유일한 안식처를 잃는다.

혼자 먹는 점심은 빠르다. 몇 분 만에 도시락을 다 먹고 이어폰을 귀에 끼운 다음 책상에 엎드렸다. 영국 아티스트의 오래된 곡이 귓속에서 울린다. 인트로의 베이스 음이 지붕에서 떨어지는 빗방울 같다고 생각하는데, 제목과 같은 가사가 시작되기 직전 이어폰이 귀에서 빠졌다.

시작이구나.

고개를 든다. 졸개를 거느린 요시다가 눈앞에 서있다. 손에 든 이어폰을 최면술사의 추처럼 흔들고 있다. 잠자코 있으니 머리 위로 이어폰을 떨어뜨렸다. 고이치는 말없이 이어폰을 주워 다시 귀에 꽂고 자리에서 일어났다. 교실 밖으로 나가려는데 문 앞에서 갑자기 누가 옆구리를 들이받았다. 얼굴부터 벽에 부딪혀 저절로 신음한다. 몸을 돌렸을 때 상대가 너무 가까이 있어서 숨이 막혔다. 요시다의 팔이 몸의 양옆으로 뻗어와 고이치를 가둔다. 근처에 있던 동그란 얼굴의 여학생이 두려워하며 이쪽을 보고 있는 모습이 요시다의 팔 너머로 보였다.

요시다가 나를 벽에 밀어붙인 채 그 여학생에게 웃어 보인다.

"봤지? 벽치기."

여학생이 애매하게 웃는다. 요시다가 말했다.

"좋아해도 돼."

여학생이 징그럽다는 표정을 지었다.

"그건 아냐."

"다카하시, 이런 거 좋아할 거 같은데."

"에이! 안 좋아해!"

두 사람이 대화하는 동안 고이치는 이어폰을 귀에서 뺐다. 코드를 정리해 주머니에 넣을 때 요시다가 이쪽으로 몸을 돌려 긴장했으나 주머니 안에서 스마트폰 잭 플러그를 뽑는 데 성공했다.

"비켜."

고이치는 요시다의 팔을 밀었다.

"건들지 마!"

벽을 친다. 고이치는 미간을 찌푸리고 요시다의 팔 밑으로 나오려 몸을 굽혔다.

요시다의 눈이 크게 벌어진다.

"이거 무슨 짓이야! 뎀프시 롤(Dempsey roll, 복싱 챔피언의 이름이 붙은 기술로 몸집이 작은 선수가 상체를 좌우로 움직여 상대의 공격을 피하고 펀치를 날린다)이야?"

요시다의 말에 졸개들이 웃음을 터뜨린다.

"《더 파이팅(모리카와 조지 작가의 권투 만화로, 소년 마쿠노우치 잇포가 왕따에서 권투선수로 성장하는 이야기)》의 주인공 잇포네."

요시다가 말하고 주위를 둘러봤다.

"예! 마쿠노우치! 마쿠노우치! 다카하시도 해!"

동그란 얼굴의 여학생은 여전히 영문을 모르겠다는 표정으로 시키는 대로 손뼉을 쳤다. 요시다의 목소리에 맞춰 주위에서 몇 명이 "마쿠노우치!"를 연호한다. 의미를 영 모르겠다. 〈달러의 호랑이〉처럼 다들 참 아는 것도 많다.

연호에 맞춰 요시다 일당이 묘한 동작을 시작했다. 파이팅 자세를 취하고 상하좌우로 몸을 흔든다. 저걸 보고 있자니 그런 이름의 복싱 만화가 있었던 것 같다고 생각한 순간 주먹이 어깨를 파고들었다.

아프다.

아주 많이.

몸을 움츠리는데 다른 쪽 어깨로 주먹이 날아들었다. 그대로 번갈아 어깨를 얻어맞는다. 너무 아파 소리도 내지 못하고 벽에 등을 대고 주르륵 주저앉았다. 억지로 일으켜 세워졌다. 다시 어깨를 난타당해 이번에는 무릎을 앞으로 짚었다. 주먹을 휘두르는 남학생이 고이치를 내려다보며 말했다.

"난 왠지 이런 자세만 보면 조건반사적으로 '샤이닝 위저드(shining wizard, 무릎 꿇은 상대에게 달려가 무릎으로 상대 얼굴을 타격하는 레슬링 기술)'를 날리고 싶더라."

놀란 요시다가 목소리까지 뒤집으며 말했다.

"얼굴은 위험해. 몸을 때려, 몸을."

"무슨 소리야?"

"〈긴파치(1979년부터 32년간 방송된 청소년 드라마)〉의 준코,

몰라?”

“내가 어떻게 알아? 네 개그 소재가 한물간 건 알겠다.”

고이치는 두 사람의 대화를 슬쩍 보며 일어나 교실을 둘러봤다. 반장은 없다. 이런 상황이 되면 그녀는 어느새 사라지고 없다. 만약 자신과 반장의 성별이 반대이거나 같았다면 경멸했을 것이다. 그러나 지금은 그녀가 없는 게 오히려 고맙다. 이런 모습은 보이고 싶지 않다.

고이치는 말했다.

“야.”

아무도 듣지 않는다. 요시다의 졸개는 오른쪽 무릎을 올리며 영차, 하고 무릎 각도를 정하고 있다. 고이치는 조금 전보다 목소리를 높였다.

“야! 이제 이런 짓 좀 그만해라!”

주위가 웃음의 여운을 남기고 조용해졌다. 고이치는 얼굴이 붉어졌음을 깨달았다.

“이런 짓?”

요시다가 말했다.

“뭐지? 너, 네가 괴롭힘당하고 있다고 생각해?”

“그래.”

긍정하기에는 분했으나 감정을 죽이고 말했다.

요시다의 표정이 심각해진다.

“장난과 괴롭힘의 차이를 알기는 해?”

“차이고 뭐고.” 고이치는 더듬더듬 말했다. “도가 지나치잖아.”

“있잖아? 장난은 상대가 싫어하는 순간 괴롭힘이 돼. 개그의 신 맛짱(개그 콤비 다운타운의 멤버 마쓰모토 히토시의 애칭)이 그렇게 말했어. 즉, 네가 싫어했으면 장난으로 끝났어. 네 잘못이야.”

“우.”

고이치의 입에서 이상한 소리가 흘러나왔다. 하마터면 ‘우와!’라고 말할 뻔했기 때문이다. 엄청난 논리였다.

요시다가 말한다.

“너는 그렇게 바로, 네 맘에 드는 도식에 끼워 넣지.”

“도식이라니, 무슨 소리야?”

“나는 바보들에게 괴롭힘당하고 있다. 나는 특별해서 평범한 사람들과 어울리지 못한다. 그렇게 이야기를 만드는 게 좋아서 소설을 쓰겠지. 네가 쓰는 소설에서 우리는 어떤 틀에 박혀 그려질까. 소설 속에서는 네가 신이고 아무도 함부로 말하지 못하겠지. 정신 승리, 아니지 망상 승리인가?”

고이치는 할 말을 잃는다. 틀린 말도 아니나 결정적으로 뭔가 다르다. 나 같으면서도 내가 아닌 인물상에 뱃멀미와 비슷한 어지럼증을 느꼈다. 동시에 요시다의 강한 자의식에 놀랐다. 고이치의 소설에 자신을 투영한 캐릭터가 등장하리라는 전제가 너무나 자연스럽다. 게다가 망상 승리?

"망상은 누가 하는데?"

고이치가 말했다. 부메랑에 맞아 죽어라. 속으로 덧붙인다.

"너, 오늘 어깨에 힘이 잔뜩 들었다. 뭐, 전부터 이래저래 잘난 척 오지더니."

요시다가 눈을 흘긴다. 고이치는 무릎을 털었다.

"마음에 안 든다는 건 알았어."

"또 나왔다. 바로 그거야. 자기가 튀어나온 말뚝인 양 말하는 거."

"조심할게. 아니, 되도록 말하지 않을게. 그러니까 더는 신경 쓰지 마."

"네가 입을 꾹 다물고 있어도 기분 나쁜 건 마찬가지야."

"그럼 어떻게 해야 하는데?"

고이치는 요시다를 노려봤다.

"어떻게 해야 직성이 풀리겠냐? 뭐든 말해봐."

말하면서 문뜩 생각했다. 이는 언젠가 니키가 자신에게 냈던 '숙제'와 똑같다.

요시다가 비웃었다. 나를 한심하게 여기고 있다. 그 마음은 안다. 무슨 짓을 해서라도 끝내고 싶은 사람은 괴롭힘을 당하는 쪽일 뿐이다. 괴롭히는 쪽은 만족할 때까지 계속 괴롭힐 뿐이다. 근저에는 어떤 욕구가 있을 테지만, 스스로 그 정체를 아는 사람은 그리 많지 않을 것이다.

그런데 의외로 요시다는 생각에 잠긴 듯 보였다. 고개를 돌리고 있다. 그리고 드디어 요시다가 말했다.

"맞다. 너, 우리랑 한 약속 계속 안 지키고 있잖아?"

고이치는 기억을 더듬었다. 설마 그 말인가?

"30퍼센트 덤과 어쩌라는 말?"

"그것과 〈달러의 호랑이〉에서 건 돈 말이야. 어, 얼마였더라? 15만 엔인가?"

그 말을 들은 순간, 고이치의 머리에서 찌릿 차가운 게 흘렀다.

아드레날린이다.

의도치 않게 좋은 흐름이 왔다. 고이치는 감정을 들키지 않도록 조심하며 말했다.

"전보다 액수가 늘었네."

"이자야."

그럴 줄 알았다. 숨을 쉰다.

"15만 엔도 안 낼 거야."

"그러면 30퍼센트 덤과 해."

"싫어."

"뭐든 한다며? 뱉은 침을 삼킬 셈이야?"

"다른 사람을 끌어들이는 일은 좋지 않아."

"하기는, 상대가 너라면 개도 거부할 거야."

요시다의 말에 잔잔한 웃음이 일어난다. 요시다의 졸개가 "개 동정 좋아해서 달려들걸?"이라며 요란을 떤다.

“30퍼센트 덤은 일단 놔둬.”

요시다가 말한다.

“돈이라면 낼 거지?”

고이치는 요시다의 온몸을 다시금 살폈다. 학교 지정 교복. 그러나 가죽을 엮어 만든 벨트와 다른 소재가 복잡하게 얽힌 운동화는 아주 비싸 보인다. 돈이 없어 보이지 않는데, 패션을 좋아해 꾸미느라 돈이 많이 드나.

“왜 돈이 그렇게 필요한데? 다 나누면 각자는 얼마 안 되잖아?”

정말 궁금했다. 니키에게 원하는 게 뭐냐는 질문을 받았을 때 자신은 아무것도 생각나지 않았기 때문이다. 요시다가 한쪽 발로 체중을 이동시키고 사뭇 점잖게 말했다.

“너, 개를 키워본 적 있냐?”

“없는데.”

“가져오라고 원반 같은 걸 던진 적은?”

“없어.”

“그렇다면 넌 몰라.”

그게 뭐야. 그렇게 생각하면서 입을 열었다.

“돈으로 끝난다면⋯⋯, 그걸로 나를 그냥 놔둔다면 낼게. 그렇지만 실제로 난 지금 그만한 돈이 없어. 반도 안 돼.”

“너 바보냐? 그런 건 부모에게⋯⋯.”

요시다는 그렇게 말하다가 입을 닫았다.

모든 손짓과 몸짓을 멈추고 이쪽을 보고 있다. 눈만이 살살 미세하게 움직이고 있다. 고이치는 뒷덜미의 털이 곤두서는 느낌이 들었다.

말도 안 돼. 설마!

요시다가 입을 열었다.

"야마모토. 쟤 좀 잡아."

고이치의 몸이 살짝 휘었다.

야마모토가 어리둥절한 목소리를 냈다.

"어, 왜?"

그 순간, 고이치는 근처에 있던 남학생을 밀치고 교실 문으로 달렸다.

다른 사람에게 난폭하게 군 것은 처음이다.

복도로 튀어나와 앞뒤 가리지 않고 왼쪽으로 달렸다.

도망칠 수 있다. 지난번에도 따돌렸다. 그렇게 자신을 다독이며 말을 듣지 않는 다리를 채찍질한다. 절대 잡힐 리 없다. 화장실에 뛰어들어 개인실 문을 걸어 잠그고 몇 초만 시간을 벌면 내가 이긴다.

주머니 속에서 스마트폰 앱이 녹음하고 있었다.

원래 스마트폰에 깔려있는 앱이 아니라 따로 받아놓은 것이다. 잭에서 플러그를 뽑으면 소리 없이 작동해 바로 녹음을 시작한다.

잡혀서는 안 된다.

드디어 요시다가 내뱉은 공갈과, 다음은 뭐였더라? 여성과의 성관계를 강요하는 증거, 이게 죄가 되기는 할까? 어쨌든 이것을 인터넷에 저장할 때까지는.

그리고 또 다른 음성 파일을 깨끗하게 삭제할 때까지.

남자 화장실까지 수십 미터쯤 남았을 때 쫓아오는 발소리가 무섭게 다가왔다. 바로 뒤까지 왔다. 화장실에 도착하기 전에 붙잡히고 만다. 고이치는 화장실 바로 앞에서 오른쪽으로 꺾었다. 계단이다. 하나씩 내려가다가는 추격당할 것이다.

고이치는 층계참을 향해 힘껏 점프했다.

억, 목구멍에서 소리가 울렸다.

찰나의 순간, 그 몇 초 동안 아픈 데가 목인지 등인지 허리인지 알 수 없었다. 고통이 온몸을 정신없이 내달렸다. 입에서 피맛이 나 실수로 혀를 씹었다는 사실을 깨달았다.

"너 말이야."

요시다의 목소리가 위에서 떨어진다. 눈앞에 요시다의 스니커즈가 있다. 층계참을 향해 뛰기 직전 계단 위 복도 바닥에 나를 쓰러뜨리고 지금 뒤에서 내 목을 조르고 있는 녀석은 야마모토일 것이다. 고이치는 헉헉거리며 옆구리와 목에 둘려진 팔을 떼어내려 한다. 목이 졸려 머리가 터질 것 같다.

"무슨 짓이야!"

여성 교사의 목소리가 났다.

"아, 잠깐 노는 중이에요."

요시다가 말했다.

"그런 위험한 놀이는 그만해!"

"죄송해요. 돌아갈게요."

양쪽에서 단단히 어깨를 잡고 일으킨다. 설렁설렁 교사를 구슬리는 요시다의 목소리를 들으면서 고이치는 교실로 끌려온다. 목이 막히고 기침이 터져 말이 나오지 않는다. 뒤에 있는 교사는 내 발이 바닥에서 살짝 떠있는 게 이상하지도 않나?

쉬는 시간이 끝나기 직전이라 학생들은 거의 교실에 들어와 있었다.

키가 큰 두 사람에 끼여 축 늘어진 빨래 같은 모습으로 교실 입구에 나타난 고이치를 보고 자리에 앉아있던 반장의 눈이 휘둥그레 커진다. 요시다가 고이치를 칠판 쪽으로 내던졌다. 교탁 옆에 서있던 여학생 두 명이 바퀴벌레가 날아들 때처럼 비명을 지르며 피했고, 고이치는 비틀대며 칠판에 부딪혔다. 요시다가 고이치의 엉덩이 주머니에서 빼앗은 스마트폰을 만진다. 손을 뻗어 빼앗으려 했으나 요시다가 그 손을 가볍게 피하는 바람에 고이치의 손은 허공을 갈랐다. 스마트폰 스피커에서 부스럭부스럭 마찰음이 들린 후 조금 전 나눈 대화가 재생되었다.

"음흉한 캐릭터나 할 짓이야."

요시다가 녹음된 자기 목소리에 귀를 기울이면서 말했다.

“이걸로 나를 위협할 생각이었어?”

“아니야.”

이것을 억지력으로 삼을 생각이었다. 나를 뇌두기만 하면 달리 바라는 바는 없다.

“내가 대학 추천 전형이었으면 효과가 있었겠지. 아, 그렇지만 이거 미묘하게 위험한 내용이 들어있네. 일단 삭제, 삭제.”

요시다는 그렇게 말하며 손가락을 움직인다.

“다른 것도 있네. 살금살금 녹음했나 봐.”

“지울게!”

그렇게 말하며 요시다에게 달려든다. 순간 배에 충격이 왔다. 요란한 소리를 내며 다른 학생의 자리에 무너진다. 요시다의 빨간 스니커즈 바닥이 눈앞에 있다.

“다음부터는 매번 신체검사야.”

아주 천천히 얼굴이 짓밟힌다. 고통을 주겠다는 것보다 신발 바닥의 오물을 얼굴에 묻히겠다는 의도가 전해진다. 결국, 다음은 뭘까? 생각하고 있는데, 찍혔으니까 자기도 찍겠다는 요시다의 목소리와 함께 셔터 소리가 울렸다. 고이치의 뇌에 ‘녹음’과 ‘촬영’이라는 한자가 난무했는데, 그 글자들은 기묘하게도 요시다의 운동화 바닥과 같은 빨간색으로 보였다.

문득 요시다가 다른 목소리를 냈다.

“뭐지?”

고양이를 어르는 듯한 소리였다. 요시다가 여학생에게 말할 때와 같은 목소리다. 얼굴에 묻은 더러움을 손으로 닦고 눈을 뜬다.

반장이 요시다의 두 팔을 잡고 있다.

"이건 지나쳐."

반장이 굳은 목소리로 말했다. 요시다가 웃는다.

"먼저 잘못한 건 이 새끼 아냐? 몰래 녹음했다고."

"그렇게 만든 건 너잖아?"

"야, 시마자키. 녹음 들었잖아? '뎀프시 롤'이라고 말했을 때 이 녀석이 《더 파이팅》을 알고 분위기를 맞췄으면 즐겁게 끝나는 거였어. 남자들이라면 《더 파이팅》 정도는 마스터해 둬야 하는 만화라고. 그런 공통 소재를 가르쳐 준 거야. 그래야 다음에는 이 녀석도 '아니!'라고 반응해야 한다는 걸 알지. 우리가 이제까지 한 일은 다 그래서야. 이 녀석이 제멋대로 피해자 의식을 품고 우리를 이상한 사람으로 만들려고 해서, 그게 아니라고 가르치는 거라고."

"다이나카가 사람 대하는 방법을 더 배워야 한다는 건 맞아."

반장이 말한다.

"그런 부분은 주위 사람과 교류하지 않으면 알 수 없지. 다이나카가 사람과 전혀 어울리지 않는 것보다는 더 낫겠다고 생각했어. 그렇지만 이렇게 남의 자존심을 짓밟는 건 아니야. 좋은 방향으로 바뀌는 게 아니라 왜곡될 뿐이야. 네가 정말 선한 의도로 행동한다고는 아무도 생각하지 않아. 아무리 네 성격이 더러워도 이해득실을 조금이라도 생각한다면 그만해.”

놀라움보다, 그녀의 이야기 내용을 이해하기보다, 그 무엇보다 당장 멈추라고 이야기하고 싶은 마음뿐이다. 이런 타이밍에 ‘반장’으로 돌아가지 말아줘. 그녀와 어울렸다는 사실을 요시다가 알면, 그는 반드시 그녀를 끌어들이는 벌을 내릴 것이다. 다른 사람이 제일 싫어하는 일을 기가 막히게 알아내는 녀석이다.

반장을 보는 요시다의 눈이 점점 가늘어진다. 마침내 실처럼 가늘어졌을 때 아래 눈꺼풀이 쑥 부풀더니 초승달 모양이 되었다.

“말을 엄청나게 잘하네. 평소에는 딸깍딸깍 교정기로 우물대기만 하더니.”

반장의 얼굴이 순식간에 붉어진다.

그 광경을 본 순간, 몸의 저 깊은 곳에서 불꽃이 튀었다.

화차의 레일을 억지로 바꿀 때 생기는 금속 불꽃이다. 뇌라기보다 가슴 언저리에서, 이전에는 경험하지 못한 감정이 서로 연결되기 시작했다.

“고치고 있잖아!”

갑자기 나온 고이치의 큰 소리에 굳어있던 반장의 몸이 흠칫 떨렸다.

“시마자키는 열심히 고치고 있다고. 사과해!”

고이치는 바닥에 엉덩이를 댄 채 소리쳤다. 요시다가 고이치를 기이한 눈으로 봤다.

"뭐야, 너. 갑자기."

"사과해. 지금은 준비 기간이라고. 안 좋게 볼 건 하나도 없어. 비웃지 마."

고이치의 목소리는 갑자기 들끓었던 감정의 반동으로 점점 낮아지고 툭툭 끊겼다. 요시다만이 아니라 거의 전원이 뜬금없이 화내는 고이치에게 놀란 듯하다.

요시다가 고이치와 반장을 번갈아 본다.

"아, 그랬어!"

뭔가 오해한 듯 웃음이 섞인다.

"그게 아니야."

얼굴에 핏기가 가신다. 실패를 통감했다. 요시다가 이상한 오해를 하게 해서 그녀에게 피해가 가게 생겼다.

"그게 아니라…… 내 생각은……."

얼버무리려고 생각나는 대로 말을 엮어 나간다.

"뭐야? 똑똑히 말해. 이 멍청한 새끼야."

"이제 곧 수업이 시작되니까……."

"뭐?"

더는 어떤 말도 생각나지 않았다. 요시다는 비웃더니 흥미진진한 눈빛으로 반장을 본다. 반장은 최대한 강한 표정을 짓고 있었으나 입가가 굳어있다.

"아, 됐다. 여러 의미에서 딸깍이들끼리 친한 것도 당연하지."

요시다는 그렇게 말하고 목을 돌려 소리를 냈다.

다들 처음에는 상황이 여전히 긴박한 건지, 이미 해결된 건지 판단이 서지 않는 듯했다. 그러나 이윽고 문제가 수습되었음을 깨달았는지 하나둘씩 자리에 앉기 시작했다.

요시다는 한참 고이치를 응시하다가 손으로 시선을 떨어뜨리고 화면에 손가락을 올린다. 남은 음성 데이터를 삭제하려는 것이다.

고이치는 군침을 삼키고 손가락의 움직임을 바라본다.

"아, 지우기 전에 일단 들어볼래?"

갑자기 요시다 옆에서 화면을 들여다보던 야마모토의 태평한 목소리에 고이치는 눈을 부릅떴다.

"그렇기는 하다."

"내 목소리, 녹음으로 들으니 기분 더럽더라. 일단 확인하고 싶어."

"그게 이유야?"

요시다가 손가락을 움직인다.

고이치는 오른손을 앞으로 내민다.

"아……."

교실에 음성이 흐르기 시작했다.

이번에는 마찰음 없이 담배 연기를 내뱉는 소리부터 시작되었다.

내가 처음으로 사람을 좋아한 건 초등학교 4학년 때였어.

"이게 뭐야? 우리 목소리가 아니네."
야마모토가 말한다. 요시다도 처음에는 의아한 표정을 지었
는데 다시 야마모토가 입을 떼려는 순간 쉿, 하고 제지했다.

상대는 같은 반 여학생. 이른 첫사랑이라 조금 당황하기도 했
지만 귀여웠으니 어쩔 수 없었어. 같이 하교만 해도 좋았어.
내가 점점 커서 중학생이 되었는데도 귀엽다고 여겨지는 상
대는 어린 여자아이였어.
천벌 받을 예를 들어볼까. 식년 천궁이라는 말 알아?
난, 아무리 어떤 여자아이를 좋아해도 일정 나이가 지나면 남
자처럼 보여. 그리고 정신을 차려보면 어느새 또 다른, 묘목 같
은 새로운 여자아이를 좋아하지.
쓰레기지?
고민 많이 했지.

음성이 흐르기 시작하고 끝날 때까지 고이치는 안간힘을 다
해 머리 위로 손을 뻗고 있었다. 손가락 끝에서 몇 센티미터 안
되는 곳에 요시다가 스마트폰을 들고 있다. 요시다는 입을 다
물라는 의미로 다른 손 검지를 입에 댄다.
갑자기 툭 끊어지듯 목소리가 끝났다.

반 전체가 침묵한 채 요시다의 손을 보고 있다.

불가사의하게도 엄숙한 광경이었다.

요시다가 입술에서 천천히 손가락을 떼고 말했다.

"이거, 니키 아냐?"

15

오늘 마지막 수업이 있는 미술실로 간다. 내가 도망치지 못하도록 요시다가 내 팔을 잡고 있다. 사형대에 끌려가는 나는 죄인 같고 반 친구들의 줄은 군대 행진 같다. 피의 축제에 희생양으로 적을 바칠 마음에 평소보다 더 크게 발을 구르고 있는 듯하다. 이게 바로 요시다가 말한 망상 승리란 걸까. 실제로 다들 무슨 생각일까.

미술실에 도착한다. 가장 뒤 창가 자리에 앉게 했다. 옆에는 요시다가 앉았다.

원고를 발송한 그날, 신사 도리이를 통과하지 못했다.

신이 머문다는 자리에서부터 발이 움직이지 않았다.

니키의 말을 계속 녹음했다. 요시다에게 사용한 방법과 똑같이. 있지도 않은 증거 사진을 대신할 욕심에 시작했다.

상을 못 받았을 때 내 체면을 유지하는 방법으로 데이터의 존재를 생각한 게 언제부터일까. 적어도 요시다가 괴롭히는 증거를 녹음하자고 생각한 그저께보다는 전이다.

안 좋은 내 뉴스 대신 다른 스캔들을 퍼뜨려 사람들의 시선을 돌린다.

즉, 니키의 성정체성 폭로라는 충격적인 소동을 일으키는 것이다. 학교에 테러리스트가 들이닥쳤는데 수상 결과를 궁금해할 녀석은 없다.

그래서 니키의 비밀을 녹음한 데이터를, 게다가 내 목소리가 들어가지 않은 부분만을 소중히 보관했다. 그 녹음을 정말 쓸 마음이었냐고 하면 아마 거의 아니었을 것이다. 니키는 '이상함'을 지닌 채 살아남은 생존자다. 니키는 계속 그렇게 살아남아야 한다. 니키의 존재가 백일하에 드러나는 일은, '척'은 언젠가 폭로된다는 사실을 의미한다. 니키는 내가 생각한 그대로 연기를 계속해야만 한다. 데이터를 공개할 마음은 없었다. 그러나 홈런을 쳐야 하는 상황에 쫓긴 나머지 녹음 데이터를 정신적 부적으로 움켜쥐고 있었던 것도 사실이다. 녹음 데이터는 여차 싶으면 모든 걸 날려버릴 폭탄이었다.

처음 소설을 쓴 원동력은 '초록색 소설'에 나온 '존'을 가엽게 생각한 마음이었다. 그렇다면 나는 누군가를 불쌍하게 여기거나 공감하는 감정을 분명히 갖고 있다는 소리다. 그런데 왜 허구의 등장인물에게는 따뜻한 마음이 있으면서, 현실 인간에게는 이토록 박정할까.

네게는 아직 부족한 게 있어. 니키가 말했다.

그것은 결코, 자신을 좋아하는 것 같은 게 아니다. 내게는 좀더 다른 부족함이 있는 게 분명하다.

그날의 내게, 신사 도리이는 배 속에 숨긴 위험한 존재에 버저를 울리는 방범 문이었다. 신심이 깊지도 않은데, 앞으로 다시는 신사에는 못 갈 것 같다.

아무것도 모르고 미술실로 다가오는 발소리가 출구 너머에서 들려오는 듯해 고이치는 질끈 눈을 감았다.

그러나 아무래도 환청이었던 모양이다.

칠판 왼쪽 옆의 미술 준비실 문이 열린다.

동시에 종이 울리고 니키가 문에서 훌쩍 모습을 드러냈다.

"대단하네. 오늘은 다 모범생이야."

니키는 이미 전원이 자리에 앉은 모습을 보고 말한다.

"이 분위기로 끝까지 잘해서 호리 선생님을 기쁘게 해드려라. 그럼, 지난주에 이어 정물 데생을 하겠다. 지난번과는 최대한 다른 형태의 소재를 선택하자."

니키가 교탁에 네모난 화분을 놓는다.

"이것 말고도 준비실에 더 많으니까 자유롭게 선택해. 소지품을 이용해도 돼."

아무도 움직이지 않는다.

고이치는 니키의 얼굴을 볼 수 없어 고개를 숙였다.

한 여학생이 정적을 깼다.

"저……."

조심스러운 목소리였다. 아까 고이치를 놀려대던 무리 속에 있던 동그란 얼굴이 떠올랐다.

"왜?"

"아뇨. 아무것도 아니에요."

여학생은 니키가 되물은 순간, 작은 동물이 자기 둥지로 도망쳐 들어가듯 얼른 발언을 철회했다.

옆에서 요시다가 움직였다. 힐끔 살핀다. 가볍게 인사라도 하듯 손을 들고 있다.

"말해봐."

니키가 허락하자 요시다가 입을 열었다.

"선생님, 롤리콘이에요?"

고이치는 무릎 위에 올린 주먹의 엄지손톱을 바라봤다.

앞머리가 찌릿했다. 니키의 시선이 이쪽으로 향한 듯하다. 니키는 지금 어떤 표정을 짓고 있을까. 도통 무슨 소린지 모르겠다는 듯 의아한 표정을 짓고 있을까, 어리둥절한 얼굴로 얼버무리고 있을까. 아니면 학생들 앞에서는 한번도 보여준 적 없는 무표정일까.

요시다가 말했다.

"아니, 4월에 새로 들어온 젊은 여자 선생님 있잖아요? 아주 키가 작고 동안인 사람. 얼마 전 조례 때 선생님이 그 사람과 즐겁게 얘기하고 있더라고요. 그래서 생각했어요. 저 사람은 우리 마돈나라고요. 그러니까 선생님은 관심 끄세요. 신사협정 을 맺자고요."

고이치는 마음속으로 내뱉었다.

비열하다.

이 녀석과 닮은 인간을 안다.

요시다가 말한, 개에게 원반을 던져본 적 없는 사람은 모르 는 기분을, 나는 모른다. 그러나 단순한 예로 들자면 요시다는 지금, 자신이 던진 원반에 니키가 꼬리를 흔들며 달려드는 모 습을 기대하고 있다. 그것만은 확실하다.

니키의 대답은 없다.

정신없이 달려들어 요시다를 즐겁게 하지 않았다는 사실만 으로 가슴을 쓸어내린다.

아무 말 안 하는 니키에게 요시다는 "그러시겠다?"라고 말 하면서 책상에 놓인 고이치의 스마트폰을 만졌다. 잠금은 이미 해제되어 있다. 화면에 남은 지문 흔적으로 손쉽게 패턴을 푸 는 녀석을 이날, 처음 봤다.

"들으실래요?"

흐르기 시작한 음성 위치가 높은 곳으로 이동했다. 요시다가 스마트폰을 높이 들었을 것이다.

좋아하는 여자아이의 나이가 올라가지 않더라.

다시금 니키의 독백이 재생된다.

좋아하는 감정이나 사랑은 성장하면서 늘 성욕과 얽히지.
그 정도가 되면 싫어도 알게 돼.
내게 결함이 있다는 사실을.

요시다는 재생을 멈췄다.
"다시 물을게요. 선생님, 롤리콘이에요?"
머리의 찌릿함이 늘었다. 니키의 증오가 강한 전파가 되어
앞머리로 보내지는 느낌이다. 니키는 분노하고 있다. 당연하다.
죽이고 싶을 것이다. 봐줄 의무도 없는데 친절하게 소설에 조
언까지 해줬는데, 이런 식으로 배신했으니까. 얼른 무슨 말이든
하라고 기도했다. 침묵은 긍정이다. 고이치는 고개를 들었다.
니키는 요시다를 보고 있다. 표정도, 서있는 자세도 평소와
다름없다. 화를 내지도 무표정하지도 않다. 그저 평소처럼 독
기라고는 찾아볼 수 없는 분위기로 서있다. 요시다 옆에 있는
내게는 눈길도 주지 않는다.
니키가 입을 열었다.
"맞아."
잠시의 정적 후 여학생 한 명의 입에서 소리가 터져 나왔다.

헉!

너무 기분 나빠 그 감정을 소리 내어 표현할 수도 없다는 뉘앙스였다.

그 짧은 목소리를 시작으로 여기저기서 비명과 성난 목소리가 나왔다.

"저질이야!"

"왜 저렇게 말짱해?"

"우웩, 기분 나빠."

"우릴 속였다고?"

"그래서 학교에서 일하는 거야?"

"아니, 일해서 그렇게 된 거 아닐까?"

"녹음에서 타고났다고 했잖아."

"도저히 이해 못 해……."

술렁술렁.

폭탄이 터진 후의 먹먹한 소란함과 같은 소리였다.

비난이 들끓었으나 반응의 크기는 다양했다. 고이치 앞에 앉은 여학생과 그 옆 여학생은 무슨 드라마 이야기를 하는 듯한 태도다.

"수상하더라."

"거짓말쟁이."

가볍게 이야기하며 어깨를 쿡쿡 찌르고 있다.

니키가 갈색 포장지를 벗기고 도화지 다발을 꺼냈다. 가장 앞자리 학생에게, 시험지를 나눠줄 때처럼 도화지를 돌린다. 도화지 뭉치가 자리에 놓일 때마다 그 자리에 앉은 학생이 몸을 뒤로 뺐다.

"아니, 선생님. 아무 일 없었다는 듯 수업을 재개하는 건 무리라고요."

요시다가 지적한다.

니키는 앞자리에 도화지를 다 나눠주고 말했다.

"지금은 수업 중이야."

"아니, 아니, 그게 아니라……."

요시다가 웃으며 말한다.

"잠깐만요! 선생님은 평범한 사람이라고 생각했어요. 이 녀석과 달리."

고이치는 갑자기 손가락질을 당해 동요하며 다시 고개를 숙였다.

니키가 말했다.

"평범? 시간을 올바르게 사용하려면 수업을 다른 선생님으로 바꿀지, 너희들이 다른 사람의 사생활을 침해하는 짓을 관두고 수업을 받을지 중 하나야."

"이대로 계속할 수는 없어요. 바꾸더라도 우리에게 해명은 해야죠."

"내 사생활이야."

"저기요, 일반 회사원과는 다르잖아요? 교사는 성적이잖아요. 사생활이라도 이건 아니죠. 아이가 상대라면 범죄라고요.”

“범죄 행위를 하지 않으면 범죄자는 아니지. 더는 얘기하고 싶지 않은데.”

“그게 뭐야? 변명처럼 들리는데.”

“피차 이해하지 못할 테니까.”

니키가 교탁에 있는 도화지 포장을 정리했다.

“아무리 정론이라도 심리적으로 받아들일 수 없는 게 있고.”

그렇게 말하고 정리한 포장지를 쓰레기통에 버렸다.

“정론이요?”

요시다가 말했다.

“선생님에게 정론이 있다는 말인가?”

니키는 쓰레기통 앞에 서서 중얼거렸다.

“2호.”

“어?”

니키는 별거 아니라고 대답하고 교탁으로 돌아왔다.

자기 소지품을 정리한다.

“자, 앞으로 수업은 다른 선생님에게 넘길 테니까 그때까지 자습하고 있어.”

비난이 쏟아진다. 니키가 무시하고 교탁 안의 물건을 꺼내느라 고개를 숙인 사이 요시다가 소란을 틈타 교실 앞으로 갔다. 니키가 고개를 들었을 때 요시다가 출입구 문을 잠갔다. 니키가 지긋지긋하다는 표정을 짓고 준비실 쪽으로 몸을 돌린다.

미리 지시라도 받은 듯 야마모토가 준비실 문을 잠근다. 요시다가 문을 등지고 말했다.

"사죄를 요구합니다."

무엇을 사죄하라는 거냐고 생각하는데 니키는 이미 괜한 대화는 하고 싶지 않은 모양이다.

"다들, 미안해."

조금 전보다 더 큰 비난이 일었다. 감정이 전혀 담겨있지 않았기 때문이리라. 갑자기 흑흑, 크게 두 번 흐느껴 우는 소리가 들렸다. 책상에 엎드린 등을 옆자리 여학생이 쓸어주고 있다. 동그란 얼굴이 통통한 등을 들썩이며 울고 있다.

"나, 니키 선생님을 정말 좋아했는데."

울음 섞인 목소리에 등을 쓸어주는 여학생이 고개를 끄덕였다.

남학생 하나가 말했다.

"학생들을 보며 야한 생각을 했겠네. 최악이야."

니키는 봉쇄된 두 문 사이에서 우두커니 서있다.

책망하듯 소리 내어 우는 소리와 저마다 던지는 언어의 돌이 뒤섞인다. 요시다가 팔짱을 끼고 그 광경을 바라보고 있다. 준비실 문을 지키는 야마모토는 바닥에 책상다리하고 앉아 스마트폰에 뭔가를 치고 있다. 트위터로 상황을 중계하고 있을지 모른다.

이로써 신인상 결과도, 오늘 요시다와 사이에서 일어난 일도, 흐지부지될 것이다. 잘만 하면 더 큰 소동에 요시다가 내게 흥미를 잃어 괴롭힘 자체가 사라질 수도 있다. 반장과의 연애 감정도 요시다의 머리에서 사라질 것이다.

입에서 훨씬 전에 멈췄을 피 맛이 났다.

니키가 한숨을 쉬었다.

"학급 붕괴가 일어나고 있네."

"당연하죠. 믿었던 교사가 학생을 갖고 놀았으니까."

그 말에 아까부터 울던 동그란 얼굴이 앙, 소리를 내며 아우성쳤다.

"내 대상이 몇 살까지인지도 모르면서?"

니키가 말을 자른다.

"평범한 남성도 여성을 보면 그런 생각을 해."

"당신은 기분 나쁜 정도가 차원이 달라. 아이를 보고 헐떡대는 녀석에 비하면, 회사에서 여직원 엉덩이를 만지는 아저씨가 훨씬 건전해."

"나는 그 생각이 더 무서워."

니키가 냉담하게 말했다.

"나는 아이에게 손댄 적 없어. 핵심은 자제 여부라고 생각해. 그런데 애써 제대로 태어나 놓고 그게 안 되는 인간이 있기는 하지."

그 말에 요시다가 뺨에 손을 댔다. 웃지 않는 요시다가 그렇게 하면 꽤 똑똑해 보인다.

“예를 들어도 될까요?”

“그래.”

“우리 학생을 양의 무리라고 하죠. 선생님은 늑대예요. 아무리 자신을 좋은 늑대라고 생각해도 울타리 안에 함께 있는 건 역시 문제죠.”

“양의 가죽을 뒤집어쓰고 두부로 만든 햄버거만 먹어도?”

“틀림없이 언젠가 진짜 양고기(Mutton, 생후 2년 이후의 양)가 먹고 싶어지겠죠.”

“어린 양(Lamb, 생후 2년 이하의 양)에게만 관심이 있는 늑대인데?”

니키가 말한다.

“양치기 개 대신에 어린 양만 키우는 목장에 배속을 명령받으면 아무리 좋은 늑대라는 자부심이 있더라도 사퇴해야지.”

다른 학생은 비유로 진행되는 대화를 따라오지 못하는지 어리둥절하기만 하다. 고교생임에도 늙은 양고기로 불린 데 화를 내는 여학생은 없다.

“흠.”

요시다가 눈을 깜빡였다.

불가사의하게도 요시다는 순수하게 토론을 즐기는 듯 보였다.

니키가 중얼거렸다.

“진짜, 2호네.”

"무슨 소리예요? 아까부터 2호, 2호라고 하는데?"

"자, 이제 됐니? 헛짓거리인 것 같은데."

"아직 아무래도 하나, 궁금한 게 있어요."

요시다는 두세 번 턱을 쓰다듬고 문에 기댔다.

"뭔데?"

니키가 어두운 표정으로 말했다.

"저는 선생님이 그럴듯한 말만 하는 것 같아요."

검지를 뺨에 댔다.

"인간이 그렇게 자신을 잘 제어할 수 있을까요? 인간의 욕구
란 엄청나게 강해요."

요시다의 눈이 빛난다. 입가는 웃고 있다. 고이치는 그때 처
음으로 요시다의 얼굴 위아래가 다른 사람 같아서 그가 싫은
게 아니라 무섭다고 생각했다.

"선생님이 정말로 자제했다는 증거는? 지금은 그렇다고 해
도, 앞으로도 된다는 보장은?"

니키는 침묵했다. 요시다는 번뜩이는 눈으로 한참 니키를 봤
는데, 니키가 아무 말도 하지 않자 갑자기 너무 시시하다는 눈
빛으로 변했다. 미간을 찌푸린다. 낙담하면서도 짜증 난 표정
이다.

"봐요. 본인도 솔직히 의심스럽죠? 체포되면 곤란할 테니 대
놓고 하지는 못해도, 아무도 안 볼 때는 할지도 모르겠죠? 얼마
전 역 앞 맨션 계단에서 아이를 밀어 추락시킨 놈 말이에요. 그

거 혹시 선생님 아니에요? 자기 맘에 안 들게 행동하면 그렇게 만드나?”

요시다는 더는 웃지도 않고 아무 말이나 씹어 내뱉고 있다.

“욕구가 있는 사람은 반드시 무슨 짓을 한다고요.”

요시다의 저주를 끝까지 듣고 니키가 말했다.

“사람에게는 아무도 들여다보지 않는 장소가 필요한 법이야.”

고이치는 자기 귀를 의심했다. 맞는 말이기는 한데 이 흐름에서 어떻게 저런 말을 하나.

“그렇지만 실은 아무도 안 보는 장소란 없어.”

“본인이 얼마나 약삭빠르게 행동하느냐에 달렸겠죠.”

“그래? 언제 어디서나 다른 사람을 살피는 녀석이 있어.”

니키가 학생들 쪽으로 고개를 돌렸다. 고이치는 저도 모르게 몸을 움츠렸다. 니키는 자기 비밀을 알고 협박하고 끈질기게 물고 늘어진 상대를 말하는 것이리라.

니키가 반 모두에게 경청하라는 듯 손을 들었다.

“한심하게도 내가 지금부터 하는 이야기는 나를 주어로 놓고 싶지 않아. 그러므로 모두, 어느 롤리콘 A의 이야기라고 생각하며 들어.”

니키는 모두가 자신을 주시하는 걸 확인하고 고개를 숙였다가 얼굴을 들었다.

“어떤 롤리콘 A는 말이야.”

니키가 손가락을 갈고리 모양으로 만들고 입술 밑에 댔다.

"자신은 앞으로 평생 가정은커녕 친구를 넘어선 인간관계는 만들지 않기로 했어. 누가 뭐라든 그렇게 하기로 했어. 아이를 만드는 건 언감생심이지. 아이에게만 성욕을 느끼는 성향은 선천적이라는 설도 있었으니까. 그러나 그건 이유의 아주 작은 비율이야."

니키는 자기 측두부, 귀 바로 위를 손가락으로 두드리고 쌀알이라도 잡는 듯한 시늉을 하고 말했다.

"소아성애는 아마도 성정체성 가운데 도덕적으로 가장 인정받을 수 없을 거야. 그런 상태로 태어난 인생을 누군가와 공유할 수 없어. 누군가와 만나면서 그 비밀을 숨기더라도 피차 스트레스만 쌓여 제대로 될 리 없지. 그래서 하지 않아. 어디까지나 롤리타 A는 그렇다는 말이지만."

니키는 손을 내리고 또 입술 밑에 손가락을 댔다. 조금 절박한 행동처럼 보였다. 담배가 피우고 싶은지도 모르겠다.

"그렇다면 평생, 혼자 걸어야 하는 인생이야. 짊어질 게 없으므로 무슨 짓이든 하게 될 때도 있겠지. 그러나 롤리콘 A는 평생 혼자라 자신을 싫어하게 되는 일이 제일 두려워. 자신에게 미움받으면 끝이니까. 자신에게는 그 녀석밖에 없고, 그 녀석은 늘 자신을 물끄러미 지켜보며 죽을 때까지 떠나지 않을 테니까."

고이치는 조금 전 이야기가 자신에게 던져진 게 아님을 깨닫고 고개를 떨궜다. 그가 자신을 무시하고 있다고, 지금의 그에게는 고이치가 혐오 대상이라고 생각한 자체가 어리석었다.

니키가 요시다를 봤다.

"자신을 좋아한다는 것은, 미래를 보증할 이유가 못 될까?"

요시다가 실실 웃었다.

"신용할 수 있겠어요? 나르시시스트에 불과하잖아."

"나르시시스트는 오히려 신용할 수 있겠지. 자신을 싫어할 일은 피할 테니까."

"당신 마음 하나에만 해당하는 말이지. 양식이 근본부터 삐뚤어진 인간도 있어."

"나는 기본적으로 성선설을 믿어."

니키는 교실 전체를 둘러보고 발언했다.

"모두가 이렇게 롤리콘을 증오하는 게 그 증거 아냐?"

비꼬는 소리로도 들릴 말이 교실에 울려 퍼졌을 때, 고이치는 이 자리의 분위기가 살짝 바뀌기 시작했음을 알아차렸다.

앞자리 여학생이 조그맣게 말하는 소리가 들렸다.

"아무한테도 피해를 안 주면 괜찮지 않아?"

"바보냐? 저건 번지르르한 말에 불과하다고 요시다가 말하잖아."

옆자리 여학생이 역시 조그만 목소리로 타박한다.

교실에 수런거림이 번졌다. 의견이 어느 쪽으로 기우는지는 모르겠다. 그러나 예컨대 교통량이 많은 차도에서 신호기가 고장 났을 때와 마찬가지로, 모두가 함부로 행동하는 것을 피하는 듯한 혼란이 느껴졌다.

갑자기 탁, 책상을 내리치는 소리가 났다.

고이치의 오른편, 요시다가 조금 전까지 앉아있던 자리 옆에서 윤기 나는 긴 머리카락의 여학생이 책상에 다리를 올렸다. 앞에서 보면 팬티가 훤히 보일 듯 치마가 말려 올라가 있다. 주위를 위축시키는 태도에 위압감이 배어있다. 물론, 그 이상의 박력이 느껴지는 원인은 단정한 이목구비 때문일 것이다. 요시다는 전에 이 여학생을 유리페라고 불렀다.

학생 대부분이 그녀를 두려워하며 보고 있다. 그중에는 차가운 얼굴로 고집스럽게 그녀를 보려고도 하지 않는 여학생이 있었으나, 분명히 반 학생들의 의식이 그녀에게 집중되어 있다.

그녀가 이 상황을 단칼에 정리할 말을 하지 않을까. 고이치는 애원하는 마음으로 여학생의 옆얼굴을 쳐다봤다. 그녀는 온전히 모두의 의식을 집중시킨 후 크게 하품했다.

그뿐이었다. 절로 김이 새고 말았으나 그 행동이 온몸으로 '지겨워'라는 마음을 표현한 것만은 분명했다. 고이치는 그녀가 위세 등등한 요시다의 체면을 무시한 게 불가사의했다. 그녀와 요시다의 관계는 모르겠으나, 주위 반응으로 보건대 두 사람은 끝없는 치정을 이어오고 있는 듯하다. 고이치는 요시다를 봤다. 여학생에게는 헤실헤실 대하는 요시다가 지난번처럼 그녀를 달랠 줄 알았다.

그러나 이번만큼은 실실대지 않았다.

번쩍이는 보석 같은 눈빛으로 그녀를 보고 있다. 눈 속의 짜증을 눈동자가 난반사하고 있는 듯 느껴진다. 요시다가 오늘 중 가장 또렷한 목소리를 냈다.

"나, 너희들이 걱정이야."

눈썹을 늘어뜨린다. 표정이 풍부한 요시다가 그런 얼굴을 하면 정말 상대를 생각하는 듯 보인다.

"그렇게 귀가 팔랑이면 사기나 종교에 잘 걸린다고. 좀 더 자기 의지를 가져. 처음에 니키가 롤리콘이라는 사실을 알았을 때 끔찍하다고 생각했잖아? 그 마음이 진짜야. 세상에는 기분으로 결정해야 할 일이 훨씬 많아. 야, 니시노. 너, 네 여동생 담임이 이 사람이라면 어떨 것 같아?"

지명된 남학생이 순간 어쩔 줄 몰라 하다가 좌우를 살핀 후 생각에 잠기더니, 조심스럽게 말했다.

"그야 아무래도 용서할 수 없겠지."

"그렇지?"

"아무 짓 안 한다고 해도 주위에 두고 싶지 않아."

"그렇다니까. 사야마는 어때? 만약 네가 나중에 딸을 낳았는데 옆집에 이런 사람이 이사 오면? 딸이 고교생 정도로 다 컸어도 싫지?"

포니테일 머리를 한 여학생이 말한다.

"그건 절대 안 돼. 내가 사는 동네에서 나갔으면 해."

단호한 목소리였다. 요시다가 학생들에게 말했다.

"봐. 사람에게는 이렇게 감정이란 게 있어. 논리를 들이대는 인간의 의견에 마음이 짓밟혀서는 좋지 않아. 그러니까 다수결을 해보자."

고이치의 얼굴이 비틀린 웃음으로 일그러진다. 〈달러의 호랑이〉 때도 대충 느꼈는데, 지금 확신했다. 이 녀석의 이런 부분을 볼 때마다 SNS가 왜 그토록 유행하는지 알 것 같다. '좋아요'를 많이 받으면 기분이 좋은 것과 마찬가지로 요시다는 지금, 눈에 보이는 지지의 수를 원하고 있다.

"자…… 그렇지! 롤리콘 A 씨에 찬성하는 사람?"

아무도 손을 들지 않는다. 고이치는 반장을 봤다. 대각선 앞에서 요시다를 보고 있는 옆얼굴은 오물을 보는 듯했으나, 양손은 단단히 무릎 위에 놓여있다. 유리페는 모든 걸 방기하고 스마트폰만 만지작거리고 있다.

"결과 나왔네."

요시다가 잔잔한 해면의 바다 같은 교실을 보며 말했다. 담담한 태도를 가장하고 있으나, 일부러 지은 굳은 표정은 쾌감을 억누르고 있음을 드러내는 증거다. 사실은 반대한다는 의견도 묻고 대거 올라간 손을 보며 희열을 느껴야 하는데, 유리페를 비롯한 몇 몇의 무효표가 나오면 이 자리의 온도가 떨어지리라 생각했을 것이다. 만약 내가 요시다라도 똑같이 행동했을 것이다.

이 광경은 그야말로 과거 미술 수업에서 두 개의 그림을 놓고 다수결을 했던 장면의 재현이다. 같은 미술실에서 다른 사람도 아닌 니키가 단죄되고 있는 상황을 요시다가 일부러 만들었을까.

A와 B. 언제나 다수에 속해야 '평범함'이 된다. 앞자리의 여학생은 여전히 소곤소곤 "변태라도 괜찮지 않아?"라고 중얼거리고, 옆자리 여학생은 그녀를 나무라고 있다. 그러면서도 분위기를 파악해 손은 들지 않는다.

이게 정답이다. 내 의견이 있더라도 사람들 앞에서는 그들에 맞추면 된다. 이번만큼은 고이치도 드디어 '평범한' 무리에 들어가는 데 성공했다.

처음에 누가 말했는지는 모르겠다.

그러나 어느새 교실에는 그 단어가 날아다니고 있었다.

요시다가 니키 옆으로 걸어갔다. 살짝 몸을 뺀 니키의 어깨로 요시다가 손을 뻗는다. 뜨거운 거라도 만질 때처럼 과감함이 부족한 동작이었으나 요시다는 곧 니키의 어깨를 만졌다. 니키가 그 손을 뿌리친다.

"폭력인가요?"

요시다가 달래듯 말했다.

"선생님, 일단 모두의 요청에 따르세요. 그렇지 않으면 수습이 안 돼요. 선생님이 우리를 속인 건 사실이니까요."

요시다는 니키의 어깨를 밑으로 누른다. 니키가 바닥에 무릎을 끓는다. 억지로 그렇게 만들었다기보다 니키가 이제는 저항을 멈춘 것이다.

어쩐지 그 순간 너무나 짜증이 났다.

내 얼굴이 짓밟혔을 때보다 훨씬 격렬한 감정이었다.

이 순간, 장난꾸러기 아이들에게서 거북이를 구해주는 우라시마 타로처럼 "그만해!"라고 소리칠 수 있다면 얼마나 좋을까. 그러나 내게는 우라시마 타로가 될 자격도, 힘도 없다. 어느새 필사적으로 지혜를 짜내는 나를 발견하고 한탄했다. 여차 싶으면 이런 상황을 스스로 만들려고 했으면서 말이다. 아무리 녹음 데이터가 단순한 부적이고 사용할 생각이 없었다고 해도, 칼을 품고 있으면 인간이란 비상시에 사용하기 마련이다.

나는 우라시마 타로가 될 수 없다. 우리사마 타로만이 아니라 모든 이야기의 주인공은 못 된다. 내가 허구에만 다정한 이유를 알았다. 현실의 내가 싫기 때문이다. 줄곧 자신을 좋아한다고 생각했는데, 나를 세상의 중심이라고 생각하는 것과 나를 좋아하는 것은 별개의 문제임을 깨달았다.

'네게는 아직 부족한 게 있어.'

'자신을 좋아하는 것.'

니키는 그렇게 말했다. 그는 왜 그런 말을 했을까. 그리고 인간은 연기를 계속할 수 없다고도 했다. 그러면 언젠가 망가진다고도 했다.

고이치는 니키를 봤다. 무릎을 꿇고 당장이라도 바닥에 이마

를 댈 듯한 니키의 얼굴에는 체념이 드리워져 있다. 어쩌면 후
련한 듯도 보였다. 틀림없이 인간은 일어나 버린 일을 억지로
긍정하며 사는지 모르겠다. 니키는 결단코 이런 식으로 끌려
나오는 상황을 바라지 않았을 것이다. 어머니는 늘 있는 그대
로 살라고 했다. 반장의 아버지는 아이답게 살라고 했다. 그리
고 니키는 벽장 안에 자신을 숨기고 사는 방법도 있다고 했다.
그 말을 들은 순간 처음으로 구원받았다.

정신을 차려보니 고이치는 손을 들고 있었다.

격렬하게 요동치는 내면의 감정과 달리 팔꿈치를 살짝 구부
린 조심스러운 거수였다.
모두 니키를 보고 있어서 알아차리지 못했다.
고이치가 목소리를 높였다.
“저기!”
물론, 소란이 딱 멈추는 상황은 오지 않았다.
그러나 무릎을 꿇고 당장이라도 바닥에 이마를 대려던 니키
가 눈동자를 좌우로 굴리며 고개를 천천히 들었고, 모두가 그
시선의 끝을 돌아봤다.
요시다를 포함한 반 전원의 시선이 모인 지점에 똑바로 뻗은
고이치의 손이 흔들렸다.
시간을 둔다. 모두의 의식이 충분히 모였다는 것은 안다. 유

리페를 따라서 그렇게 한 것은 아니다. 단순히 두뇌 처리가 아직 끝나지 않았기 때문이다.

도대체 무슨 짓을 하고 있지?

자신을 좋아하려고 하는 건가?

그렇게 생각한 순간 너무 바보 같다는 생각이 솟구쳤다. 자신을 좋아하게 된다고? 어이가 없다. 스스로 저지른 일을 처리하는 정도로 자신을 좋아하게 되는 인간이 있다면 너무 주제 넘다.

나는 그저…….

더는 생각할 수 없었다. 생각해 봤자 모른다는 판단이 내려졌기 때문이다.

지금 생각해야 하는 일은 현실에 어떻게 접근할지다.

"아……."

드디어 어떻게 해야 할지 결정한 순간, 고이치의 입에서는 이런 말이 흘러나왔다.

고이치는 얼굴을 구깃구깃 일그러뜨렸다. 반쯤은 연기고, 반쯤은 진심이었다.

당연하다. 울고 싶었다.

고이치는 말했다.

"롤리콘은, 나야."

교실의 환풍기 소리를 의식한 것은 처음이다.

아주 끈끈한 액체, 예를 들어 끓기 시작한 카레와 같은 음식의 바닥에서 기포가 올라올 때와 같은 소리가 났다. 응? 어? 모두가 저마다 내뱉은 소리였다.

요시다는 쌩한 표정을 짓고 있다. 썰렁해, 그렇게 말할 듯한 얼굴이다.

고이치는 모두의 반응을 살피며 계속했다.

"니키 선생님은 나를 감싸고 있어."

아니, 그렇지만 녹음이. 한 남학생이 말했다.

요시다는 눈을 내리깔았다. 자신이 발언할 필요도 없는 한심한 상황이라고 판단했을 것이다. 니키의 등을 꾹, 요시다가 손으로 눌렀다. 그러나 니키는 머리를 숙이려 하지 않는다. 고이치는 니키를 보지 않은 채 말했다.

"그 녹음은…… 내가 쓴 소설을 선생님이 읽어준 거야."

"아니. 너! 말도 안 돼."

요시다가 웃었다.

"진짜야. 상에 응모하기 전에 선생님에게 보여줬어……. 대사 장면이 너무 어색했어. 구어체처럼 느껴지지 않는다고 해서 자연스럽게 읽어달라고 했어. 나중에 그대로 쓰려고 녹음했고."

고이치는 너무나 억울하다는 듯 먹먹한 목소리를 냈다.

"그렇지만."

숨이 막혀 목소리가 떨린다.

“두려웠어. 만약 상을 받아 잡지에 실리면 내가 롤리콘이라는 사실을 모두가 알게 돼. 롤리콘 주인공을 나와는 전혀 다른 캐릭터로 그렸지만, 분명히 작가 본인임을 아는 사람이 나올 거야……. 그러면 나는 끝이야.”

술술 거짓말을 늘어놓는 자신에게 놀란다. 뇌가 소설을 쓸 때와 같은 상태인 듯하다.

“만약 그렇게 되면…… 그 녹음을 이용해 롤리콘은 니키 선생님이라고 속여 희생양으로 삼으려 했어. 니키 선생님은 아니라고 부정할 테지만, 처음부터 인상이 선한 주인공으로 하고 싶어서 니키 선생님을 모델로 했어. 그래서 다 믿을 줄 알았어.”

“막장으로 이야기를 지어내지 마.”

요시다의 지적에 준비실 문 앞에 주저앉아 있던 야마모토가 얼빠진 소리를 냈다.

“어라? 이 녀석 분명히 지금 쓰는 소설이 교사에 변태라고 말하지 않았나?”

요시다가 관자놀이에 손을 대고 한숨을 쉬었다. 그 반응에 야마모토가 고개를 기울였다. 교실 여기저기서, 아, 맞다! 라는 소리가 났다. 고이치가 말했다.

“그래서 이런 상황인데도 부정하지 못했어. 게다가 니키 선생님은 부정도 안 하고…….”

입술을 강하게 깨물었다. 찢어지는 듯한 감촉과 함께 고통이 번진다. 피가 나오고 있다. 자유자재로 울만한 연기력은 없으므로 눈물을 대신할 소품이다.

"선생님, 죄송해요. 정말 친절하게 상의해 줬는데. 그 이야기, 나라는 거 아셨죠? 정말 죄송해요. 이제는 됐어요."

고이치는 두 손등을 눈에 댔다. 그 사이로 주위 상황을 몰래 훔쳐봤다. 학생 대부분이 할 말을 잃고 서로의 얼굴을 보고 있다. 잘된 것 같다. 신호기가 다시 고장 난 것이다. 고이치는 요시다의 옆구리 높이에 있는 니키의 얼굴을 봤다.

드디어, 니키와 눈이 마주쳤다.

아니, 정말 마주친 게 맞을까?

분명히 니키는 고이치의 얼굴을 주시하고 있었다. 그러나 그것은 한 인간을 보는 게 아니라 어떤 현상을 보는 눈이었다. 자기 일처럼 거짓말을 지어내는 고이치를, 마치 배우지도 않은 경전을 읽는 꼬맹이를 보는 표정이다. 니키는 어이없는 모양이다. 무릎을 대고 입을 벌리고 있다. 니키의 그런 얼굴을 보는 게 살짝 재미있었다.

물론 허세다. 고이치는 고양감과 동시에 자기 등뼈에 와이어를 단 채 엘리베이터처럼 하강하는 듯한 감각에 사로잡혔다. 이로써 학교생활은 전보다 훨씬 나빠질 것이다. 아니, 끝이다.

"너, 바보냐?"

요시다가 말했다.

"감싸는 인간이 그렇게 자기 일처럼 말할까? 게다가 학생과 달리 롤리콘으로 몰리면 니키는 직업을 잃어. 그렇게까지 학생을 지킨다니, 이상하잖아!"

고이치는 손등으로 눈을 가린 채 소리를 한껏 높였다.

"맞아! 니키 선생님은 바보야!"

예전부터 말투에 억양이 없다거나, 마치 로봇 같다가 스위치가 들어오면 수다스러워진다는 이야기를 들어왔다. 지금 바로 그게 공을 발휘한 듯하다. 연기가 다소 엉성해도 태도가 이상한 건 언제나 그랬으므로 모두 이상하게 여기지 않을 것이다.

아까부터 계속, 앞자리 여학생 둘이 뒤를 돌아보고 또 돌아보며 고이치를 보고 있다. 그녀들만이 아니라 지금 반 전체가 고이치와 니키를 번갈아 보고 있다.

"무슨 소리야? 진짜 다이나카가 롤리콘이야?"

"아니, 니키겠지. 상식적으로 생각하면."

"이 둘 게이 아냐? 서로 감싸는 거야."

"게이인데 롤리콘이라고?"

견해가 엇갈리고 있다. 가령 게이로 설명을 끝낼 수 있다면 이 상황에서 롤리콘과 게이 중 어떤 게 더 쉽게 지나갈까. 불지옥과 바늘산을 선택하는 것 같네. 그렇게 생각하고 있는데 교실 구석에서 목소리가 나왔다.

"잠깐만!"

스포츠부인지 짧은 머리를 한 여학생이 모두에게 말했다.

"오노가 할 말이 있대."

그녀 옆에 은테 안경을 쓴 여학생이 얌전하게 앉아있다. 분명 미술실에서 만난 미술 동호회 학생이다. 원래 아주 얌전한 학생인데, 이 혼란 속에서 용기를 짜내 발언하려는 듯하다.

"그게……."

은테 안경 여학생은 그렇게 입을 떼고 두려워하며 고개를 숙였다. 안경 속에서 긴장한 눈이 정신없이 움직이고 있다. 짧은 머리의 여학생이 힘내라며 격려하는 소리가 들렸다.

"나, 다이나카가 롤리콘이라는 말, 진짜라고 생각해."

더듬거리며 그녀가 말했다.

"이런 말은 원래 하면 안 되지만……, 우리 오빠가 일하는 서점에서 우리 반 남학생이 롤리콘 만화 잡지를 훔쳤다고 했어."

고이치는 그 말에 허를 찔려 여학생의 얼굴을 쳐다봤다. 직후에 기억 속 얼굴과 튀어나온 눈을 한 그녀 얼굴이 겹쳤다. 서점에서 자신을 잡은 검은 안경의 직원과 빼닮았다.

고이치는 기막혀하면서도 말했다.

"응. 그거, 나야."

교실 안에 물색 물감을 쓱 칠한 듯 분위기가 빠르게 퍼졌다.

롤리콘인 고이치에게 징그럽다며 비난하는 사람은 하나도 없다. 일상에 변태가 있다는 사실은 니키의 일로 내성이 생겨 새삼 충격받지는 않았을 것이다. 대부분이 냉정한 표정으로 고이치를 본 다음 니키를 봤다.

요시다만은 고이치를 응시하고 있다.

"선생님."

내내 훌쩍거리고 있던 동그란 얼굴의 여학생이 코맹맹이 소리로 니키에게 말한다.

"진짜예요? 선생님, 다이나카를 감싼 거예요?"

이상적인 니키가 다시금 돌아왔다는 희망에 매달리는 말투였다.

니키는 아까와 똑같은 자세로 여학생의 말은 들리지 않는 듯 고이치를 바라보고 있다.

잠시 후, 니키의 얼굴에 바로 의식이 돌아왔다. 자의식이 있고 없느냐에 따라 인간의 얼굴은 이렇게 바뀌는구나. 니키의 머리에서 간신히 컴퓨터 켤 때의 소리가 들리는 듯하다. 만약 니키가 이 거짓말을 받아들일 생각이라면 아까 고이치가 말한 논리에 구멍이 없는지 고속 회전으로 검증하고 있을 것이다.

니키는 이번에야말로 정말 고이치를 봤다.

눈동자가 좌우로 가늘게 흔들렸다. 니키는 망설이고 있다. 괜찮아요. 고이치는 조급증을 내며 눈을 가늘게 떴다. 니키의 눈은 한동안 허공을 헤맸으나 이윽고 천천히 감겼다.

다시 눈을 떴을 때 니키는 너무나도 감개무량한 표정을 짓고 말했다.

"다이나카……!"

스스로 유도한 일이었는데도 니키를 보고는 사실 '저 자식이!'라는 생각이 들었다.

니키는 학원 드라마의 선생이라도 되는 양 촉촉한 눈을 했다. 연기로 저런 게 되다니, 내가 점점 더 한심해진다. 고이치는 미간을 찌푸리고 목 안에서 흠흠, 헛기침한 후 입을 열었다.

"선생님……!"

"다이나카……! 넌, 바보구나. 입 다물고 있으면 되는데……."

"이제 됐어요. 잘못은 제가 했으니까요……."

분위기가 좋은 쪽으로 넘어올 때까지 '다이나카'와 '선생님'을 계속 연호했다.

주위가 술렁였다. 확실한 반응이 생겼다. 두 사람의 대화에 전혀 거짓이 없는 게 신기했다.

동그란 얼굴의 여학생이 또 엉엉 울기 시작했다. 아까와 달리 눈물의 종류가 확연히 달랐다. 이런 흐름이라면, 니키가 "저 노을을 향해 달리자"라고 말해도 바로 뛰어나갈 기세다.

고이치는 우는 얼굴 그대로 요시다의 표정을 살폈다.

요시다는 문에 기대어 비스듬하게 고이치를 보고 있다. 요시다의 입이 움직인다. 무슨 말을 하려는데 커지기 시작한 수런거림에 묻힌다. 그러나 그 입은 "한심한 연기야"라고 말하는 것처럼 보였다. 고이치를 보며 수없이 말한다. 한심한 연기야. 정말 맞는 소리다. 요시다는 고이치가 거짓말하고 있음을 간파했다. 그러나 선동을 중단한 모습으로 보아 그도 헷갈리기 시작했다. 사실을 간파했더라도 서점에서의 절도라는 증거가 고이치가 롤리콘이라는 식으로 여론을 몰고 갔기 때문일 것이다.

다행이야. 고이치는 안도의 한숨을 내쉬었다. 요시다에게 이 거짓말이 진실이 되면 내가 반장을 좋아한다는 의혹도 사라진다. 어린 양을 좋아하는 늑대에게 그녀는 늙은 양이므로.

휙, 얼굴 바로 옆을 뭔가가 가로지른다. 고이치가 몸을 웅크림과 동시에 날아온 지우개가 벽에 부딪쳤다.

"너, 진짜 저질이야."

한가운데에 앉아있던 남학생이 방금 뭔가를 던진 손목 형태를 그대로 남긴 채 말했다.

"변태 주제에 비겁하기까지 해."

가운데에 모여있던 남학생 그룹이 차례로 온갖 물건을 던진다. 샤프심 통이 고이치의 눈 바로 옆을 때렸다.

"그만해!"

니키가 날카로운 목소리를 냈다. 무릎을 꿇고 있었는데 지금은 일어서 있다.

"도대체 어디가 비겁하다는 거야? 다이나카는 그대로 입을 다물고 있었으면 무사했어. 그런데 그러지 않았어."

니키는 그렇게 말하면서 학생들을 둘러봤다.

"때마침 잘됐다. 모두 일단 이 문제를 자기 일이라고 생각해 봐. 내게 대다수 사람과 다른 부분이 있어. 그래도 살아야 한다면 어떻게 할래? 커밍아웃이라는 단어가 있기는 해. 그러나 다수파 쪽 사람인 척하는 방법도 있어. 아무리 세상이 인정하지 않는 성이라도 본인에게는 마음의 중요한 부분이야. 그 마음을 죽일 필요도 없고 애당초 죽이지도 못해. 그래도 자신을 좋아해서 양심이 허락하는 범위하에 만족하며 살아야 해. 아까 나는 나만의 인생이라고 말했는데 특수한 성정체성을 지닌 사람만의 이야기가 아니야. 다들 죽을 때까지 자신과 함께 살아. 다이나카는 자신을 좋아하려고 다른 사람을 팔아넘기지 않는 길을 선택했어. 너희들은 어땠을까? 지금처럼 용기 있는 행동을 한 사람을 순간의 갈등도 없이 성정체성을 들이대며 규탄하는 최악의 자신과 앞으로 계속 함께 사는 인생을, 선택할래?"

오오! 아주 신이 났네. 고이치는 생각했다. 오히려 이전 니키와 비교해 좋은 선생이라는 느낌이 1.5배 뜨거워진 대사였다. 트램펄린이란, 밑으로 내려간 만큼 인간을 높이 올린다. 죽을 뻔한 상황에서 생환해 탄력이 붙었나.

고이치는 냉정하고 비뚤어진 시선으로 니키를 보면서도 왠지 울음이 나올 것 같았다.

모두, 조용히 귀를 기울이고 있다.

고개를 떨군 학생도 있다.

솔직히 니키의 이야기가 진정한 의미에서 모두의 마음을 울리고 있는지는 의문이다. 평범한 사람과는 다른 부분이 있다니, 한번도 그런 고민을 한 적 없는 사람은 도무지 공감하기 어려운 이야기일 것이다.

그러나 지금 완전히 신뢰를 되찾은 데다 자기 직업까지 걸며 학생의 비밀을 지킨 교사라는 부가가치까지 얻은 니키의 말에는 힘이 있었다.

"자신을 좋아할 만한 행동을 해."

니키가 요시다를 힐끗 바라본다. 요시다는 니키에게서 고개를 돌렸으나 피차 의식하고 있다.

"그러면 어른스럽게 대해 줄 테니까."

요시다는 그 말을 듣고 반항적으로 콧방귀를 끼며 출입문에서 몸을 일으켰다.

몸을 흔들며 뒷자리로 돌아온다. 책상에 놓인 자기 스마트폰을 뒷주머니에 넣고 교실 뒷문으로 나가려 한다.

유리페의 뒤를 지나가려 할 때 그녀의 손이 요시다의 등을 교복 위로 가볍게 쓰다듬는 게 보였다. 요시다는 아주 잠깐 움직임을 멈췄다가 아무 말 없이 미술실을 나갔다. 유리페는 스마트폰을 옆으로 들고 다시 게임 같은 것에 몰두했다. 불가사의할 정도로 매력적이면서 어른스러운 흐름에 고이치는 더 이상 두 사람의 관계를 이해하는 걸 포기했다.

요시다가 나간 지금, 교실 분위기는 완전히 니키의 독무대였다.

모두가 니키의 일거수일투족에 집중했다.

니키는 한동안 심각한 표정으로 침묵을 지키다가 마침내 후, 길게 한숨을 내뱉었다.

"아아."

완전히 분위기를 바꿔 연약한 목소리로 중얼거린다.

"오늘은 데생을 시키려고 했는데."

니키는 벽시계를 올려다보더니 앗, 하고 읊조렸다.

"벌써 시간이 이렇게 됐네. 데생은 숙제야. 다음 주에 제출해라. 도화지는 한 장씩 가져가고."

니키가 도화지 다발을 다시 책상에 건넨다. 앞줄 학생들은 아까 나눠준 도화지를 황급히 들고 어색하게 뒤로 돌리기 시작했다.

모두 감정이 정리되지 않은 것은 분명하다.

그 모습을 보며 고이치는 자리에 앉았다.

이쪽을 물끄러미 바라보는 두 개의 눈동자를 느꼈다. 아까부터 계속 저러고 있다. 롤리콘은 나라고 공언한 순간부터 끈질기게.

반장이다.

봐서는 안 된다.

고이치는 그녀의 시선을 대놓고 무시한 채 뒷문으로 미술실을 빠져나왔다.

뒤에서 고이치의 자리로 도화지를 넘기던 여학생이 "어?" 하며 놀라는 소리가 들렸다.

계단을 내려간다.

교문을 향해 걷는다.

어디선가 요시다를 만나면 곤란할 듯했으나 가는 길에 요시다의 모습은 전혀 없었다.

혹시 만나더라도 더는 내게 아무 짓도 안 할 것 같은 예감이 들었다.

희망적인 예측이라고 부를 수 있을지 모르겠으나 지금 기분에서 비관적 예상은 무리다.

교과서와 교통카드가 든 가방도, 스마트폰도 다 교실에 두고 왔는데 상관없다. 오늘은 긴 거리를 걸어서 돌아갈 생각이다.

더 미술실에 있다가는 반장이 괜한 소리를 할 것 같았다. 그녀는 내가 쓴 소설의 진짜 내용을 안다. 가장 오해받고 싶지 않은 상대는 사실을 알 테니까 그런 거짓말을 할 수 있었는지도 모른다. 학교 건물과 교문 중간에서 발밑에 굴러다니는 작은 돌을 배수구로 찼다. 작은 돌은 용케 배수구 틈 사이로 들어가 탁한 물에 떨어지는 소리를 냈다. 작년 미술 시간에 가라앉는 돌로 봤던 〈B〉 그림을 떠올렸다. 임금님 귀는 당나귀라고 외치던 우물과 달리 이 앞이 어디로도 이어지지 않기를 바랐다. 비밀이 지켜지기를. 아까 한 거짓말은 가장 자신 있는 작품이다. 고이치는 웃었다. 그리고 자신이 웃고 있다는 사실에 또 웃었다. 후련했다. 1차 심사 결과도 더는 궁금하지 않다. 저렇게 모두를 속였으므로 틀림없이 내게는 이야기를 만드는 재능이 있다. 물론, 사람들도 재미있게 읽어주면 기쁠 테지만.

문득, 익숙한 조그만 모습이 눈에 들어왔다.

교문 바로 앞에 애교냥이가 배를 까고 자고 있다. 햇볕에 데워진 갈색과 검은색 털에서는 갓 구운 빵 냄새가 날 것 같다.

뒤에서 석회 지면을 밟는 소리가 나자마자 애교냥이가 고개를 들고 아오옹옹, 여전히 알파벳 하나를 뺀 소리로 울었다. 이쪽으로 걸어온다. 내 곁을 스쳐 지나가는 애교냥이를 눈으로 좇는다.

"1호."

고이치는 고개를 들지 않고 목소리 주인이 신은 신발을 봤다.

"역시 내가 1호였군요."

"왜 나를 감쌌는지는, 나도 자기애가 강한 사람이라 알아."

"그래요?"

침묵이 둘 사이를 메운다. 니키는 살짝 화가 난 듯했다. 그 분노의 칼날은 모두 자기 내부로 향하고 있다. 고이치는 다음에 나올 말을 그럭저럭 예상했다.

"나, 사실을 다 말하고 학교 관둘게."

예상대로다.

"왜요?"

"아무래도 이건 어른이 할 짓이 아니야."

고이치는 앞으로 한동안 논쟁이 이어지리라 생각했다. 지금은 상대의 생각이 손에 잡힐 듯 보인다. 자신을 좋아하는 인간이란, 때로 현실의 이익보다 우선하고 싶은 게 있다는 사실을 알았기 때문이다.

그러면 안 돼요, 내가 할게, 안 된다고요. 그런 언쟁이 거듭된 후 니키가 말했다.

"카페에서 서로 내겠다고 싸우는 아저씨 같아."

포기한 목소리였다.

"그보다 네가 상을 받아 소설이 잡지에 실리면 거짓말과 소설 내용이 달라 어차피 들통나게 되어있어. 들켜서 실토하느니 먼저 자백하는 게 덕을 쌓는 일이지. 내세에는 평범한 성정체성을 지닌 인간으로 태어나게."

고이치는 눈앞의 신발에 머리를 비벼대는 애교냥이를 바라봤다.

"상을 타다니, 정말 그런 일이 벌어질 거 같아요?"

"그때 너를 부채질한 게 내가 교사로 한 일 가운데 제일 잘한 일이라고 생각해."

입을 다문 고이치 대신 애교냥이가 아옹, 하고 울었다.

"그래서 말이야."

"있잖아요."

고이치가 말문을 막듯 말했다.

"선생님, 이 고양이 좀 이상하지 않아요?"

"……응?"

니키는 대화의 방향이 완전히 틀어져 의아해한다.

"이상하다니까요."

"이상하기는 해. 개처럼 잘 따르지."

“그것도 그런데, 다른 부분이요.”

“지금, 그런 건 상관없잖아?”

고이치는 화제를 돌리려는 니키를 무시하고 잠자코 애교냥이를 쓰다듬으며 그 이야기 외에는 하지 않겠다는 고집스러운 자세를 취했다. 마침내 니키가 포기하고 입을 열었다.

“매번 내게 달려오는 거 말이야?”

고이치가 웃었다.

“그건 아닌데. 맞다. 그게 제일 이상하다.”

선생님은 고양이를 좋아하지 않는데 말이에요. 고이치는 말하면서 애교냥이의 등을 눌렀다. 애교냥이는 힘을 거부하지 않고 데굴 몸을 돌려 눕더니 니키의 운동화에 매달렸다. 브랜드 로고 ‘N’에 얼굴을 댄다. 부족한 ‘N’을 손에 넣은 애교냥이는 드디어 평범한 고양이가 되었다.

덫에 걸린 당신, 결정을 내리셨습니까?

《니키》는 세상의 기호를 제대로 읽지 못하는 고등학생 다이나카 고이치가 고립된 삶을 받아들일 수 없어 온갖 방법을 모색하던 가운데, 치명적인 비밀을 안은 담임선생님과 만나 협박을 시작하며 성장하는 청춘소설이다. 협박하며 성장해? 이상할 것이다. 맞다. 고이치는 미술 교사이자 담임인 니키 료헤이를 협박하며 성장한다.

고이치는 사람들의 말이나 분위기를 전혀 파악하지 못한다. 그래서 언제나 혼자 급발진했다가 친구들의 비웃음을 산다. 괴짜 정도도 아니고 '우주인'으로 취급당하는 그는, 지구인의 감성에 자신을 맞춰보려고 'Top 100' 유행가만 듣는 수행을 하기도 하나, 오늘도 미술 시간에 자기만의 의견을 피력해 반 친구들의 짜증을 샀다.

나도 지구인이 되고 싶다. '평범함'을 손에 넣고 싶다. 그런데도 도무지 입을 다물 수 없다. 어쩌면 이번만은 내 생각이 옳다는 걸 인정받을지 모른다. 그 마음이 현실을 제치고 전력 질주한 결과, 다시 우주인임을 깨닫는 일의 연속이다.

그러다 우연히 한 사람의 비밀을 알게 되었다. 너무나 평범한데 이상하게도 학생들에게는 인기가 많은 미술 교사이자 담임 니키 료헤이. 고이치도 처음에는 그가 미술 교사라는 사실에 자신의 독특한 감상을 이해해 주리라고 기대했다. 그러나 그는 너무나 평범했다. 세상의 상식이 사람이 되어 걸어 다니는 꼴이었다. 영 아니다 싶었는데 그에게 이런 치명적인 비밀이 있다니! 그러고도 저렇게 평범하게 행동하다니!

고이치는 이후 남몰래 그의 비밀을 훔쳐보며 기묘한 감각에 사로잡힌다. 그러나 그의 행각은 곧 위기를 가져왔고 그를 위기에서 구한 게 바로 담임 니키였다. 여전히 평범함으로 무장하고 어른스럽게 타이르는 그에게 비위가 상한 고이치는 강력한 한 방을 날린다. 당신의 인생을 완전히 망가뜨릴 비밀을 내가 알고 있다고, 그러니까 내 말대로 해.

그렇게 고이치와 니키의 줄다리기가 시작된다. 얼핏 보면 고이치가 니키를 협박하는 형태를 갖추고 있으나 묘하게 만날 때마다 고이치는 자신의 민낯이, 숨기고 싶은 속내가 하나씩 까발려지는 느낌에 초조해진다.

"내게 인정받고 싶었다는 말이야?"

니키가 던진 말이다. 맞다. 고이치는 누군가의 인정을 받고 싶었다. 드디어 그 마음을 알아주는 이가 나타났구나. 마음을 놓은 순간, 니키의 질문이 고이치의 뒤통수를 후려친다.

"그래서 넌 내게 뭘 보여줄 건데?"

고이치는 당황한다. 자신에게 '무엇'이 있다는 사실만 인정해 주면 된다. 그러나 그것이 구체적으로 '무엇'인지는 생각해 본 적이 없었기 때문이다.

파격적인 설정으로 시작된 이야기는 어느새 누구나의 청춘을 떠올리게 만든다. 세상에 서툰 나, 그 안에서 뭔가를 보여주고 싶은 마음, 인정받고 싶은 욕망과 그 마음을 따르지 못하는 내 능력과 현실에 초조했던 우리의 청춘을.

"보여줄 게 아무것도 없는데 인정받고 싶다니, 이상한 말이잖아?"

니키의 독설은 고이치의 폐부를 찌르고 우리의 추억을 자극한다. 이 한마디에 고이치는 오랫동안 잊고 있었던 일을 시작한다. 그렇게 시간과 자신의 열정을 쏟아부어 생전 처음 무언가를 눈앞에 만들어 낸다. 그만큼 훌쩍 성장한 그는 니키라는 인물과도 부쩍 가까워져 있다.

그 과정은 찬란하다. 그리고 아슬아슬하다. 인생은 그렇게 쉽게 풀리지 않는 법이니까.

아니나 다를까, 이들 앞에 커다란 시련이 막아선다. 고이치의 이기심이라고 해야 할까, 작은 속셈이 불러온 폭풍우가 둘의 앞을 막아선다. 이들은 이 위기를 잘 벗어날 수 있을까?

세상과 어울리지 못하는 청춘과 평범해 보이나 영원히 이 세상의 이물질일 수밖에 없는 인간이 지극히 '평범'하고 '소중'한 순간을 자아낸다. 그들은 서툴고 두렵고 초조하나 진심으로 세계와 대면하려 한다. 용서받지 못할 비밀은 옷장 속에 깊이 감춰 절대 꺼내지 않고 세상과 어울리려 한다. 이들의 도전은 성공할 수 있을까?

대신 이들에게 가장 큰 위기를 가져오는 빌런은 의외로 평범하다. 공부도 잘하고 분위기도 잘 읽고 반을 이끄는 존재다. 그의 행동은 세상의 양식으로 누군가를 가차 없이 처벌하려는 최근의 소란들과 아주 닮아있다. 그러나 상식이 칼날이 될 때 그 앞에 있는 존재는 속수무책이 됨을 다시금 깨닫는다. 그에 동의할지, 함구할지, 아니면 논의의 장을 마련할지는 우리 몫이 될 것이다.

나쓰키 시호는 이 작품 《니키》로 제9회 포플라사 소설신인상을 받으며 데뷔했다. 스물여섯에 오사카문학학교에 다니며 처음으로 글을 쓰기 시작해 완성한 첫 장편이 이 작품이라고 하니, 무섭기까지 하다. 논란이 될 주제를 놓은 균형 감각과 특유의 유머 감각, 빤하지 않으면서도 상쾌한 결말까지, 독자는 작가가 쳐놓은 덫에 꼼짝없이 걸리고 만다. 재미가 있다, 없다를 넘어 독자에게 도망칠 여지를 남기지 않았다는 점에서 더 무섭다.

"현실에서 절대로 실행되어서는 안 된다는 점에서 (니키의) 욕망은 판타지로서 자기 완결시키는 수밖에 없습니다. 만화는 니키에게는 필요한 허구죠. 그렇다고 해서 창작물이 지닌 구원적인 요소에 중심을 두지는 않았습니다. 도덕적인 측면도 분명히 해야 합니다. 니키라는 인물을 통해 판타지로 구원받는 인간과 윤리, 그 둘을 다 그려보고 싶었습니다. 이 작품은 읽기에 따라서는 호불호가 극명하게 갈릴 것임을 예상했는데, 그들이 직면한 문제를 자기 일로 생각해 주신 분들이 예상보다 많아서 고마웠습니다."(《문예춘추》, 2021년 1월, 인터뷰)

작가의 발언을 통해 그가 작정하고 이 화두를 꺼냈음은 분명하다. 이제 독자가 생각하고 답할 차례다. 그냥 외면하고 말 것인가, 아니면 꺼내놓고 누군가와 대화를 나눠볼 것인지, 우리는 이 문제를 어느 지점에 놓을지를 결정해야 한다.

이런 작품을 만나면 걱정이 앞선다. 좋다. 그냥 좋다는 한마디로 넘기기에는 할 말이 많아지는 작품을 만나면 흥분하고 만다. 누군가에게 빨리 알려주고 싶다. 이런 책이 있어. 주인공이 이런 사람인데 이 사람이 어쩌고저쩌고……. 아무나 붙잡고 떠들고 싶다. 그러다가 훌쩍 이해해 주려나? 나처럼 좋아하려나 걱정이 몰아친다.

화제가 될지, 소란이 될지 모를 이 작품을 처음 만나 한 자, 한 자 우리말로 바꾼 시간은 너무나 소중했다.

민경욱

니키

초판 1쇄 인쇄 2026년 2월 13일
초판 1쇄 발행 2026년 3월 3일

지은이 나쓰키 시호
옮긴이 민경욱
펴낸이 김문식 최민석
편집 백승민 김민혜 이세정
마케팅 양아람
디자인 배현정

펴낸곳 (주)해피북스투유
출판등록 2016년 12월 12일 제2016-000343호
주소 서울시 서대문구 신촌로 25-1 보고타워 4층
전화 02)336-1203
팩스 02)336-1209